U0490342

# 乡村匠人

刘强 著

四川民族出版社

图书在版编目（CIP）数据

乡村匠人 / 刘强著. --成都：四川民族出版社，2022.10
ISBN 978-7-5733-0822-1

Ⅰ.①乡… Ⅱ.①刘… Ⅲ.①散文集–中国–当代 Ⅳ.①I267

中国版本图书馆 CIP 数据核字（2022）第 182443 号

## 乡 村 匠 人
XIANGCUN JIANGREN

刘 强 著

| 出 版 人 | 泽仁扎西 |
| --- | --- |
| 责任编辑 | 周文炯 |
| 责任印制 | 谢孟豪 |
| 出　　版 | 四川民族出版社(四川省成都市青羊区敬业路 108 号) |
| 邮政编码 | 610091 |
| 设计制作 | 成都圣立文化传播有限公司 |
| 印　　刷 | 四川金邦印务有限公司 |
| 成品尺寸 | 170mm × 240mm |
| 印　　张 | 15.75 |
| 字　　数 | 230 千 |
| 版　　次 | 2022 年 10 月第 1 版 |
| 印　　次 | 2023 年 1 月第 1 次印刷 |
| 书　　号 | ISBN 978-7-5733-0822-1 |
| 定　　价 | 68.00 元 |

著作权所有·侵权必究

# 匠人匠心　乡愁深深

## ——《乡村匠人》序

郝　良

"强哥，你写的'乡村匠人系列'得了二等奖！"2021年4月，正在参加2020年度四川新闻奖报纸副刊作品评奖活动的我第一时间把这个消息告诉给了刘强。

电话那头是强哥掩饰不住的喜悦："嘿嘿，这个消息来得正是时候，我正计划着把在《达州晚报》上发表的'乡村匠人系列'结集出版呢，到时就麻烦你给这本书写个序哈。"

"你还是找其他名人大咖写哦，我一天看到文字脑壳都打闷闷！"

"没得你的策划和鼓励，我这专栏是写不下去的，最大的功劳属于你，你不写点东西说不过去噻！"

我这人有个"优点"——脸皮厚，最听不得有人夸奖，何况这夸奖来自憨厚耿直、不喜夸夸其谈的强哥呢。于是，被强哥灌了二两"粉汤"的我瞬间就飘飘然了："写嘛，写嘛，写好了请我杀一顿馆子就行了！"

我和刘强的相识是借助渠县民俗文化协会的缘分。2019年秋，我到民俗协会参加活动并授课，他在渠县一乡镇基层工作，是民俗协会会员。

2019年9月16日，他发来了《乡村剃头匠》。我打开一看，文字朴实却蛮有意味，儿时在乡村剃头的一幕幕往事顿时在眼前再次活泛起来。

晚报副刊"风土志"刊出了这篇文章后，我和刘强在微信上摆了一会儿龙门阵。"我在乡镇工作了几十年，和乡村传统民间匠人接触颇多。这些年，随着时代的发展，不少匠人已经淡出了历史舞台，一些工艺也濒临失传。我就想把这些乡村匠人用文字记录下来！""这个想法不错，晚报副刊以前也会收到一些写乡村匠人的稿子，但都是零零散散的，专门沉下心来为乡村匠人来个集体素描的还没有。副刊当下也很需要这方面的稿件，你写好一篇就及时传给我哈。"随后，乡村打石匠、木匠、杀猪匠、铁匠、弹花匠……一个个穿过时光隧道，带着自己的独门技艺依次登场亮相。

工欲善其事，必先利其器；欲要利其器，必先精其艺。我大中华自古以来就是一个匠人的国度。勤劳且智慧的先民凭借着双手打造出精美、细致的各种器物，百工之事，皆为能工巧匠之作也。那些身怀各种技艺的传统民间匠人，凭着灵巧的双手和执着的匠心，走街串巷，在为千家万户献出"匠心之作"的同时，也为自己和社会创造了财富。而民间匠人其兴衰、传承与发展，也从一个侧面反映着人类社会的发展状况、文明程度、科技水平和幸福指数。

刘强立足于川东北农村，将目光锁定那些与老百姓的生活密切相关的琐碎物件。这些物件看似平常，却是乡亲们曾经赖以生存的"基本工具"和"生活用品"：有农耕的犁、锄镐、镰刀；有生活用的锅碗瓢盆、桌椅床柜；还有石磨、碾子……这些物品没有哪一样能离得开匠人的手艺。随着科技的进步，经济的发展，生产资料和生活资料越来越充盈。我们身边充斥着工业带来的便利，但是同时也失去了许多匠人的手艺。越来越多的人们选择"喜新厌旧"，对破损的碗盆、损坏的刀剪以及过时的生活用品直接报废更新，从而使磨刀匠、篾匠、铁匠、瓦匠等传统民间匠人逐渐失去了用武之地。

补锅补鼎罐，一般都是热补，因为热补易黏结，防漏效果要好一些。补锅补鼎罐是用熔化后的铁水。补锅匠把废锅铁放到炉子中，同时取出一个木槽，厚布做成的布棒和一块湿布帕放在一旁备用。拉动风箱，待炉子内温度达到一定火候，废锅铁块变成通红的铁水时，只见补锅匠将炉子倾斜，将那火红火红的铁水倒在一块托着的两寸见方的湿布帕上。当然，布是很厚的，上面还放了一层草木灰。然后就托着放到锅底破眼下面，用力往上顶，另一只手用一圆柱形的湿布棒往下用力一压，快速一碾，只见一阵青烟过后，一个补丁就打上去了。疤子补得好不好，关键得看疤子碾得平不平，牢靠不牢靠，这得看师傅的力道与掌握的时机精不精准了。如果动作慢了，铁水凝结，就没法碾平了。

——《乡村补锅匠》

一般来说，做一杆中号秤大约要两个小时。原本粗糙的一根木头，在钉秤匠手中渐渐变成笔直光滑的秤杆，再校验好刻度钉上秤星，一根秤杆就算基本完工了，但至少得经过十八道小工序；制作称黄金白银、药铺中药材的小戥秤更麻烦，要二十八道工序，每道工序都得一丝不苟。

——《乡村钉秤匠》

匠不止于匠，技不止于技。看似普通的铁锅补疤，都需要掌握好时机和火候，才能补得平整牢实；制作好一杆小小的秤，也得经过几十道工序，精心制作，毫厘必究，才能在"斤斤计较"之间做出良心公平秤。在这个工业化时代里，很多人认为机器可以替代手艺，殊不知机器没有思想，更不会有创新精神，它们做出的东西千篇一律。而匠人们的手艺是千百年来一代又一代传承和创新的结果，出自他们之手的每一件产品都有各自的特征，都有生命，都带着不一样的精气神！乡间的那些坛坛罐罐、铺盖背篓、镰刀老秤等"老物件"要是能够开口说话，它们一定可以给我们讲述自己的生命历程和附着在它们身上的情感故事。

匠人之所以为匠，只因他们心安魂定。本书记录了七十二种已经在我们生活中消失或者濒临消失的行当和匠人，书中对这些匠人的记录，成了川东北乡土曾经的缩影。通过本书，我们将会了解这些曾经在历史上创造过辉煌的职业，了解它们起源、发展、衰亡的过程，了解它们的传说和传承，了解在那个没有机器的年代里手工匠人给乡村大地做出的不可磨灭的贡献和带来的真实美好！

在我看来，这本书看似写的"匠人"，却更像是作者自己对旧时光和乡愁的深深怀念。

> 由此，曾经风靡一时、给人们日常生活带来方便的乡村货郎匠们被时代的滚滚洪流所淹没。偶尔行走在乡间小路上，看见身边熟悉的山山水水，脑海中就会浮现出乡村货郎匠的身影，耳边仿佛又响起"吱吱嘎嘎"箩夹与扁担的摩擦声，以及"叮叮咚咚"的拨浪鼓声来。
>
> ——《乡村货郎匠》

如今，随着社会的发展和进步，那些年人们生活中不可或缺的木瓢已被后来的铁瓢、铜瓢、锡瓢、铝合金瓢、塑胶瓢所替代。时下的乡村，已很难见到带着乡村骨感的各种老式木瓢了；而曾经让人羡慕的乡村木瓢匠们大多已是上了岁数的老人，不少人已经作古，传统的木瓢制作技艺已然失传，留下的只有岁月深处难以忘怀的回忆。

——《乡村木瓢匠》

在我编辑这些乡村匠人的稿子时，发现作者文末总是流露出一种淡淡的哀伤和挥之不去的惆怅。这种哀伤和惆怅，我不妨把它们定义为乡愁。乡愁，是60后、70后常常挂在嘴边，出现频率很高的一个词。但是，我们又很难说出乡愁最具体的样子。感谢作者独特的视觉和审美品味，让朴实无华的《乡村匠人》成为在乡村长大的我们这一代人最真实的旧时光"写照"，成为我们无法言说的乡愁的一个真实载体。

当然，这本书还有一些不足，比如对匠人的描述和记录过于"偏正"，如果除了记录匠人的技艺之外，内容进行延伸，将匠人具象化，讲述他们在从业过程中的一些精彩故事，其可读性将大大提升，并且更有情感和温度。另外，就是忽略了对乡村匠人相关图片的收集和整理，如果能够做到文字记录，图片佐证，图文并茂，那么该书的史料收藏价值将会更加凸显，这不能不说是一大遗憾。

"兄弟，我一不为名，二不为利，只是因为发乎内心地热爱民俗文化，所以想尽自己的'洪荒之力'为川东北民俗文化的传承和保护做点什么！"这位敦实的川东汉子在和我一桌吃饭时，端起酒杯，一饮而尽，不胜酒力的他很快脸上就冒出了几朵红晕。这句话冲击我的耳膜后，我瞬间有点小激动："强哥，啥都别说了，送你一个字——牛！"

2022年3月8日书于陋室

（作者系《达州日报》《达州晚报》副刊主编）

乡村匠人

# 目 录
CONTENTS

乡村剃头匠..................001

乡村打石匠..................004

乡村木匠....................008

乡村弹花匠..................011

乡村豆腐匠..................014

乡村裁缝匠..................017

乡村收荒匠..................020

乡村扫帚匠..................023

乡村挑挑匠..................026

乡村榨油匠..................029

乡村铁匠....................032

乡村跑摊匠..................035

乡村骟匠....................039

乡村砖瓦匠..................042

乡村锣鼓匠..................046

乡村贩牛匠..................049

乡村挂面匠..................052

乡村篾匠..................................055

乡村盖匠..................................058

乡村厨匠..................................061

乡村粉匠..................................065

乡村棕匠..................................068

乡村知客匠..............................071

乡村蜂匠..................................075

乡村漆匠..................................079

乡村杀猪匠..............................082

乡村补鞋匠..............................085

乡村泥水匠..............................088

乡村水木匠..............................091

乡村染匠..................................094

乡村说书匠..............................097

乡村改锯匠..............................101

乡村米花匠..............................104

乡村推船匠..............................107

乡村打鱼匠..............................111

乡村修磨匠..............................115

乡村灶匠..................................118

乡村犁铧匠 ......................................... 121

乡村车碗匠 ......................................... 124

乡村蔗糖匠 ......................................... 127

乡村补锅匠 ......................................... 131

乡村麻糖匠 ......................................... 134

乡村打更匠 ......................................... 137

乡村钉秤匠 ......................................... 140

乡村冰糖葫芦匠 ................................. 143

乡村抓抓匠 ......................................... 146

乡村磨刀匠 ......................................... 149

乡村抬匠 ............................................. 152

乡村铜匠 ............................................. 156

乡村牮房匠 ......................................... 159

乡村挖煤匠 ......................................... 162

乡村糖人匠 ......................................... 165

乡村箍桶匠 ......................................... 168

乡村代笔匠 ......................................... 171

乡村碾米匠 ......................................... 174

乡村草鞋匠 ......................................... 177

乡村刻章匠 ......................................... 180

乡村修表匠……183

乡村烤酒匠……186

乡村补碗匠……190

乡村草帽匠……193

乡村掮匠……196

乡村赶鸭匠……199

乡村箩筛匠……203

乡村货郎匠……206

乡村纳鞋匠……209

乡村教书匠……212

乡村皮匠……215

乡村算命匠……218

乡村面人匠……221

乡村修笔匠……224

乡村木瓢匠……227

后　记……230

# 乡村剃头匠

"剃头啦,剃头啦!"一声声吆喝,伴着阵阵犬吠,院子里的大人小孩便会跨出门槛,循着吆喝声走去。一眨眼工夫,剃头匠师傅身边就围了一堆人。有递叶子烟的,有划火柴点火的,也有端板凳的,大家都忙个不停。剃头匠师傅有说有笑地放下肩上挎着的工具箱,摸摸这个小孩的头,扯扯那个小孩的耳朵,打趣逗乐子。待一袋叶子烟燃尽,他拿出箱子里的刀剪,拴好遮挡碎发的围帕,开始替人剪起头发来。

这是我小时候亲历的情景。川东北一带把理发师叫作"剃头匠""理发匠"或"剃脑壳的人"。剃头匠这个职业算不得高尚,也不算低贱。反正有技在身,天晴落雨不用出工干农活,走到哪吃到哪,不愁饿肚皮,很是让人羡慕。

大集体生产那些年,手艺人外出挣钱得给队上缴"工分款",又称"口粮钱",年终将钱折算成工分,按全队人均工分数分粮食。那时劳动价值低,一个劳动工日只有几角钱,一个人一年的剃头费八角钱左右。一般一个大队只有一个剃头匠,负责所有生产队近千个男人的剃头剪头,年终每个队按人头结算剃头费。剃头匠师傅除了上缴队上的工分钱外,手中还略有结余,在那个年代,兜里有几个现票子,也算是"富甲一方"的人了。

土地承包下户后,剃头的费用也发生了变化,大多采取包年的方式,年终剃头匠师傅自行上门到每家每户收取。随着改革开放政策的深入,乡场上的理发店如雨后春笋般地多了起来，加之青壮年都外出务工去了，乡村剃头匠的生意开始变得萧条起来。不过学了这门手艺，丢了不做不划算。好在剃头的包年费逐年在增加，做总比不做好。

俗话说：剃头挑子一头热。过去，乡村剃头匠都挑着一个担子，担子的一头装着一口小铁锅，下面的炉灶用木炭生着火，专门烧洗头用的热水，另一头则装着脸盆、洗脸帕、肥皂、去汗的皂角荚以及剃头工具等。新中国成立后，乡村剃头匠的行头就变得简单多了，一个布袋或一个小木箱，一块磨刀石和几把刀剪，挎在肩上就出门，走村入户轻便多了，至于洗头用的水之类的东西，均由剃头的人提供。

剃头匠这门手艺，很有一番讲究。小孩出生满月或满百天剃胎头要请剃头匠师傅，需提前几天上门找他掐算选日子。剃胎头那天得烟酒侍候着，还要给"喜事"红包，一元二、十二元、一百二十元不等，由主家的大方和经济状况而定，剃头匠师傅也不会去争究，只要过得去就行。剃头匠师傅将小孩头上剃下来的胎毛放在手中揉捏成团，如果呈圆形，标志着小孩好带，无病无灾。团好的胎毛用线穿起来挂在梁柱上或蚊帐竹竿上，意思是小孩长大后会远走高飞有出息。所以，凡是农村上了年纪的老人，对剃胎头这项仪式都很看重。

要是谁家的老人去世了，也得去请剃头匠师傅上门，为死者剃头净身穿衣。这是"白事"，必须得给红包"冲喜"，一般离不了"三"，一元三、十三元、三十三元，或者一百三十三元。凡是"白事"，往往都是上了岁数的剃头匠才接这些死人活。在为死者剃头净身时，剃头匠师傅还煞有介事地用手比比画画，口中念念有词，一为生者避煞驱邪，二为死者亡灵超度。

乡村剃头匠最让人看好的手艺，就是修面刮胡须，这是城里理发店和发廊师傅无法比拟的。修面刮胡须前，剃头匠师傅将毛巾在温水中浸湿后挤干，在你的脸上和嘴上轻轻地揉搓十几下，随即抹上肥皂泡子，拿出刮胡刀在胶皮上反复抹几次去汗渍，然后左手撑住你的头，右手刀走偏锋，从脸上、嘴上、额头、后颈、背沟和耳后轻轻划过，一阵轻微的"唰唰"声响起，面部神经就会自然松弛开来，一种舒服感透过全身，让人顿时神清气爽。

　　乡村剃头匠师傅最擅长的技艺还是掏耳，这岂止一个"绝"字了得。他们没有医院五官科的凹透镜设备，也不需要手电光照明，全凭感觉在操作。掏耳前，剃头匠师傅将你的耳朵轻按几下，随后用剃毛刀在耳朵内转上几圈，去掉耳毛后，才开始掏耳。当细长的耳匙刚伸进你的耳内时，瞬间有种"嗡嗡"的声音响起，尔后耳匙在耳内上下左右蠕动。顿时，一种酥麻感遍布全身，让你欲罢不能。再用柔软的耳刷来回搅动，清扫耳垢，最后又轻按几下耳朵，掏耳就结束了。剃头匠师傅掏耳的手艺精就精在拿捏适度，既舒服又不伤耳膜，手到垢除，一点疼痛感都没有。能达到如此境界，非一日之功矣。

　　乡村剃头匠还有一手绝活就是"复颈"。如果不小心颈子错位或伤了气，就得找剃头匠师傅端颈复位。剃头匠师傅站在失颈人背后，先是用手掐捏肩颈部几处穴位神经，让你自然放松，最后两手向上用力端起你的前后脖颈，猛然间向左或向右用力一扭动，随着"砰"的一声轻微响动，剃头匠师傅会立即松开双手，在你的脖子上反复掐揉几分钟，并让你上下左右摇头几下，僵硬的脖子就能活动自如了。

　　有时，乡村剃头匠也会替一些妇女剪头洗头，剪那种常见的"波波头"。就是将长发剪短，头发长短与后脖颈对齐，用一把剪子和梳子就能完成，花不了多少时间。当然，一年半载剪一次，剃头匠师傅是不会收费的，大不了遇上饭点吃顿便饭，名也有了，义也有了，两不相欠。

　　近些年，随着城镇化建设进程的加快，农村人进城买房的多了，居住在乡村的人越来越少。加之乡村剃头匠手艺青黄不接，年老的不能做歇了业，年轻人不愿学也不愿做，而今的乡村已很难再见剃头匠的影子了。

　　尽管如此，但昔日乡村剃头匠走村串户的吆喝声早已镌刻在儿时记忆深处，此时想起，仍感觉是那么亲切和难忘。

# 乡村打石匠

石匠，在川东北一带叫作"打石匠"。

常言道："养儿莫学石匠，天晴落雨在坡上，讨个妹娃儿怪不像。"意思是石匠这门手艺不受人待见，因为常年在野外作业，日晒雨淋，条件十分艰苦不说，还是个高危职业，见识稍微远一点的父母，都不会把儿子送去学这门手艺。

石匠最辛苦的活，莫过于在野外开山采石，也叫"打大山"。一般裸露的大石头都在悬崖边上。要想把一块大石破开，变成大小不一的条石，不是几锤几錾的事。首先要观察石头的座势，看是"立山"还是"困山"，再选择打石开眼的地方，然后画线下锤；其次是做好开山采石的准备，在石头上錾出几步人梯，方便施工作业。

开山破石的基础工作是挖"穴眼"。挖穴眼是一门技术活，穴眼要外大内小，相互间隔二十公分一个，眼深至少要十公分，而且眼要正，不能歪斜，否则会影响石头的破裂线。锲子是钢铁做的，小孩手臂粗细，长二十厘米，上大下小。穴眼挖好后，将锲子一个一个嵌入穴眼内，然后用大锤敲打铁锲子，以此达到把石头崩裂破开的目的。

打大锤，不仅是一项体力活，更要几分胆量。站在悬崖边上，要抡起三四十斤重的大锤，并举过头顶，然后准确无误地锤打在每一个铁锲上，从左至右一个不漏地锤打，下锤时用力要均匀，不能轻一锤、重一锤。所有这些技巧，不是学三两年手艺的人所能为的。抡大锤的一般都是石匠师傅，并且都是一些经验丰富的人。

抡锤时还得呼号子，不然就叫打"哑巴锤"。呼号是为了舒缓气血，蓄积抡锤的力量。但没有固定的语句，大多是见物说物，见人说人。

如对面路上有个牵牛的老头，抡锤师傅就会喊："对面老头牵着一头大水牛哟……嗨……"

如果桐子树开花，抡锤师傅就会来一句："桐子树开花朵朵艳哟……嗨……"

如果看见年轻夫妻路过，随兴会来一句："水中鸭儿嘴对嘴，路上两口子手牵手哟……嗨……"

如果天热太阳大，随口便是："太阳大，天气热，打完这锤就收工哟……嗨……"

如果看见一个年轻妇女路过，便会来一句："路上大嫂下田来，黄泥巴裹着绣花鞋哟……嗨……"

总之，号子的内容变化无穷，雅而不俗，见人说人，见物说物，信手拈来，号声似歌又似词，音调悠扬，时高时低，听起来别有一番韵味。

不过，抡大锤这活带危险性，如果稍不注意，脚下踩虚，或用力过猛，就会人随锤走，栽下崖去。有经验的石匠师傅在抡锤时都会手眼合一，放锤时屁股要向下往后蹲，借以消减放锤时前坠的惯性。如果崖坎过高，地势险峻，抡锤的石匠师傅腰上还得拴上一根粗麻绳当保险带，以防脚下踩虚连人带锤滚下崖去。

一般来说，在野外开山打石，石匠师傅都会带着风箱炉子，预防铁錾钝了好及时加工煅烧。把铁錾放在炉子里烧红后用手锤锻打锚尖，然后放进冷水里淬火。淬火得看火候。将烧红的铁錾放在水里淬火，火淬硬了，錾尖一遇石头就会跳尖，火淬软了錾尖就会卷筒。淬火的火候很关键，全凭经验来判断，这些都是在实践中体会出来的，毫无诀窍可言。

每逢野外开山打石，主家都会把饭菜送到打石的地方，一来节约往返时间，二来好看管开山打石的工具，这些吃饭的家伙千万丢不得。

石匠这门手艺虽然不被看好，但逢修房造屋，石木二匠同桌，石匠坐上席左手，木匠坐上席右手。席桌上的规矩，左为大，因为石木二匠的祖师爷都是鲁班，石匠是师兄，木匠是师弟。再说，万丈高楼从地起。石匠不下石安基砌墙，木匠就无法上梁搁檩。况且，这可是祖师爷传下来的行规，谁也不敢犯浑坏了这个规矩。

修房造屋一般都要找风水先生选择良辰吉日，其中最看重的是把握好开工"下石"和完工"扣梁"的时辰。开工下石就是石匠师傅的活了。下石前，石匠师傅会选一块四四方方的石头，用铁錾凿成碗儿状，在房基中堂屋门槛石位置下挖一个小坑。时辰一到，石匠师傅点燃香蜡纸烛，左手提着一只大红公鸡，口中念念有词，再用力掐开红鸡冠，把鸡血涂沫在石头上，扯下几匹鸡毛黏上去。然后，双膝跪在地上，对天对地对祖师爷来几个长揖，叩几个响头后，将石头放在坑内掩上土，就大功告成了。不过，这场下石"法事"不是白做的，得给石匠师傅包喜钱红包，里面装的钱多少得看主家。一方一俗，一般都是约定俗成。

那些年，建材物资非常紧俏，乡村建房下基很少用钢筋水泥，都是用石头做基础。由此，石匠这门手艺也很吃香，不仅要替主家开山打石备料，而且安基砌屋、修地坝阴阳沟都一手包揽，一干活路下来，至少也要十天半个月。

主家烟、酒、茶、饭伺候着，供为上宾，生怕得罪了手艺人，自己上当遭"瓷器"。不过，乡村石匠和其他乡村匠人一样，都是土生土长的农村人，大多心地善良，从不会因主家招待不周而"下烂药"起歪心收拾别人。

石匠的手艺分小活大活，做小活的石匠只是修石磨和做一些简单的雕刻；做大活的石匠活路称得上五花八门，打水缸、打猪槽石、打狗槽石、挖粪坑、砌地坝栏边、修桥补路，样样都能干，从不挑工厌工。在新中国成立初期和"农业学大寨"那些年，修堰塘、修水渠、坡地改梯田、开山打石，到处都有乡村石匠劳碌的身影。

随着科技的发展，社会的进步，家用生产生活用具进入寻常百姓家，修房造屋全是钢筋混凝土，再也不用一块石头了。更可惜的是，过去人们赖以生存的石磨、石斗窝也被小型家用打米磨面机代替，已弃之不用，成了垒土砌坎的废石。

乡村石匠的失业，让我联想到这门手艺的失传，沿袭几千年的技艺将逐渐从视线中淡出，不由得心生几多失落和忧虑。

# 乡村木匠

儿时记忆里，会手艺的乡村木匠，一个生产大队至少有五六个。他们走村入户，常年奔波在外，用勤劳的双手换取报酬的同时，也为邻里乡亲生产生活送去了方便，很受人们尊重。

木匠的工具比较复杂，斧头、锤子、刨子、凿子、锯子、舞钻、五尺、墨斗、弯尺、三角尺等。将它们用一只特制的竹背笼一装，肩背手提，便可出门做手艺了。一个手艺娴熟的木匠师傅，都带有三四个徒弟。只要有人上门请，活儿全由师傅安排，使斧、用锯、打眼，各干一门，但彼此分工合作，配合默契。

木匠进屋，也很受主家欢迎，特别是家里的"火老大"（主妇）更是喜上眉梢，再不愁没有烧火煮饭的柴禾了。也难怪，那些年经济拮据，煤炭和木柴都很稀罕，烧火用柴都是应时应节，产什么粮食作物，收获的秸秆就是天然的燃料，平常很少用木柴来烧火煮饭。

木匠会做的家用木器很多，装粮食的扁桶、柜子，担水担粪的木桶，耕田耕地的犁头，打谷的拌桶、架子和风车，常用的扁担、锄把，以及婚丧嫁娶的物具等。对行内的人来说，做这些农具属于入门手艺，十分简单易学。有趣的是替人做"木夹袄"（棺材）时，上了年岁的木匠师傅都会躺进做好的棺材内去睡一会儿，一是看长短宽窄合不合适，二是说进去睡了的人可以增福添寿。

木匠最愿干的活，是替别人做嫁妆，不仅能好吃好喝，而且一干就是十天半月。在乡村，一般女儿到了出嫁年龄，父母都要准备嫁妆。过去，乡村嫁妆离不开木柜、木箱、衣柜、梳妆台、洗脸架等，家庭条件好的还要置办个八抬九抬，差一点的也有三抬四抬。结婚那天，欢天喜地一大路，路人一打听谁嫁女谁娶媳妇了，父母脸上也有光彩。

要做几抬箱柜之类的嫁妆，不是三天五天能完工的，主要是木料筹集非常困难。那些年"以粮为纲"，乡村光秃秃的一片，看不见一根像样的树木，街上没有木材市场，更没有现成的木板方条，全是些东拼西凑的陈旧树木，木匠做起来也费工费时。可无论如何，父母都会想方设法，哪怕是多花几个工日，也不能亏了儿女。真是可怜天下父母心啊！

新中国成立前的乡村木匠，技术含量最高的手艺是修木排立房屋，一般都是上了年纪的老木匠才有此能耐。无论是修"三柱房""五柱房"，还是"七柱房""九柱房"，都必须先画个"屋样"。这和现在建房的图纸差不多，只不过屋样是画在木板上或石灰壁子上。一间房子要多少柱子，多少穿方，多少檩子椽子，要挖多少眼，要准备多少榫头。立柱上梁那天，几扇排立拉起来，连接的穿方一固定，屋架就形成了，所需的材料一个不差。并且四穿八柱，四平八稳，既上眼，又经得起风吹雨淋。现今，农村上百年的穿斗木排立房仍依稀可见，不得不说这是劳动人民勤劳智慧的结晶。

过去新房落成，一般都要请风水先生选个好日子举行上梁仪式，寓意吉祥。改革开放前，川东一带乡村民居以木排立结构居多，大多数是以正堂屋顶端的一根檩子为"梁"，位于脊檩下三十厘米处的墙内，一向被人们视为镇屋之梁而倍加珍视。上梁是指安装这根檩子。上梁前得先祭梁，主家要摆上鸡、鱼、肉等"三牲"供品。主持祭梁的木匠都是"掌墨"的师傅，他筛酒祭天、祭地、祭八方神灵，然后左手拿起准备好的大红公鸡，右手掐破鸡冠，边念赞词边将鸡血洒于大梁上。梁上贴着亲朋好友送的一块大红布，用硬币嵌入，上书"紫微高照"四个大字，由徒弟扛梁登梯安装梁木。随着扛梁的木匠一步步登高，主人燃放鞭炮，掌墨的木匠师傅口中念念有词：

上梁上梁，鲁班到场；粗的当柱，直的当梁；木尽其用，都派用场。

待梁木安装就绪后，掌墨的木匠师傅便用事前编好的四言八句向主家高声颂赞：

天备良辰来扣梁，主家修的好华堂。华堂修在龙脉上，大家齐心来上梁。上一步一品当朝，上二步双凤朝阳，上三步三元及第，上四步四季发财，上五步五谷丰登，上六步六合同春，上七步七星高照，上八步八仙过海，上九步九子登科，十步上得全，荣华富贵万万年。

家人、亲友和贺喜的人们听了木匠师傅的颂赞后齐声高呼"好！好！"，掌墨的木匠师傅高兴地将主家准备好的糖果、香烟、包子还有其他物品抛撒到围观人群中，称为"抛财喜"，并对房前屋后的人大声喊道："前后有没有人？"大人、小孩便齐声应和："前后都有人！"预示主家人丁兴旺，后继有人。此时，鞭炮齐鸣，人声鼎沸，气氛达到了高潮。

当然，立柱上梁这天凡是参加建房的石木二匠都会到场，不但人人有喜事红包，而且主家这天还要给所有匠人发双工资。干一天算两天的工钱，何乐而不为？一般主家也不会吝啬这点工钱，约定俗成，是大事、喜事，是拿钱也难买的好事情。

其实，乡村木匠也非常重情重义，如果做的工日多，活路完工结账时，他会主动让出几个工日算帮忙。都是邻里乡亲，关门不见开门见，钱也挣了，人情也有了。所以，凡是乡村匠人，人缘都非常好，家中有个大凡小事，一声吆喝，帮忙打杂的人都会不请自来。

斗转星移，岁月更迭。如今，乡村木匠和其他乡村匠人一样，市场需求量越来越小，而继承这门手艺的年轻人也寥寥无几，已到青黄不接的时候了。山清水秀的美丽乡村已很难听见昔日的拉锯声、斧劈声，以及立柱上梁时木匠师傅的吆喝声了。

# 乡村弹花匠

"弹棉花，打棉絮哦……"每年的正二三月或寒冬腊月，一向沉寂的乡村不时便会传来弹花匠招揽生意的吆喝声，声音时高时低，语调抑扬顿挫，带着男性的磁音，回荡在乡村的山岭沟壑间。

在七十二行手艺中，乡村弹花匠是不可或缺的重要行业之一。一副木制的弹花弓，长约两米，前端弯曲如钩，仿佛农家石磨上推磨用的磨钩。弯曲的弹弓下方，有一根牛皮筋将弹花弓两头连接起来，还有一个带把的木制手槌，手槌的形状看上去就像一个木柄手榴弹。另外还有一张四四方方的用木板做成的绷床，可收缩，便于确定棉被的宽窄。绷床四周插满了小竹签，用于固定棉被上下网线。另外还有一个圆形的云盘，像厨房里的切菜墩，是将一节粗树截成十厘米厚，直径在六十厘米以上的圆盘上面有一个手握的木把，主要用于碾压棉被使其踏实。

乡村弹花匠一般都是上门入户做手艺。进得门来，让主家拿出棉花，根据棉花多少确定棉被的宽窄和厚薄，一床棉被至少要五斤棉花。第一道工序是弹花。弹花匠戴上纱布口罩，腰间捆上一根布带，将一根大拇指粗细弯曲的斑竹棍插在身后的布带内，斑竹棍顶端垂下的一根绳子系在弹弓中间的弓背上，使其伸张有弹性。将弹弓的弦放在棉花上，然后用木槌敲击牛皮筋弦，形成弹力，再运用弹力弹击地上的棉花。随着弹花锤时快时慢的敲击，弓弦一张一弛，时左时右地在棉花上游走，使先前裹得很紧的棉花膨胀蓬松开来，变成了一座白白的小雪山。

说实话，弹花匠弹花时，像一位古筝演奏家，"嘣嘣嘣、嘣嘣嘣"的弹花声，很有节奏感，仿佛在弹奏一曲激情四射的乡村歌谣，时而高亢激昂如奔腾的河流，时而低沉雄浑如海水在喷涌咆哮，时而婉转低回如秋风拂过心房，时而如泣如诉似高山流水，让人如痴如醉。

弹完棉花开始上绷床。将绷床拉开至所需要的宽度，铺底网线，棉花织成棉被主要靠上下网线固定，一床棉被用的时间长短，关键看网线铺得好不好，所以，这道工序非常重要。铺网线一般要两个人才能完成。将网线穿在木篦片上的一个小铁环内，一人用左手将线网在竹签上，右手将篦片递向对方，绷床对面那个人用手指勾住递过来的网线并套在绷床竹签上，如此这般反复，半个小时工夫底网线就可以铺好。

这时，弹花匠将地上的棉花抱入绷床内铺开，又站起来弹起弓弦，将绷床上的棉花弹个遍，将四大角填满铺平，大致均匀后便开始铺上网线。铺线完成，将绷床边的上下网线连接，松开绷床，用针线把棉被缝成豆腐块状，目的是增强连接性和网线的受力度。

待一切就绪后，弹花匠双手拿云盘，用力在棉被上来回蠕动，为的是把棉被压实，盖在身上贴身暖和。这道工序，看似轻松，其实很费力气，必须用尽全力。有时弹花匠双脚还会站在云盘上，在棉被上来回旋动，才能把棉被压实成一张饼。由此，相比其他工序，用的力气自然就要多一些。

那些年的弹花匠亦农亦艺，农忙时和妻儿老小一起在家侍弄庄稼，那才是一年收入的大头。家中有粮，心里不慌，即使弹花做棉絮这行生意不景气，也不愁没饭吃。闲时，便出门做手艺挣点打杂钱。主家结算工钱，有按工天算的，也有按棉被床数算的，反正都差不多，按当时的物价收费相互不吃亏。

如遇家中嫁女娶媳妇，就得请弹花匠进门置办嫁妆。乡下人善良淳朴，待匠人如上宾，拿出家中好吃好喝的招待，生怕得罪了手艺人。一遇到这等好事，弹花匠会更加尽心尽力，不但活儿做得更加精细，而且还会在织好的棉被上用红毛线绕出一个大大的"喜"字，或者"新婚快乐""幸福美满"之类的祝福语，以示吉祥庆贺。

其实，弹花匠这门手艺不但非常累，而且粉尘大呛口鼻，上了年纪会得哮喘病，另外长期弓腰驼背地干活，腰椎颈椎犯病是常有的事。由于时常拿木槌敲打牛筋弦，撕扯棉花，手掌手臂龟裂，一遇冬天，开筋淌血，异常难受。因而子承父业的说法，在弹花匠这行基本是一句空话，愿意继承这门手艺的年轻人也越来越少。

改革开放后，思维灵活的弹花匠转变了经营理念，到乡场上当街租住或购买一间门面，从事弹花做棉被这门手艺。同时，批发回棉花做成棉被出售，间或加工送上门的棉花和翻新旧棉被，收取一定的加工费，挣不了大钱，养家糊口还算没问题。

近些年，本地年老的弹花匠不能做了，没有薪火相传的接班人，弹花做棉被的人也越来越少。偶尔从外省来的弹花匠，弹花用机器，全是半机械化操作，虽然做工快，做出的棉被也精致，但总感觉没有传统的手工弹花缝制出来的棉被盖在身上舒服暖和。

由此，曾经风靡一时的乡村弹花匠悄然隐退，没了那"嘣嘣、嘣嘣"的弹花声，内心陡然间像少了点什么一样。

# 乡村豆腐匠

乡村豆腐匠就是制作豆腐的手艺人，川东北一带又叫"推豆腐的人"。从古至今，豆腐匠是人们日常生活中不可或缺的匠人之一。

乡村豆腐匠一般都有自己生产豆腐的作坊，主要从事豆腐系列产品的生产和制作。他们的制作工具非常简单，除压制豆腐的木箱格外，还有瓦钵、石磨、大铁锅、大柴灶以及摇将和过浆帕等。制作原料主要是大豆，石膏则是"点水成物"的重要辅助材料，没有它就做不成豆腐。

做豆腐看似简单，却是一个力气活。制作前，先用水浸泡大豆，一般要浸泡十个小时左右，直至大豆泡涨泡软为止。紧接着是上石磨将豆子磨成浆，浆磨得越细越好，川东一带叫"推磨"。而摇将则是用两根一米左右长的木扁担，中间钻眼，将两根扁担叠加在一起，眼对眼，用一根小木条穿在其中拴住，吊在屋檐垂下的一根绳子上，可左右活动，木扁担两头有固定过浆帕的木钉。过浆帕呈四方形，用纱布做成，四只角拴在摇浆上。把磨好的豆浆倒入过浆帕内加水，上下左右起伏摇动摇将，使其打磨出来的豆浆在帕内反复翻滚，让过滤后的浆汁流入瓦钵内，直至帕子里面流出的水变清澈。这时，过浆帕内剩下的就只有豆腐渣了。在生活困难年代，豆腐渣也是不可多得的食材，加上油、盐可以炒来拌饭吃，也可加盐发酵制作成豆渣咸菜，佐餐时食用，还可以与麦面搅拌做成筒状的面粑，人们称为"叫花粑"，火烤烟熏后装进八角篮内放个自然干，吃起来绵劲十足，是佐酒的一道好菜。

把瓦钵内的豆浆水放入大铁锅中烧开，可以制作豆浆、豆皮、豆腐脑和豆腐。豆浆烧开后加入白糖就可直接饮用。如果是制作豆皮，待烧开的豆浆温度冷却到一定程度后，表面结一层卤皮，用一根细木棍横置锅面，一黏一转，即可取一张全皮，此法称为"揭豆腐皮"或"挑豆腐皮"。如此这般，可连取四五张，取出晾干，即为市场上销售的豆叶皮了，可以用来煎炒或烫火锅吃。

把烧开的豆浆舀入瓦钵中，加入事前磨制好的石膏水，边加边用小斑竹棍搅动，稍停，待温度降到适宜程度，便结晶成豆腐脑。再在豆腐脑内加入油、盐和葱花即可食用，这可是一道难得的新鲜食材，吃起来鲜嫩可口。而今，城里大街上随处可见专门的豆花饭食店，一碗雪白豆花、一碗大米饭管饱，吃下去既经济又饱肚。

如果要制作成豆腐，就将豆腐脑舀进垫好纱布的豆腐箱内。豆腐箱是木制的，四方形，分底板、圈板、盖板三部分，底板有二十五个呈方块的凹型格子，舀入豆腐脑后，盖上盖板，把磨礅石压在上面，待榨干豆腐脑内的水分后，真正的水豆腐就制成了。然后，拿开上盖，取出豆腐箱边圈板，揭开纱布，将上下盖合拢，翻转过来，拿开底板，二十五格方块形的豆腐就展现在人们眼前。然后用刀沿凸起的格印划开，单个豆腐就成形了。一般来说，乡下农家制作豆腐，每箱豆腐用大豆五公斤左右就足够了。

如果是卖新鲜豆腐，豆腐匠将整箱豆腐用竹筐子装上，挑到菜市场，或走乡入院地叫卖。随着"卖豆腐哟，新鲜的小磨豆腐！"的吆喝声，便会招来三三两两买豆腐的人。豆腐一般都是以个数卖，用刀划开，无须讨价还价。一个时期，一个地域，价格都是固定的，童叟无欺，都是乡里乡亲，做生意靠的是几个熟人，诚心经营，相互信任，有钱无钱，只要开口买，豆腐匠二话不说，按照凸出格子的印迹，一刀划下，要买几个就是几个。因为川东北一带都是以个论价，很少论斤卖。

若是制作千层皮豆腐，就是很薄的那种豆干，主要用作肉类食物的配菜或制作凉拌豆腐干。制作方法同样是在豆腐箱内完成。每舀一瓢豆腐脑于豆腐箱内，便加一层纱布，加上几层后，盖上顶层箱板，然后用磨磴石压去水分，做成的就是一层一层的薄片片儿了，这就是市场上的豆腐皮，也叫"千层皮"。

腊货是四川的特产，更是川东北一带人们的最爱。腊豆腐是逢年过节的主打食物，将划成块的豆腐撒上盐巴和其他作料，放在盆钵内腌制二十四小时，让盐水完全渗入豆腐内后，再在柴火灶上铺上竹巴折，将豆腐块放在竹巴折上。灶内撒上谷糠或柏树丫，文火熏烤，不定时地翻动，让其慢慢熏烤。待豆磨内的水分烤得差不多了，再放进竹编的八角篮内，吊在灶面前风干，就成了香喷喷的腊豆腐干了，吃起来别有一番风味在心头。

川东北有"无豆不成席"的说法，这是人们对豆类食材的认可。虽然从健康角度来说，烟熏火烤的东西是致癌的物品之一，但仍然是乡村农家待客的首选，一直情有独钟，爱不释手，也是一直延续下来的一种传统食品。常言道"一方水土养一方人"，也许这就是人类"因果自然"的生存法则吧。

近些年，随着社会的发展和进步，小型磨浆机、蒸汽锅炉进入了乡村豆腐坊，逐步取代了石磨磨浆、柴灶烧浆的传统工艺，大大降低了劳动量。于是乎，豆腐匠除制作豆腐卖外，每年的寒冬腊月，还大量承接对外加工业务，收取一定的加工费。仅年前两三个月，就可有不菲的收入，因为过年过节，腊豆腐是上桌待客的主打食材，也是家家户户必备之物。

如今，乡村豆腐匠以特有的生存方式，依然活跃在乡村院落，那一声声叫卖声，像一首激昂的村歌，为乡村生活增添了无穷的乐趣。

# 乡村裁缝匠

记忆中的乡村裁缝匠，斯斯文文，衣着讲究，他们走村入户，用一把剪刀、一根针、一把尺、一个熨斗，在一方方红、蓝、黄、绿、白、紫的布料上，刻画着人情世故，装扮了别人，也赢得了自信人生。

从古至今，乡村裁缝是乡村匠人中重要的匠人之一，衣、食、住、行，衣排在首位。所以，裁缝匠这个职业很让人看重。学这门手艺的人，眼光较其他人看得远，其父母也是头脑比较精明之人。

新中国成立前，裁缝匠游走于乡村院落，那时没有缝纫机，全是手工缝制衣服，靠一针一线完成所有工序。过去的衣服都以长布衫、短褂子居多，布料也是阴丹阳布，或把白布用膏子染成不同的花色。这些布料大多是自己用棉花纺线，然后再用织布机织成布，所以布料粗糙，线疙瘩多，不柔软，像人们做布鞋用糨糊打的布片壳一样，穿在身上很不舒坦。

裁缝匠做手艺，都是做上门活，谁请就上谁家门。上得门来，先是查看主家拿出的布料，计划着做什么衣服，量好身高腰围，然后把布料放在桌上画线裁剪，并将熨斗后盖打开，放入燃烧的柴块生火，待火旺时，加入木炭备用。虽然布料不好，但经熨烫后，穿在身上也很合体。没办法，一个穷苦人家，过年过节能穿上一件新衣服，也算年份好，谢天谢地了。

二十世纪七十年代前，我们国家还处于计划经济体制时期，样样商品都是凭票供应，什么菜油票、煤油票、粮票、肉票、布票、白糖票等，都得凭票到供销社、粮站或者食品站去购买。供应的票证都是限人限量，一个人全年布票不足一丈，勉强够一个成年人缝制一套衣服。所以，当时乡村有句俗话：新三年，旧三年，缝缝补补又三年。一般一套衣服，老大穿了老二穿，穿了一年又一年，补了一疤又一疤，甚至疤上连疤，可见当时物质文化生活条件之落后。

改革开放后，人们的生活条件得到了改善，缝制衣服的人也多了起来。紧接着，缝纫机、锁边机也面世了，乡村裁缝匠的手艺也跟随时代发展一日一日地创新，不再单纯地做长袍、短褂、对襟衣、长布衫、棉袄、夹袄、扎腰裤、通带裤了。用的布料都是机织布，不但有各种花色，品种也多了起来，蓝布、的确良、呢子布、料子布，厚的薄的样样都有。缝制的样式也多了，背心、长袖衫、短袖衫、无袖衫；长裤、短裤、棉裤、夹裤、背带裤、开裆裤、布衫裙，大人小孩穿的，男人女人穿的，样样都在行。再后来，中山装、列宁装、西装等新式服装也普及了乡村百姓家。

乡村裁缝匠心地都善良，处处都为主家着想，一块布料都要反复丈量身高、肩宽、袖长、腰围，目的是节省布料，连布边布角都能派上用场，用于做鞋帮或打布片壳。给小孩缝制的衣服，尺寸上都放得宽一些，因为人在长，今年穿了明年还要穿，裤脚边留得长，长高了可放边继续穿。生活困难时期，遇到做棉夹袄缺布料，裁缝师傅还会把不穿的旧衣服用来做里子，外面套新布，做出来的衣服很是像模像样。

那些年，乡村裁缝匠这门手艺很吃香，学这门手艺的人也多，但要真正学会裁缝手艺，至少要三年时间。刚学时，只能给师傅打下手，做一些绞纽扣、锁扣眼、钉扣子、绞衣服线边的简单活；半年或一年后，才让你踩缝纫机，把师傅裁剪好的布料组合成一件衣服。组合衣料也是一项很复杂的基本功，该打褶皱的地方还得打褶皱，走弯线直线也很有一番讲究。倘若手艺不好，缝纫的线路就会歪歪斜斜，像"蚰蟮滚沙"一样，会影响整件衣服的美观，所以打工很重要。

学缝纫最关键的技术还是裁衣服。当你能够熟练地使用缝纫机了，师傅才会真正教给你裁剪的技术。有些保守的裁缝师傅，怕徒弟提早学会手艺另立门户，抢了自己的生意，一般要到第三年，才会把裁剪这门技术传授给徒弟。

乡村裁缝匠最喜欢做的活，莫过于上门替别人做嫁妆了。通常，人生婚嫁只有一次，乡下人非常注重。事前半年就开始筹备布料，自己家中的布票不够，到左邻右舍去借一些，来年布票发下来再还给人家。有给新郎新娘做的，还有给亲朋好友做的，所以遇到这种情况，裁缝师傅总是忙得没完没了，一做就是好几天。

大凡手艺娴熟的缝纫匠师傅，踩动缝纫机的踏板时非常有节奏感。先轻轻用手挪动机头转轮，然后踩动踏板，机头右下方的针尖便会像小鸡啄米似的不停地啄动，线梭在机顶上顺时针旋转，针下的布料便自然向后移动，如一道流动的风景线。

一个寒冬腊月，裁缝匠师傅们从东家忙到西家，忙完这些活计后，年的脚步也悄悄近了。他们收拾好吃饭的家当，告别最后一家主人，肩扛缝纫机，踏着夜色，哼着自编的小曲往回走。

改革开放后，技术好一点的乡村裁缝匠师傅到乡场上租房开起铺子来，除承接送布上门裁剪衣裤的生意外，还兼营起各种布料的买卖以及窗帘布的制作和销售，也有卖成品衣裤、毛毯被盖的，不但生意好了许多，而且免除了东奔西走、在外忙碌奔波的脚下之苦。

随着改革开放的进一步深入，现代化的制衣厂如雨后春笋般蓬勃兴起，各种新潮服饰装点着城市商场和乡村店铺，衣服款式和做工都十分精致。由此，乡村裁缝匠这个行业已是"门庭冷落车马稀"，渐渐退出了历史舞台，不少裁缝匠改换门庭，歇业做其他生意去了。只有个别年纪稍大一点的裁缝匠，偶尔逢场天，在场头场尾摆台缝纫机，替别人扎个线缝，挑个裤边，换个拉链什么的，挣点加工费。

昔日乡村裁缝匠挥动裁剪、舞动针线的身影，以及"嗒嗒、嗒嗒"的机器转动声已渐行渐远，留下的只有经历过那个年代的人们挥之不去的回味。

# 乡村收荒匠

"收鸡毛、鹅毛、鸭毛哟——破铜烂铁——狗皮羊皮!"儿时记忆里,空旷沉寂的乡村隔三岔五就会传来收荒匠的吆喝声。

收荒匠就是收破烂的人。在所有乡村匠人中,收荒匠不需要一技之长,全凭一张嘴和一双善跑的腿,一年四季游走于乡村院落,与废旧物品打交道,是一个又脏又累的苦差事。

一杆木秤、一根扁担、一根打狗的斑竹棍、两只竹篾篓、几个蛇皮口袋就是他们讨生活的全部家当。那些年,除收购废铜烂铁外,旧书旧报、畜禽皮毛、穿烂了的胶鞋也是收荒匠的重要货源。将废品收回家后,分门别类地分拣开,去除杂质,送到供销社收购站交售,从中获取价差,实际所得就是自己东奔西走的一点劳力钱。

乡村收荒匠出门做生意,一般都有自己固定的范围,一两个公社,十几个大队,收荒时间一长,人熟地熟,相互信得过,货才好收。并且今天去这,明天去那,心中得有个计划,一个地方大概十天半个月巡回收一次荒。否则,间隔时间短,去的回数多了,收不到货不说,还尽跑冤枉路。

乡村收荒匠收的是破烂,赚的是吆喝,走一路,吼一坡,人未拢声先到,引来上下几个院子的狗一阵狂吠。收荒匠挑着收荒担子,拖着斑竹棍,任由几只小狗前堵后撵,也不惊不慌,淡定地放下肩上的担子,与人拉起家常来。久而久之,脸面混熟了,话自然也多了起来,便天南海北地摆起龙门阵，诸如：

"某个大队某某的儿媳妇，前几天被媒犯子拐到外省去卖了！"

"某某家的牛儿下了两个崽！"

"某某家婆媳吵架，媳妇吃了老鼠药，送医院洗胃去了！"

如此这般的消息，经收荒匠添油加醋地演说一番，把假的说成真的，让你真假难辨，听起来也蛮新奇的。不得不说，在经济落后、物质文化生活匮乏的年代，这无疑是最好的"新闻"节目了。

那些年，收荒匠赚的是分分钱，所以在讲价上也很认真，多一分少一分都要费一番功夫。好在嘴甜脸皮厚，生意都不会黄。但称秤时一点不会含糊，丁是丁，卯是卯，人亲财不亲。如果卖家对秤提出质疑，或者认为收荒匠耍了秤，大可拿出自家屋头的秤来比较一下，通常这样的事不会发生。买卖不成仁义在，下次还得打交道，不能因一次欺心秤，卖了一方码头。在这一点上，绝大多数收荒匠都明白这个道理，用良心行事，做到童叟无欺。

乡村收荒匠心地都很善良，交往的次数多了，相互都获取了信任。有时从乡场上帮东家代买针头线老，西家火柴煤油什么的，与人方便，也给自己方便，不但收到了货，而且到了吃饭的钟点，都有人请吃，虽然是遇啥吃啥，便饭一餐，总比饿着肚皮强。

二十世纪七十年代前，少数乡村收荒匠收货时并不付现钱，而是以废旧物品来置换东西，什么锅、碗、盆、筷子、糖果、香烟、火柴、白酒、草纸等，全是些生活必需品。他们通过门路，在供销社搞到这些临近过期的处理品，再以物易物，实现商品的两次利差，比纯粹的收货付钱更划算。在物资都需要凭票供应的计划经济年代，对于卖废品的人来说，能换到这些紧俏物品，也实在难得，再说卖了废品的钱也是买这买那。日杂用品，家中必备，以货换货，也少了上街去买的麻烦，何乐而不为呢？

改革开放后，家用电器进入寻常百姓家。收荒匠收的种类也开始多起来，废收音机、废黑白电视机、废冰箱、废抽水泵等电器废品加入被回收行列，此外，除旧书、旧报、矿泉水瓶照收不误外，其余的如旧胶鞋等塑料制品之类不再收了，因为价格低，费力不找钱。同样，原来的肩挑背扛的收货工具，已远远跟不上收荒的需要。个别收荒匠购置了三轮摩托车或农用小货车，"肉喇叭"也变成了蓄电池的干喇叭，收货的范围也扩大到了方圆几十公里以外。

在收荒过程中，一般废旧冰箱、电视机等电器都是以个数论价买，拿到废品收购站却是以斤论价卖。长期与废旧物品打交道，收荒匠积累了一定的赚钱经验，他们将冰箱、电视机等电器拆开，把铁、铜、铝、线圈、电容、电路板、塑料壳等分开打包，拿到收购店去卖，提高单品价格，总体加起来又增加了一笔收入。

个别精明的收荒匠，走"囤货居奇"之路，收的货不急于出手，而是堆积在家，并打听收购价格，一旦废品价格上扬，一个电话，城里的收购站就会来车来人上门收货。货多，好熬价，一旦生意谈成，货上车，成百上千的票子到手，不仅比乡场上的收购点价钱高，而且钱成整，还少花了不少力气。

从事收荒匠这个职业，首先得放下架子和面子，因为活脏活累，要舍得吃苦。不过，收荒匠也有自己的原则，把"三不收"作为职业操守：一是小娃儿卖的东西不收；二是电力、通信、铁路器材不收；三是不明来源的物品不收。信守"三不收"，杜绝了口舌是非和违法违纪的事情发生。俗话说，挣钱少，无祸灾，不怕半夜鬼敲门，睡觉也安稳。看来，他们是深谙此道的。

可以这样说，在社会飞速发展的今天，乡村收荒匠是不可或缺的匠人之一。他们是城市乡村的清道夫，一年四季在外忙碌奔波，并竭尽所能，用吆喝唤醒四季，用脚步丈量大地，用勤劳付出赢得了社会的认同和尊重。

# 乡村扫帚匠

扫帚匠在川东北一带又叫"扫把匠",也就是从事扫把制作手艺的匠人。

乡村常用的扫帚分两种,大扫帚和小扫帚。大扫帚是用斑竹苗或铁扫帚苗绑扎而成,主要用于夏秋收割季节清扫晒场内晾晒的粮食;小扫帚的原料是收获后的红粱穗,一般用于打扫屋里屋外卫生。

在所有乡村匠人中,扫帚匠的行头最为简单,一把弯刀,一把渡篾嘴。这门手艺看似简单,实则工序繁杂,而且灰尘大,从艺时间长了容易得硅肺病。

那些年,川东北一带盛产红粱。红粱又称作"高粱",是酿造白酒的主打原料。收获后的红粱穗则成了扎小扫帚的天然原料,因为苗穗多,质地柔软,除尘效果好,苗棒硬度大分量轻,拿在手上扫地轻便,很受人们欢迎。

扫帚是扫地除尘的重要工具,所以家家必备。在乡村,会扎扫帚的人不多,绝大多数都是选在寒冬腊月或正二三月农闲时,请扫帚匠进屋扎个十把二十把的,付一天工钱,招呼三餐饭就可以了。

扎扫帚的红粱穗要晒干,必须把扫帚苗上残存的红粱清除干净,否则扎好的扫帚会被老鼠咬断苗子从而不能使用。然后,将十根左右红粱穗绑扎成一小捆,用木槌将苗棒棰破,便于绑扎。一般扎一把扫帚要用三小捆红粱穗。

绑扎扫帚用篾条，选用一年内的嫩竹划成条后，剖除黄篾，把青篾挽成圈，放在猪草锅里蒸煮二十分钟左右，以增强篾条的柔韧性。

一切准备就绪，扫帚匠将木搭钩拴在树上或房屋柱头上，把篾条一端套在搭钩上，另一端扎进红粱棒内起扎。篾条起扎的位置在红粱棒与红粱穗茎处，当扫帚匠双手用力转动红粱棒时，篾条随着红粱棒的转动捆扎，依次把另外两小捆红粱棒捆扎在一起。随后，每转动一寸篾条，就将红粱棒向下弯曲一根，如此弯曲捆扎十几根红粱棒后，形成了一个"蜂包"，实际上是扫帚的"茎"，也是扫帚扫地时受力最大的地方。如果此处捆扎不结实，不但扎好的扫帚用不了多久就会散箍，而且扫地时把子松软也不受力。

蜂包扎好后，将篾条依次用力捆扎，直至高粱棒顶部，形成单手能拿住的"把子"。用渡篾嘴刺穿红粱棒，把篾条从里面穿出，如此这般又把篾条回穿到蜂包处，割去蜂包处多余的红粱棒，一把扫帚就基本成形了。但还有最后一道工序，就是绑扎固定扫帚苗。

将扫帚苗铺开呈扇形，用刀刮去多余的红粱壳，把从高粱棒上返穿回来的扎篾做成圈箍住，来回用篾条上下穿插绑扎紧，一把扫帚就真正完工了。

用斑竹苗捆扎大扫帚就简单得多了。扎扫帚的斑竹苗必须是一年以上的老苗子，否则苗子嫩了容易折损，不耐用。割回来的苗子要堆集在一起，用煮沸的开水淋在苗子上，拿一块塑料薄膜盖上，让其"发汗"脱叶，然后才能捆扎扫帚。

把脱叶后的斑竹苗用篾条捆成大小合适的把子，一般捆扎要三道箍篾，距离相等，将锄把粗细的木棒使劲插入捆扎牢固的斑竹苗棍内，就成了扫帚把。如果斑竹竿长，就不需要木棒把子了。加长扫帚把的目的，是让使用扫帚的人扫地时不弯腰，减少劳动量。

还有一种野菜苗子也可以扎大扫帚，那就是"扫帚苗子"，人们又把它叫作"铁扫帚苗"。铁扫帚苗可长成两米左右高，其嫩叶可用来蒸或炒着吃，其成年老苗硬度大，可用来制成大扫帚。如果用铁扫帚苗（扫帚菜）扎扫帚，其工序和绑扎斑竹苗差不多，但扫帚菜扎的大扫帚与斑竹苗扎的相比，耐用程度就要差一些了，最大的弊病就是遇水后苗子会黏在一起，除尘扫物不方便。

土地承包下户后，一些精明的乡民除种好自己的一亩三分责任田地外，农闲时便从事起扫帚匠手艺来。他们走乡串户，从农户家中收购红粱穗，通过绑扎加工，几十上百个地卖给本地乡村学校、企事业单位，虽然价格略低一些，但出货快，不愁卖。也有的人跑州过县，将扎好的扫帚运到邻近县城或市级城市去卖，除去车运费和其他开支，利润也很可观。有时挑上几十个在乡场上一摆，吆喝着三元钱、五元钱地打零卖，赚取一定的劳务费和价差。

近些年，由于外出务工人员多，红粱产量又低，种植的人越来越少，走遍三山五岭，已很难看见成片的高粱地了。加之塑料品、棕树皮制作的扫帚逐渐代替了传统的红粱穗扫帚，所以，从事扫帚匠这门手艺的人也少了。

尽管如此，用红粱穗扎的扫帚仍是乡村农家清扫庭院和收获粮食的主要工具，需求量仍然很大。个别乡村扫帚匠到乡场上租一间门面，除仍制作红粱穗扫帚外，还兼营起五金日杂等其他家庭用品的买卖来，生意自然好了许多，收入也较可观。

或许在不远的将来，这门手艺会销声匿迹，再难见到红粱穗扫帚的影子了，但乡村扫帚匠曾经的过往早已定格成心中的永恒，让人越是要忘记，越是难忘又想起。

# 乡村挑挑匠

乡村挑挑匠在川东北一带有"棒棒匠""扁担匠""篼篼匠"等多种称谓。反正都是用一双肩膀,扛起一根扁担穿街过巷走四方,靠一身力气讨生活,不论称呼什么,他们都乐意接受。

新中国成立前的乡村挑挑匠,主要从事长途挑运。他们把本地的土特产或洋火(火柴)、洋油(煤油)等运送到汉中、梁平等邻近地区贩卖,返回时把那里的棉花、布匹之类的东西运回本地,往返一次要十天半个月。他们一年四季奔波在外,来来往往,反反复复,大多数时间都在长途跋涉之中,很少停歇过,为异地间商品物资的流通起到了桥梁作用。

那时的乡村挑挑匠,靠的是一根扁担,两个竹箩筐,一根打杵棍,另加一块垫肩布。他们一般都是成帮结队,十个二十个邀约在一起,其目的是为了相互间有个照料,预防沿途"棒老二"(土匪)打劫。他们行走的路线,沿途都有歇脚的"幺店子"或"驿站",这跟现在乡场上的小旅馆差不多。每天走完规定的路程,挑挑匠们便打尖歇脚,收管好自己的货物,在店内打完"吆台"(吃饭)后,便上床早早休息,为明天的行程蓄积力气。

新中国成立前,川东北一带交通闭塞,不通公路,所谓的"官道",也只是马车和邮差通行的道路,主要用于传递官方信息,运送官方物资。平常商品物资流通,挑挑匠都是走小道,山高坡陡,羊肠小道,全凭肩挑背驮。虽然路不好走,但便捷,可节省往返时间,一年下来可多跑个一两趟,又可增加一些收入。由此，便成就了挑挑匠这个行业一代又一代经久不衰地传承了下来。

新中国成立初期至二十世纪八十年代前，川东北地区乡村交通仍欠发达，除大宗商品进出由火车、汽车运送外，农村挑煤、挑粮、买进卖出都离不开肩挑背磨。随着改革开放的进一步深入，大批农民工进城务工，不少挑挑匠也拥进了城镇和区乡场镇。他们走弄穿巷，替人搬运货物，一根扁担，或一根竹棒，两个篾篓，或两根绳索，一头担起天地日月，一头担起一家老小，为城市的繁荣默默奉献着力量。

正如电视剧《山城棒棒军》中所演绎的故事一样，挑挑匠们起早贪黑地奔忙在大街小巷，用常人难以承受的生活压力，笑对人生酸甜苦辣。在复杂的人际交往中，他们得到的有尊重，也有鄙夷；有欢笑，也有苦恼，但更多的是他们对美好生活的渴望。

川东北一带的挑挑匠，大多数都是一根扁担和两个竹篾篓，系上软绳，如果生意上门，首先是看货物轻重，路程远近。一番讨价还价后，把货物装进竹篾篓之中，用绳子固定好，挑起来，先晃悠几下试试，看货物是否固定稳妥牢实，然后跟随货主向目的地行进。

乡村挑挑匠都有等候生意的固定场所，一般选择在车站码头、大型商场、农贸市场，以及人来人往的地方。他们或三五个人，或十多人在一块儿。闲来无生意时，他们有的打瞌睡养精蓄锐，有的扯闲谈逛白。更多的是把扁担搁在竹篓上，有的蹲着，有的坐在扁担上，四个人围坐在一起打起扑克牌来，管他一角钱、两角钱，非常认真，输多输少都得兑现，有时为输赢几角钱或一块钱，甚至为出错一张牌争得面红耳赤。

也有的乡村挑挑匠时常满大街地转悠，流动揽生意。一旦听见有人喊"扁担""篓篓"或者"棒棒"，便会欢天喜地地跑过去，生怕跑慢了生意遭别个抢了先。有时为争一单生意，相互间还会压价、杀价，甚至争吵打骂。但乡村挑挑匠都很耿直，争了吵了一会儿就过了，从不往心里去，见面还是同道上的朋友，下回有了生意同样会搭伙做。

乡村挑挑匠住宿都有固定之处，有专门的旅馆供挑挑匠们歇脚打尖，条件虽然差一点，但价格便宜。出门当挑挑匠，为的是找钱贴补家用，不是出来享受的，所以一般都吃得下来这个苦。吃饭就简单多了，在街边随便选一家豆花饭店，一碗豆花，一碗清汤，饭管吃饱，既经济实惠，又不耽误生意。

大多数乡村挑挑匠家中都种了几亩田地，农忙时节便回到家里，与妻子一道耕田犁地，抛粮下种，忙完农事，又扛起扁担出门。家中有粮，心里不慌，挑挑匠心里都十分清楚，外面的钱，挣多挣少是小事，只要一家老小有吃有穿，出门在外才放心得下。

乡村挑挑匠心地都很耿直善良，货主吩咐的事一定会尽心尽力地做好，无论高低贵贱都一样对待，送货的地点和时间绝对保证无误。如果挑的东西丢失或破损，会照价赔偿，绝不会推诿。他们心中都明白，诚信才能走天下，无论生意大小，挣钱多少，图的是几个回头客。

还有一些挑挑匠不只是单纯地从事货物挑运，有时也做一些小生意。他们到商场批发一些小商品，然后挑着货物下乡，走村串户地销售，诸如粉条、茶壶、瓷碗以及各种小杂货。这些商品可以现金交易，也可以用粮食调换，买卖公平，价格和乡场上商店里卖的差不多，即使贵一点，人们也愿意，送货上门，理所当然。实际上，挑挑匠送货下乡，或以货换物，其实也是在用自己的力气换钱。

近些年，农村水泥路通到了家家户户，两轮摩托车、三轮摩托车进入寻常百姓家，人们买进卖出都是用车运，真正肩挑背扛的少了，极大地降低了劳动强度。城里挑挑匠的生意也少了，被快递行业取而代之，偶尔才会看见一些挑挑匠的身影，但生意都十分萧条。

乡村挑挑匠们曾经的过往以及他们为推进社会发展所做出的贡献，将永远留存在人们的记忆深处。

# 乡村榨油匠

"白露秋分过哟——嗨佐——榨油正当时哟——嗨佐——榨出菜油来哟——嗨佐——炒啥啥都香哟——嗨佐——嗨佐——"浑厚有力的榨油号子,有节奏的树木撞击声,在秋末冬初奏响了乡村榨油匠苦中有乐的劳动生活。

记忆里,乡村榨油匠黝黑的脸庞,健硕的身躯,粗壮的手臂,光着黝黑发亮的上身,穿着油迹斑斑的短裤,胸前挂着一块满是油渍的挡油布,他们看上去精力充沛,似乎有使不完的力气一般。

二十世纪七十年代前,川东北一带只有区粮站或乡粮管所才开办有榨油坊。榨油坊十分宽敞,能容下宽长的木榨以及圆形碾槽,由蒙上双眼的老黄牛拉着碾子,围着碾槽反复地打着转,将菜籽碾成粉。所以,榨油坊的屋子要大而空旷才行。

榨油的过程看似简单,实际相当复杂。得先把菜籽放进碾槽碾成粉末,然后把碾细的菜籽粉末放入蒸锅内蒸熟,并将蒸好的粉末倒进铺着稻草的铁圈里,用脚踩实压平,使之成为一个圆形菜饼,再把一个个菜饼重叠在一起装入木榨内压榨。

有经验的榨油匠都明白,榨油必须趁热开榨出油率才高。榨油匠做足一榨圆饼后,便马不停蹄地把一个个油饼装进榨槽里,将油亮的木楔插进木榨空隙内。待一切准备就绪,榨油匠便一只手握住悬在房梁下的木槌,另一只手握住木槌上的绳索,拉动木槌向后退几步,然后借木槌的回力去撞击木楔。这时,榨房内便会不时传来一阵"砰——砰——砰——"的有节奏而沉闷的撞击声,震得地皮都在颤动。

随着撞击次数增多,力气加大,木楔一步步向木榨内深入,使得油饼与油饼之间越挤越紧,挤压出来的菜油就会顺着榨槽流进下面的油盆内。一开始,菜油像滚落的珠子,又似屋檐滴水一般,一滴紧随一滴地往下滴。随着木楔的深入,木榨内的菜油如一条细线流向油盆,在油盆内漾起一圈圈涟漪,波光粼粼,让人既香了口鼻,又饱了眼福。

此时,油房内的菜油香味向四处飘逸弥漫,空气中满是菜油味儿,令人垂涎欲滴。一向沉寂的乡村,像浸润在金黄的菜油里,让人沉醉流连。

说实话,榨油匠真的不容易,不仅要有力气,还要有技巧。如果没有经过长时间的操作,手艺不娴熟,要想把油槌准确无误地撞击到木楔上,是件很不容易的事,只有长期从事这门手艺的人才能熟能生巧。榨油时,榨油匠犹如舞台上的舞蹈演员,一会儿扭动身子打翻槌,一会儿变着花样前后交替地打直槌,一会儿随心所欲、左右开弓打甩槌,一槌紧随一槌,每一槌都准确无误地击中木榨上的木楔,让人惊叹的同时,又不得不佩服榨油匠熟练的使槌技巧。

打槌累了,榨油匠会停下来休息一会儿,拿出搁在一旁桌凳上的叶子烟,掐成十厘米左右的短节,放在嘴里吹气润湿后,一圈圈地裹好,装进旱烟袋里,划上一根火柴点燃,有一口没一口悠闲地吧嗒着。随着袅袅飘飞的烟雾,看着油盆里金黄的菜籽油,榨油匠惬意地嚅动着嘴,偶尔还会从两个鼻孔里冒出一股股烟雾来。

俗话说,油匠不好学,难打望天槌。榨油匠最难打也最怕打的是顶槌,也叫望天槌,不仅花费的力气大,还是一个危险操作。打望天槌要两人,要奋力将百十斤的油槌顶向空中,目的是增加油槌的撞击力。随后二人急速后退,并借助惯性猛地把油槌撞向木楔,使其越挤越紧,榨干最后一滴油。如果后退不及时,被空中返回的油槌击中,轻则受伤致残,重则有生命危险。

所以，打望天槌这类活，都是由经验老到的师傅来操作，没有个三五年的打槌经历，只有在一旁看的份了。

常言，一行服一行，酸菜服米汤。七十二行各有各的门道。打槌过程中，榨油匠还得喊打槌号子，其目的是为了动作协调配合，为下一槌积蓄力量。榨油匠的打槌号子和石匠打石号子差不多，都是信手拈来，看见什么喊什么，想怎么喊就怎么喊，四言八句，听起来既押韵又顺口。雄厚粗犷的号子声与铿锵有力的撞击声相交融，在初冬的乡村奏响了一曲动听的交响乐。

可以这样说，一滴汗水换一滴油。木榨里流出的每一滴菜油，都是榨油匠用汗水换来的。当油不停流进油盆，榨油匠的汗水就会从古铜色的肌体上不停滚落到地上，他们用辛勤的汗水换来了满屋的油香，给人们的生活增添无穷的味道。

在大集体生产年代，榨油匠并非端着"铁饭碗"的工人或企业职工，而是生产队派往粮站搞副业的农民。报酬计件，榨一百斤油得多少加工费。虽然工作苦累，一天也只有一两块钱的工资收入，按当时的物价，收入算很不错了。而这些钱还得上缴生产队，以钱折算工分，年终一家人才能分到口粮。

岁月如梭，乡村榨油匠的日子就这样年复一年地过着。直到二十世纪八十年代中期小型榨油机面世，农村购置榨油机的农户多了起来，除压榨自己家中的油菜籽外，还承接对外加工业务，赚取一定的加工费。

随着社会的发展和进步，传统的乡村榨油方式已被社会所淘汰，加之农村进城务工人员增多，不少田地荒芜，种植油菜的人少了，小一点的粮管所也已停止粮油的收购和储备，榨油房也随之消失。乡村榨油匠的身影同那些曾经辉煌过的碾槽、木榨、油槌一样，早已湮灭在岁月的长河中。但记忆里乡村榨油匠奋力挥槌的身姿和浑厚的号子声却时常在我眼前闪现，在耳边回响，让人弥久难忘。

# 乡村铁匠

"叮当,叮当,叮叮当当……",熊熊的炉火,通红的炉铁,上下翻飞的铁锤,四处飞溅的火星,还有黑里透红的面庞,渲染着乡村的沸腾岁月。

在川东北一带,乡村铁匠的行头非常简单,一个盖草的竹棚四面通风透光,三块石头垒成的炉膛,一只又粗又长的风箱,三五把小锤和大锤,几把铁钳,还有一只装水的木盆,这就是乡村铁匠的全部家当。

乡村铁匠的手艺分两拨,做大活的和做小活的。做大活的铁匠,专门从事铁器的打制和维修,手艺要精湛,道法要深些;做小活的铁匠,主要是走乡串户錾镰刀,人们称呼其"小活铁匠"。

做大活的铁匠一般都是两个人以上,有执钳掌火的师傅,有打下手抡锤拉风箱的徒弟。他们的活计一般都是锻打锄头、铁耙、刀、斧、剪、钉、扣、爪、锤等农村常用农具。铁匠坐守铁匠铺,自有生意上门,不是特殊情况,基本不得外出做手艺,生意特别好,很受人待见。

记忆里,正是土地承包到户的时候,农业生产一片火红。勤劳的乡民脸朝黄土背朝天,种了大春种小春,一年四季都在土地里倒腾,从没让田地空闲过。大春收割后,便忙不迭地翻挖田地准备着播种小春作物。翻挖田地就离不开锄头,由此,每年的九月、十月,就是铁匠维修锻打锄头生意最火爆的时候。

实话说,要修好一把锄头也要好几道工序。铁锄磨损用钝了,就得加铁加钢。要在一把旧铁锄上加上一截铁，不是那么容易的事，得无缝衔接烧"发火"，温度要近千度。拉风箱的徒弟一拉一推毫无懈怠，掌火的师傅目不转睛盯着炉膛，只要火候一到，一声吆喝，徒弟放开风箱杆，抡起二锤，照着师傅手锤敲打的位置，左右开弓，一锤又一锤地使劲锤打着砧铁上的红铁，"叮当、叮当"的声音，伴着火星四处飞溅。铁与铁衔接好后，还要炉烧锻打好几次，一把锄头方能成形。

维修锄头最关键的是加钢淬火。加钢就是在锄头尖上加一截好的钢板，使锄头坚硬锋利，同样还得烧"发火"衔接，外加一番锻打。而放在水里淬火也不可小视，这得看火候，火淬老了触地会折尖，火淬嫩了锄刃会卷。淬火看老嫩，全凭铁匠师傅经验，一点大意不得。

每到这个季节，铁匠铺前就会围着一大堆维修锄头的乡民。人多了得依个先来后到，依次排队。有时，为争个先后还会发生争吵，吵得个脸红脖子粗，甚至还会推搡抓扯几下。往往这个时候，铁匠师傅会不徇私情地站出来说几句公道话，东说西劝总能把事态平息下来。

有些精明的铁匠师傅手忙嘴也不闲，一边锻打着钳上的铁器，一边与前来修锄的人天南地北地海侃一番。说三国，谈水浒，话西游，甚至于"张飞打岳飞，打得满天飞"，将不同故事不同朝代的人物混杂也无妨，大不了引来一阵哄笑，而往往要的就是这种效果。有时也谈论一些时政，摆一摆今年的收成，什么粮食种子好，哪种肥料催苗快，还七嘴八舌地说起市场物价，说啥都在涨，农产品却不见涨……说笑声和铁锤声相混杂，在铁匠棚里发酵升腾，打发着无聊时光，收获着难得的欢笑。

手艺精湛的铁匠师傅，小春这一季锄头农具维修下来，往往相当于大半年的收入。所以，即使有时加班加点地熬夜，再苦再累也笑在心里。季节催人，不能因农具维修耽误了左邻右舍家中的农活，人心都是肉长的，切忌打马虎眼，受别人的埋怨。

忙完铁匠铺的活路，农事季节也快到尾声。铁匠铺关了张，铁匠师傅也要拿起锄头去拾掇自己的几亩田地，这可是一家老小生活的主要依靠。俗话说家中有粮，心中不慌，自己也才能放心地去做手艺。往往这个时候，邻里乡亲都不会袖手旁观，会主动前来帮忙，耕田挖地，抛粮下种，大家不论彼此，忙得不亦乐乎。当然，铁匠师傅心中十分明白，除好酒好菜招呼帮忙的邻里乡亲外，还把这份情也记在了心里，今后凭自己这份手艺慢慢去还。

还有一些精明的乡村铁匠在乡场上的场头场尾租住一间门面，旁边搭建一个草棚，把行头把子一摆，就"叮当、叮当"地开张接纳生意了。由于涉及的地域宽，生意自然好了许多，他们不局限于修锄打锄等季节性的活计，几乎一年四季都有生意上门，打刀打铲的活也络绎不绝，有时还承接一些建筑方面的钉、爪加工业务，一干就是好几个月，甚至更长时间。他们在挥洒汗水、辛勤劳作的同时，也收获了应得的报酬。

随着社会的发展和科技的进步，现代化的铁器加工设备代替了传统的手工锻打工艺，不仅大大降低了成本，而且工艺也更加先进美观。加之小型耕作机和收割机占领了农村市场，撂荒土地逐年增加，耕田种地的人少了，铁制品使用量锐减，乡村铁匠和其他匠人一样，生意逐步走向了低落，年老的大多关门歇业，年轻一些的改行做其他事情去了，而今的乡村已再难见到熊熊炉火旁铁匠师傅挥锤打铁的身影了。

# 乡村跑摊匠

跑摊匠，顾名思义，就是东奔西走，凭技艺行走江湖之人。虽然算不上真正的匠人，也没有拿得出手的独门绝技，靠一张嘴和一双腿行走江湖，走遍三山五岭，识遍人间冷暖，尝遍酸甜苦辣。在人生的舞台上，跑摊匠扮演着不同的角色，给社会这张大曲谱增添了不同音色。

过去的乡村跑摊匠大抵可分为四种：走江湖搞杂耍的、卖"打打药"的、卖老鼠药的、卖杂货的。他们跑州过县，以场镇为依托，摆摊设点，今天赶这个场，明天赶那个场，没有固定的门市和摊点，在场头场尾随便选一个地方，把摊子一摆，"篷子"一拉开，扯开嗓子吆喝起来。当赶场的人员聚集多了时，便做起不同的生意买卖来，有货的卖货，有艺的卖艺，凭三寸不烂之舌或货真价实的物品，赚取一些辛苦钱。

走江湖卖艺的跑摊匠，一般都是外县或外省的人居多，三五人或十多人便组成一个杂耍班子，以杂技、气功、魔术之类的演出赢得观众的认同。他们的演出道具也非常简单，几只木箱就可以装下。来到某个地方后，先派一个人打"前站"联系演出业务，主要是找大队或生产队的干部，三十块钱、五十块钱一场演出费，负责简单的吃住，讲好价钱后，后面演出的人才跟进入场。如果演出的水平高，喜欢看的人多，也会去邻近的几个大队或生产队接着演。虽然演出费用低廉，但一年下来收入也算很不错了，年末收摊回家，向生产队交一笔副业款，就可分到一年的口粮。不仅如此，还免除了一背太阳一背雨的农事之苦。

那些年，由于农村医疗水平落后，加之长年累月的躬耕劳作，导致腰酸背痛的人比较多。于是乎，便滋生了卖"打打药"的跑摊匠，主要药物是自己挖的草药，间或有一些动物的头、角、皮配衬着。寻一个当场天，选一块场地，铺上一张塑料薄膜，将草药悉数摆放好后，吹响口中的哨子以招揽顾客，并来一段卖药的顺口溜打起广告来：

各位老乡和朋友，大家上午好！天有不测风云，人有旦夕祸福，天生一人，必生百病，凡有跌打损伤，武力劳伤，头发昏、眼睛起钻子花，背心痛、腰杆痛、脚杆棒棒软的，一服药见效。喂，这边走、这边瞧……

看围拢的人多了，跑摊匠便话入主题：

俗话说，吃药不投方，哪怕用船装。别看这些都是草草药，可味数不多，花钱不大，只要一块多。吃法也简单，没有酒泡用水泡，没有水泡用口嚼，口嚼后吃了都有效……

卖药的跑摊匠摇动三寸不烂之舌，把摊子上的药物吹得个天花乱坠，神乎其神。见有人招呼买药，便停下口头广告，一边询问病情，一边替人包药，并耐心嘱咐药的吃法和禁忌。实话说，有的药对了路，吃了果然还有效果。也有的跑摊匠卖药时，不光凭嘴上功夫，居然玩起"睡钉板碎大石"的硬功夫来，其目的都是为了吸引顾客来买药。

在川东北一带，人们通常把老鼠叫作耗子。说来也怪，二十世纪七十年代前的生活困难时期，粮食特别金贵，但老鼠也特别多，人们想尽办法，也驱除不了老鼠给人类带来的烦恼。于是，最直接的方法就是用药毒杀。开始几次还有效果，但放药的次数多了，老鼠似乎识透了人类这一招数，打死也不吃混了毒药的粮食。一些跑摊匠抓住这一商机，开始贩卖起老鼠药来。

他们和卖"打打药"的跑摊匠一样,逢场天在街上搭一张桌子,摆上几只用枯草绷起的老鼠皮标本来打样,说这就是他卖的药毒到的,紧接着打起狗皮膏药广告来:

麻雀回台湾,耗儿到四川,耗儿是个大坏蛋,一天到黑光捣乱。啃箱子、啃柜子,还要咬你花铺盖,拉不到,逮不着,急得老板直跺脚!

他边说边提起老鼠尾巴:

男人上街不买耗儿药,回家婆娘扯耳朵;女人上街不买耗儿药,耗儿咬烂你家箱子角。

"包闹(方言,毒)包拣,买了我的耗儿药,耗儿吃了跑不脱……"一句句蛊惑人心而又诙谐风趣的卖药广告词,的确引来了不少买药的人。为招揽生意,卖药的还会打出"一只死老鼠换一包药"的广告来。

实话说,那些年卖老鼠药的跑摊匠仅凭一张嘴皮子,还真有挣了钱的,不但日子比别人好过,而且不少人家中还修起了新房,购买了时兴家具,在人前有模有样,着实让人羡慕。

与其他乡村的跑摊匠相比,摆地摊卖杂货的跑摊匠也很精明。他们卖的东西多而杂,针头线脑、衣服扣子、打火机、打火石、火柴、肥皂、香皂、洗衣粉等。虽然赚头小,但卖得多,汗毛打成捆数,一天下来也有个账算。他们也自有一套招呼生意的广告词:

走过,路过,机会不要错过。常言说得好,在家靠父母,出门靠朋友。有钱的捧个钱场,没钱的捧个人场,看起哪样买哪样,手头无钱也无妨,拿去用了再算账……

不停地吆喝，也能赚来人气，起初不想买的人也掏钱买了，虽然家里不急用，但花钱不多，来个有备无患。

那些年的跑摊匠正直、善良、豪爽，一分钱一分货，从不欺人骗人，也没有托儿，公平买卖，老少不欺。不像现在下乡来卖保健品和卖饮水机的，先是发传单，搞演讲，大张旗鼓地造声势，紧接着是每天两个小时的"洗脑课"，凡每次前来参加的人都有礼品，发两个鸡蛋、一把面条和一点小商品，目的是让听课人上套，因为在家的都是老人。他们抓住老人爱贪小便宜的心理，蛊惑人心。一旦时机成熟，便推销起自己的产品来，往往这些东西都高出市场价几倍以上。当购买的人觉醒之后，知道自己上当受骗时，他们早已"卷起行头，走之夭夭"了。

如今，乡村跑摊匠的身影已基本消失，这是大势所趋，社会发展的必然。但他们游走于大街小巷、乡村院落的身影，以及诙谐的广告词，早已镌刻在人们的记忆深处，偶尔想起，一切好像就发生在昨天。

# 乡村骟匠

在川东北一带乡村,人们把骟匠叫作"骟猪匠"或"阉割匠"。他们左手摇着招揽生意的铜铃,右手提着阉割工具,行走于乡村院落,以骟猪、牛、羊、鸡、鸭、鹅等家畜家禽为生,但主要从事小猪崽的阉割,所以叫他们"骟猪匠"的时候居多。

乡村骟匠所用的工具,一般都很简单,一把铜制骟猪刀、一根缝合针、一圈棉线以及消毒药水若干。消毒药水有的用碘酒,有的用硼砂,有的用高锰酸钾或者酒精,也有用高粱白酒代替的。一般的小猪崽,骟匠一个人就能完成阉割;体形大、力气大的家畜,要好几个壮劳力帮忙,得先将牲畜四肢捆绑起来,侧放到地上,否则无法操刀施术。但川东北一带都要对刚满月的小猪崽进行阉割,然后才上市出售。

听老一辈人说,骟匠的祖师爷姓吴,其手艺是神医华佗传下来的。相传三国时,曹操犯了头痛病,华佗为其把脉问诊,并要求其尽快治疗,否则病情会加重。开初曹操不以为然,后一拖再拖而成顽疾,要开颅手术方能根除病患。曹操疑心华佗有谋害之心,遂将其下了大狱,让其备受折磨。在狱中,一位吴姓狱官同情华佗的遭遇,对其精心照料。华佗临刑处斩之前,十分感激吴狱官的照顾,遂将倾尽平生所学的医学著作赠送给了他,以示回报。只可惜吴狱官将这些医学著作拿回家后,却被妻子当作废纸引火煮饭烧毁了,只剩下几页表述阉割技艺的纸张。后来,吴狱官辞职回到乡下,潜心研学阉割技术，将其继承了下来，虽然没有名扬四海、大富大贵，但也混了个一家温饱。他也因此成为一个行业的开山鼻祖，一代一代地将阉割技术传承至今。

那时，一般都是家里养了母猪的人才会光顾骟匠的生意。只要有人请，骟匠师傅就会背着工具包上门。上得门来，吩咐主家把小猪崽在猪圈内用竹篾子装好，抬至地坝或空坪处。骟匠师傅用开水对刀具消毒后，从篾篓里抓住一只小猪的后腿，将其提了出来。如果是阉割小母猪，骟匠师傅便一只脚踩压住猪脖子，另一只脚踩压住猪尾巴，左手大拇指探了探下刀的位置，右手一刀下去，只听见"扑嗤"一声，就划开了一道三四厘米长的小口子，一股殷红的鲜血刹那间喷涌出来。只见骟匠师傅取出一把小铜钩子，往小猪肚子上刚刚划开的口子里一勾一掏，然后往外一拉，便将小母猪的"物什"拉出了体外，一刀阉割了下来，给伤口简单消毒后，提起猪后腿，把小猪放进另一只竹篾子里。

如果是阉割小公猪，就简单得多了。骟匠师傅左脚踩住猪头，右脚踩住猪尾，用左手拿住睾丸，右手用刀划破外皮，挤出睾丸，用刀割去相连的输精管后，擦上消毒药，动作非常迅速快捷。阉割结束后，骟匠师傅会交代主人，阉割后的小猪崽不能让它睡觉，要让其多游走，以疏通血脉，便于伤口结痂愈合。一般来说，阉割小猪崽是不需要缝合的，因为伤口小，愈合得快，两三天就结痂干疤了。

其实，骟匠设备非常简陋，没有止血钳、止血带之类的，技术也有限，加上给猪施术的部位特殊，不便于止血。而阉割又是一个出血量比较大的手术，经常会有一些家畜由于手术过程中大量流血或者术后感染而死亡。如果这样，骟匠还会"吃不了兜着走"，会照价赔偿。所以，阉割小猪崽也要选天气与季节，大多是选择在秋冬季或清明节前后阉割。天热动刀，不仅出血量大，而且伤口很容易感染化脓。阉割前小猪要空腹十个小时左右，最好选择在清晨未进食之前。

那些年，乡村骟匠在农村虽然不受人待见，但那时农村喂猪的人多，家家都要喂好几头，或卖，或过年吃。所以养母猪的人也多。乡村骟匠对他们来说，还算是比较吃香的手艺。一头母猪一次可生十头左右小猪崽，两年可生五窝猪崽。请骟匠师傅上门阉割猪崽，不仅主家要好酒好菜招待，而且阉割一只小猪崽还要收一元的阉割费，一天可阉割三十来只，在二十世纪九十年代前，几十元一天的收入算是很可观的了。

骟匠分两种，一种是专职骟匠，只会阉割技术，不会给牲畜看病开药，这种就是乡村骟匠；另一种是专职兽医，既会阉割技术，又懂看病开药，大多是在乡镇畜牧站上班的职工。相比而言，不论在消毒处理还是阉割技术上，专职兽医都要比乡村骟匠的技术高明一些。改革开放后，也有个别乡村骟匠到乡场上租上一间门市，除卖一些兽类常用药品外，还兼营起生猪饲料销售，凭着自己一方人缘，生意做得风生水起，也赚了个盆满钵满。

而今，靠传统的养猪方法，除去人工饲料成本，根本无钱可赚，很多农民都不愿意养猪了，取而代之的是一家家大型养猪场，配备了专业的兽医进行服务。所以，乡村骟匠的生意远不如从前，有时十天半月也很难接到一单生意，偶尔阉割一只羊，或者几只猫狗，赚取十来块钱的收入。可以这样说，仅凭阉割技术挣钱来养家糊口，已成为过往了。

乡村骟匠要胆大心细，完全是靠技术吃饭，因带血腥味，愿意学习这门手艺的年轻人越来越少。加之随着医学技术的进步，一些更加简捷、安全的阉割技术在农村得到了推广和应用，专职兽医、畜牧站逐步取代了乡村骟匠的职能，乡村骟匠这门手艺以及摇着铜铃招揽生意的身影，已成为人们心中渐行渐远的回忆。

# 乡村砖瓦匠

在川东北一带修房造屋，除石匠、木匠、泥水匠外，砖瓦匠也是不可或缺的匠人之一。

乡村砖瓦匠专门从事砖瓦泥坯的制作和烧制，工序复杂，长期与泥巴打交道，日晒霜冻烈火烤，活路又脏又苦又累。

要想把泥巴变成建房用的砖瓦，必须得经过很多道繁杂工序。制作砖瓦用的泥巴，要选择黏性强的大土泥，土中不能夹有小石子。沙土和土质肥沃了的泥土制作出来的砖瓦坯不结实，易破损变形，并且收缩性大。所以，制作砖瓦坯，选择田土最关键。

选择好田土后，得去除面上的一层泡土（方言，松软的土），用锄头翻挖出底层新土碎细，浇上水浸泡几个小时，让泥土吃透水松软，牵出一头大公牛在泥坑里打着转，反复踩压，直至泥土黏稠成软泥，里面没有细小的泥颗粒才能成为砖瓦泥。如果软泥中夹有细小的颗粒土，砖瓦在烧制的过程中就会爆裂成为废品。所以，踩制出来的砖瓦泥要用小钢丝绷成的弓划割成团，用力层层堆叠成一座小泥山备用。

做砖坯和做瓦坯的泥有所区别。做瓦坯的泥要软要细，泥巴更绵软，不含一点杂质，否则泥巴黏性不好，扶不上桶，很难做出瓦坯来。

先说做砖吧。做砖得用盒子，砖盒子一般都是用干透了的柏树木做成，有做大砖三六九的盒子（厚三寸，宽六寸，长九寸）；有做中等砖二四八的盒子（厚二寸，宽四寸，长八寸）；还有做小砖的盒子，尺寸大小按主家的需求找木匠师傅定做。砖盒子很有讲究，一端是固定的，另一端可以活动。同时，还有一个木档板，用来固定砖的长度。

做砖时，用弓弦划下一块砖大小的泥坨，在一旁的石板上拌揉均匀后，抓一把煤炭灰撒在砖盒上，让泥巴不黏盒子。然后，双手抱起泥坨用力砸进砖盒内，用弓划去砖盒上下多余的泥巴，下面垫上一块小木板，松开面前砖盒档子，让盒子与泥砖脱离，这样，一块砖坯就完成了。如此这般地做好十余块砖坯后，再一同端到平整好的泥堤上一匹一匹地放好，待风干后入窑烧制。

一般一个手艺娴熟的砖瓦匠一天能制作砖坯三百至四百匹，二十世纪九十年代前，每天能挣四至五块钱，也算相当不错了。

相比于做砖，做瓦的活就更精细一些，不仅对泥坯的要求更高，还要将泥巴搬进平整的晒坝或瓦棚内，堆叠成高一米多、长六十厘米、宽二十厘米左右，用弓弦划割得整整齐齐的泥墙，在泥面洒上一些水保湿，用手掌揉搓成熟坯后备用。

做瓦的工具叫瓦桶，形状像一只挑水的木桶，但没有木桶那么大，呈圆柱形，下大上小，下面有一个圆形的转盘，便于做瓦时转动瓦桶。桶上钉了四根小木条，作为四匹瓦的区分线。瓦坯形成后，小木条因向外凸起，此处的坯泥非常薄，瓦坯风干后，用手掌轻轻一拍，就会从此处分开成四匹瓦来。

瓦桶得用瓦衣。瓦衣用白布做成，大小与瓦桶差不多，做瓦时套在瓦桶上，便于瓦坯与瓦桶分离不粘连。做瓦前，先用固定了宽窄厚薄的推弓，其弓弦用细丝绷制而成，不仅绷得很直，很紧凑，而且有弹力，有如古筝的弦一般，用指尖一弹，也能发出声响。用推弓顺泥墙推出一片十五毫米左右的泥片来，用双手平移到瓦桶前，围在瓦桶上，再用瓦刀在水槽内沾上水，将接头处黏住拍实，然后顺时针转动瓦桶，用瓦刀上下揉搓瓦泥，形成表面光滑的瓦坯后，砖瓦匠师傅便会用固定长度尺寸的竹篾，轻轻转动瓦桶，去除上部多余的边角泥，将瓦桶提起放入平整的场地上，松开瓦桶，取下瓦衣，一桶瓦就做成了。

做瓦的活比做砖轻松多了，一个熟练的砖瓦匠师傅一天能做二百多桶。做砖瓦的最佳时间，一般都选择在秋冬季，因为气候干燥，雨水少，砖瓦风干快。

待砖坯瓦坯做好风干后，最后一道工序就是入窑烧制了。要烧制砖瓦，得开挖窑子。挖窑子非常费事，要选择一块土质厚的岩坎边，砖瓦烧制的多少决定了瓦窑的大小，一般都是宽高四至五米的圆桶形，用石头砌窑门，石条做炉桥，窑壁用烧制后的砖块垒砌而成。

砖瓦烧制得好不好，得看砖瓦匠师傅的手艺。装窑是最关键的一门技术活。装窑的基础脚砖是否牢固可靠很重要。若是不牢固，烧制过程中可能出现倒塌现象，造成烟路堵塞，这窑砖瓦就要报废。装窑时还要注意留几条火路，保证畅通无阻，不然就会出现火势不畅，传热不均匀，导致烧出来的砖瓦质量不好。

烧窑的燃料有用渣煤，也有用柴禾的，川东北一带山区盛产原煤，所以人们烧制砖瓦都是用劣质的渣煤。开始时要烧小火，这段时间叫烘窑，目的是把窑里的湿气慢慢消除烘干。小火要烧两三天时间，直到黑烟从窑顶冒出，说明砖窑已经烧通透，可以上炭渣封顶烧"熬火"了。

用炭渣封顶后，改用大火烧窑，直到大火从顶部的烟路直冒出来。从窑门能看到窑炉里亮堂堂的砖瓦，就知道砖瓦的火候到了，这时候整窑砖窑的烧制过程就基本完成了。

一窑砖的烧制时间大概要七天左右。烧制砖瓦是一门技术活，全凭砖瓦匠师傅的经验，火候掌握要恰到好处。火太大太猛，烧出来的砖瓦会变形开裂起皱，要么是碎的，要么会成为火头砖，砖刀都砍不断。如果火没烧到位，砖烧不过心就会成为黄砖，硬度达不到要求。

那些年烧制的砖一般都是青黑色，停火封窑时，窑顶用稀泥覆盖装上水，用小铁钎插上十几个小孔，水慢慢从小孔向窑内渗透。烧红的砖因水浸渍而变成青黑色，就成了人们所说的"青砖"。

　　如今的乡村，已被机械化生产的页岩砖瓦占领了市场，土砖土瓦很少有人用了。已很难再见昔日砖瓦匠光着臂膀、挥舞田泥繁忙的身影，以及那火红的窑膛、袅袅飘飞的煤烟和散落在田间地头的欢声笑语。

# 乡村锣鼓匠

"叮咚呛，叮咚呛，叮叮咚咚叮咚呛……""呛呛咚，呛呛咚，呛咚呛咚呛呛咚……"锣声叮当，鼓声响亮，从春暖花开，万物生长，到夏阳高照，秋叶飘落，北风呼啸，一代又一代的乡村锣鼓匠用执着和自信敲击着不老岁月。

乡村锣鼓匠究竟起源于何朝何代，已无从追溯。儿时记忆里，川东北一带，逢年过节或红白喜事，都能看到他们忙碌的身影。那上下翻飞的鼓槌、起伏不断的镲子、吹得呜啦呜啦响的唢呐，以及敲打锣鼓时前后左右扭动的身躯，在记忆里留下了不可磨灭的印迹。

那些年，一个大队最多有一班锣鼓队，由六七个锣鼓匠组成。他们的吃饭家伙不外乎那么几样，大锣、大鼓、小锣、镲子、包锣、唢呐，打的锣鼓引子有好几十种，一套引子可打十多分钟，同样的锣鼓，不同的打法，可以衍化出无穷变化。

每当农历春节到来，乡村锣鼓匠便会组织拜年狮子，敲击着欢快的锣鼓，行走在乡村院落。一阵阵闪转跳跃的狮子舞，一句句恭贺新禧的吉利话，一张张鲜红喜气的拜年帖，还有笑头和尚摇着篾把扇滑稽的表演，带着浓浓的节日气氛，舞动着乡村岁月。不得不说，那时虽然物质生活跟不上趟，但人们追求精神文化生活的热情还是蛮高的。

除敲锣打鼓耍狮子外，二十世纪八十年代前，每个大队都组建了文艺宣传队。只要一进入寒冬腊月，大队就会从每个生产队抽调几名能说会唱的年轻人，到大队部集中排练文艺节目，以备春节期间演出，锣鼓匠就成了不可或缺的助威者，同样由大队开工分回各自生产队，凭工分结算才能分口粮。

在川东北农村，除节日喜庆敲锣打鼓外，更多的是丧事离不开锣鼓匠，吹吹打打的闹丧活动，锣鼓匠唱主角。那时没有放哀乐的录放机，全凭锣鼓敲击声来营造哀伤的氛围。但是，红事和白事的锣鼓"引子"全然不同，也很好区分，连外行也能听得出来。

打白事的锣鼓匠有两种，由丧家请来的锣鼓班子叫"坐锣"，搭一张桌子在屋檐下或地坝边，锣鼓匠围坐一桌，从早晨一直敲打到深夜，除吃饭外，中途偶尔歇息一会儿。反正丧家有烟有酒，包吃包住，进出还有一个红包，工钱按人按天计算，丧事结束，一并结清。通常会敲打个三五天，或更长时间，这得由死者在家中"占"的时间长短来决定。

坐锣不仅是坐堂闹丧，还有一个重要任务，就是死者出殡头一天，负责迎接远道而来的"客锣"。当客锣的鼓点到了丧家屋前时，坐锣会立即敲起锣鼓，以示对客锣的欢迎。这是一种礼仪，代表丧家的待客之道。一般客锣都是死者的至亲为死者请的，为的是给丧家争面子、"扎场子"，所以，请套锣鼓匠班子去奔丧，算得上是很隆重的礼数了。

客锣进了屋，抽支烟、喝会茶，休息片刻后，便会在坐锣的引导下开始打对台锣鼓。在场的锣鼓班子会主动融入进来，依轮次序，一个一个敲打着不同的锣鼓引子，但不能重复前套锣鼓打过的。说不上比输赢，图的是脸面与声势。如果前套锣鼓班子打完一个"引子"，下一个锣鼓班子接不上来，这说明技艺不行，甘拜下风。有时输了的不服气，停下锣鼓理论对方的对错，甚至还为此争得面红耳赤，口出言语。往往这个时候，丧家便会派知客匠出来给每个锣鼓匠散支烟，说几句公道话把事态平息，紧接着锣鼓又敲打了起来。都是邻近熟人，低头不见抬头见，伤了和气不值得。再说，手艺人出门为的是求财，微不足道的事都不会装在心里，几句客套话一说，几趟锣鼓引子打下来，先前的不愉快早已烟消云散了。

锣鼓打得好不好，关键看打鼓匠的手艺，打什么锣鼓，靠打大鼓的鼓匠起"引子"。起"引子"时，打大鼓的鼓匠会用小鼓槌敲击鼓边的木沿，提醒其他打鼓匠准备开始。然后击打鼓面起引，其他鼓锣匠便会知道是什么"引子"，不该自己敲击的时候，绝不会落下一槌一镲。时击时打最多的是大鼓、大锣、镲子，只有包锣才是不间断、有节奏地敲击，跟寺庙里的僧众敲击木鱼一样。同时，打大鼓的鼓匠还要控制节奏的快慢和起停，一旦结束，便会戛然而止，从不拖泥带水，留下一丝多余的尾音。

如果是锣鼓配唢呐，则是另外一种吹打法了。一般是唢呐起头，锣鼓随后，接着便是一阵锣鼓一阵唢呐，吹唢呐时，只有大鼓踩着节点敲击。白事唢呐调大多是《孟姜女哭长城》《世上只有妈妈好》等一些伤感的曲子，如果唢呐吹得出神入化，鼓点敲击恰到好处，现场便会笼罩在悲伤的气氛中，让人伤心泪目。

近些年，随着社会的发展，乡村锣鼓匠也紧跟形势，配上了合成电子琴、架子鼓、话筒音箱，还有专门的主持人和歌手，增加了点歌和舞蹈等增值业务。锣鼓敲打得最多的是大洋鼓，出现了以唱跳为主、吹打为辅的格局。现代鼓乐代替了传统的打法，当年随引敲打的锣鼓匠大多已经作古，即使健在的也因为年纪大，早已关门息艺。

如今的乡村，真正的锣鼓匠已逐渐消失，剩下的只是一些残缺的锣鼓"引子"。昔日乡村锣鼓匠那击鼓敲锣的身影，娴熟的技艺，将永远尘封在岁月深处。

# 乡村贩牛匠

贩牛匠在川东北一带叫"牛经经""牛捐客"或者"牛贩子",就是撮合牛儿生意、买进卖出的中间人,用现在时兴的称谓叫"中介"或"经济人"。

干乡村贩牛匠这行,一要凭嘴,要能说会道,会吹牛侃大山,能洞悉买卖双方心态,摸准他们的想法,以三寸不烂之舌,把好的说差,把差的说好,尽最大的努力撮合一桩桩买卖;二要靠腿,腿要勤,走村串户摸清牛的资源和分布,在什么地方,哪家要卖,哪家要买,尽在自己的掌握之中。

作为中间人,乡村贩牛匠都有一整套的贩牛经验,他们在日常贩牛过程中总结出了一条颠扑不破的评牛真理——一看牙,二看皮,三看蹄子,四看仪。看牛的年龄,就得看牛的牙齿,大牙有几颗,小牙有几颗,每多一颗大牙,就多一岁龄;看牛的肥瘦,就得看牛的皮毛,如果皮毛光鲜,肉色水嫩,证明膘肥体壮;看牛有没有力气,就得看牛的四大蹄,如果蹄大腿粗,绝对是一头耕田犁地的好牛;看牛有没有卖相,则看牛的骨骼,如果膀大腰圆,脚高腿粗,这条牛孬死都有七成。

大多数贩牛匠做买卖,都是"秤凭星子斗凭梁"。也有个别贩牛匠,时不时地会见机起意地找几个昧心钱。当有人找他当中间人买牛或卖牛时,他会热情地接下这单生意,首先问你买什么样的牛,大牛还是小牛?能耕的牛还是不能耕的牛?准备了多少钱买牛?一旦摸清了底细,脑子一拐弯,便开始算计着你。他会带你四处奔走，东边去看一头牛，西边去看一头牛，反正看的牛都不是你中意的。直到你筋疲力竭，太阳落山，才把你带到一个真正要卖牛的地方去。一个诚心卖，一个诚心买，加之跑了大半天，买家先前的想法和要求被疲劳消减了一大半，只要差距不大，一手交钱，一手牵牛，两不亏欠。但也有对牛儿不放心的，故意留个几百元的"把把钱"，待牛儿牵回去后，如果吃草和行走都正常没毛病，约个当场天，在乡场上的茶馆里付清差的钱。当然，所有这些过程都得听贩牛匠的安排，并要其在场佐证才行。

乡村有句俗话："贩牛匠，脑壳尖，这边吃了吃那边！"说的是贩牛匠在撮合买卖时，常常把买卖双方各叫到一边，是这边说那边劝。对买牛的人说这头牛儿皮毛光亮，膘肥体壮，如何如何的好，出这个价钱千值万值；对卖牛的人说这头牛口老了，吃草使不上劲，耕田耕地差劳力，能卖出去就算不错了。反正，目的只有一个，只要能把生意说成，中间费买卖双方一分不会少，做的是两头吃、只赚不赔的生意。

不少乡村贩牛匠把储备牛源作为赚取中间费的基础，他们时常行走在高山密林、沟壑丘陵地带，在方圆几十公里内想方设法打听牛源，厚着脸皮说服主家，把不该卖的牛儿卖了，把不该买的牛儿买了。所以，要成为一个名副其实的贩牛匠，要"忍得、饿得、累得、受得"。只有吃得下这些苦和累，忍得住这些气，才具备一个贩牛匠的基本素质，才有源源不断的买卖找上门来。

一般贩牛匠都是单打独斗，生意各做各的，互不干涉。但也有心术不正之人，为争牛源使尽花招，以"抬价""压价"的手段促成生意，做不成的生意会给主家"搭板凳"，分明这只牛的市场价是八百元，故意给主家喊个一千二百元，然后以另一种理由不买。当下一个贩牛匠来买牛时，主家便以一千二百元为底价还要往上涨，由此，按当时的市场价，这只牛肯定没人买了，主家想卖都卖不出去。但也有贩牛匠走"抱团取暖"之路，常常是联合三五个同行，互通信息，哪家需买，哪家需卖，一提就明白，才少跑冤枉路。有时几个贩牛匠共同撮合一桩生意，带着得到的中间费到乡场上的饭馆围坐一桌，一边喝酒吃菜，一边交流贩牛心得。几杯白酒下肚，啥事都抖摆了出来，连平时打死也不说的行业机密也轻易泄漏了。

"某地有头牛长势好，卖家屋头缺人手喂，急于出手，如果买过来，肯定有赚头！"

"某地有头牛，不能耕田耙地，如果买来转手给杀牛场，绝对能拣几十上百块钱的'耙和'……"

俗话说，同行生嫉妒。此时大家都明白，那是在没喝酒的时候才会有的心机。

个别头脑精明的贩牛匠，除当好买卖双方中间人，赚取一点辛苦费外，遇到有赚头的牛儿，自己出钱买回家，把牛肚里的虫一打，抓几服催肥的中药一喂，几十天过后就变得膘肥体壮，转手一卖就是几百块钱的利润。对不能耕田耙地的牛，就卖给屠宰场杀肉卖，也大有赚头，至少一家老小十天半月的生活开支钱有了。

那些年，乡村贩牛匠的确很风光，只要摸准了行情，掌握了需求信息，凭着两片薄薄的嘴唇，收取中间费，或倒买倒卖，转手就是一笔钱，赚得盆满钵满。加之常年奔波在外，集体农活不用干，东游西逛，菜馆进，酒馆出，吃香的，喝辣的，并且裤兜里随时都有几个闲钱，自然比一般在家干农活的人要逍遥自在快活得多。

然而近些年，由于外出务工人员增多，土地无人耕种，大片撂荒闲置，养牛的人也少了，小型耕田机也进入了农家。曾经的放牛郎、曾经的吆牛犁田声已被社会发展的滚滚洪流淹没。乡村贩牛匠的身影也逐渐消失了，他们曾经的辉煌定格在那个特定年代。

或许，这些变化，是牛儿的悲哀，也是乡村贩牛匠们当初始料未及的。

# 乡村挂面匠

"佐麦子面，有佐麦子挂面的没有，又干又白的麦子挂面——"儿时记忆里，乡村挂面匠的吆喝声带着一种诱惑的磁性，萦绕在我记忆深处。此时回想当初吃面条的情景，就想起太阳底下随风舞动的挂面，以及熟悉的乡村挂面匠来。

在川东北一带，乡村挂面作坊全是手工制作面条。那时是大集体生产，几乎每个生产队都有面坊，由生产队抽调精明能干的社员担任挂面师傅，专业从事面条的加工制作。由麦子做成挂面，有很多道工序，除尘、磨面、打箩柜、过筛、捆筒、出面、晾晒、切面、称秤、裹面、佐换等，不但程序复杂，而且还费力费时。

当时，农村不通电，也没有磨面的机器，只有原始的大石磨。磨面时，给拉磨的黄牛蒙上眼睛，套上枷担，拉着大磨石不停地打着转。挂面匠一手拿着鞭子在后面吆喝，还时不时地用棕毛刷子往磨眼里添麦子，磨一百斤小麦大概需要两个多小时。

把磨好的麦面放入一个柜子，柜子里装着用细密纱布绷成的圆桶形筛子，筛架轴穿出柜子外，连接在一个立柱上。立柱下有两个脚踏板，挂面师傅站上去，手扶屋檐垂下的一根绳索套住的木棒上，当右脚踩动脚踏板时，立柱就会偏向右边，并带动筛架连轴往右边移动；左脚踩动脚踏板时，连着轴的筛架就会回到左边。如此有节奏地左右踩动，柜子里的箩筛便跟着摆动。面粉通过箩筛抖动，就会从筛眼里抖落到柜底，麦麸就留在了筛子上面，然后拿到石磨上再推磨一次，放回柜子里又筛一遍，剩下的就是黄色麦麸皮了。人们将这种筛面方式统称为"打箩柜"。

把过筛后的灰面从柜子里面拿出来，冷却几十分钟，就可以发面做面条了。将灰面倒入一块镶有木条边的面板内，加入适量的水搅拌并反复揉搓，和好的面以不沾手为宜。然后倒进面机内，搅动面机外转盘手柄，带动面机上两个滚筒，把面挤压成皮。这道工序通常要三个人才能完成，两个人转动外转盘，一个打上手，一个打下手。打上手的人用右手搅动转盘，左手放在梭槽处，将面往滚筒里喂，使其均匀进入滚筒成为面皮。另一个人则负责将面皮用一个小木棒捆成筒，捆筒时底槽内要放少许干灰面，为的是吸收面皮表面湿气，不让皮与皮之间连在一起。

第一道面皮完成后，调整好滚筒处两颗固定厚薄的螺丝，将捆好的两捆面皮放到梭槽架上，同时过滚筒挤压成一层面皮。如此两次就可以出挂面了。也有将双层面皮过三次滚筒出面的。总之，面皮过滚筒的次数越多，面条的筋丝就越好，下锅煮时就不会浑汤。

面皮做好后就可以出面了。出面刀分宽窄，有宽刀和窄刀之分，可根据各人的喜好选择。把两边带有齿轮的面刀安装在滚筒下方的齿轮处，搅动手柄转盘，面皮经过滚筒后进入转动的面刀内，面条就形成了。用小斑竹做的面棍将面条挑起，放在面架上，折断多余的长度挑起第一棍，待陆续出来的面条够长度时，再挑起第二棍，然后两棍面条合为一棍。如此这般，直到全部面皮变成面条，就可端到外面的木架子上去晾晒了。

如果是夏天，太阳大，温度高，一个多小时就可以收干面。将挂面收回后放在面板上，抽出挑面棍，用刀将面条切成段，放在吊着的盘秤中称重量，一斤或两斤一把，用废书废报纸包裹，交头处粘上灰面糊，在面板上用力拖几下，一把面就裹好了。

如果遇下雨天，气温低，挂面长时间不干，味道就会变酸。有经验的人在佐换面条时，会从中间抽出十几根面来查验，没干的面水分重，平端起就会吊钩呈弯形，一般这种面是没人佐换的。

那时，一斤二两麦子佐换一斤面条，外加两分钱的加工费。两斤一把的挂面，无论如何都会短点秤，有时差个够平，或几钱、一两，这是默认的行规，只要秤差得不多，不会有人计较。一般来说，挂面匠佐换范围都在方圆十多公里，固定的客户居多，时间长了，人混熟了，相互都信得过。买卖公平公正，靠的是一方人缘，生意才好做。

生活困难时期，家里来了客人才能吃上一碗面条。所以，吃面条也算是一种奢侈。条件好点的用猪油煮面，从地里掐来一把新鲜的葱叶，放在碗里，可以说香飘几百米，对人的诱惑力不亚于如今的高档大餐。此时想起，仍让人觉得是那么香、那么垂涎欲滴。

土地承包下户后，生产队的面坊也解体了，农村大部分地方都用上了电，米面加工房也多了起来。打米磨面用的都是机器，传统的磨推石碾的时代过去了。由此，不少村民买回一台挂面机，从事挂面匠手艺来。开初几年也是把面条挑出去佐换，赚取小麦增加收入。后来，人们纷纷将小麦拿到加工房磨好面，再到面坊去做成面条，按斤给挂面师傅加工费，面质好坏要看灰面的质量而定。挂面师傅也乐于如此，一遇加工高峰期，每天也能挣一百多元的加工费。

时至今日，随着外出务工人口增多，留守家中的都是老人或者妇女儿童，除大春种植水稻外，因小春作物种植成本高、周期长、产量又低，所以基本上无人种植，大部分土地撂荒闲置，再难见到当年火红五月、漫山遍野的金黄了。

乡村挂面匠随之淡出了人们的视线，从事这门手艺的人也越来越少。人们所吃的挂面全是流水线生产的机挂面，虽然油盐作料富而有余，比过去好了不知多少倍，但总难寻找到当年吃乡村挂面的那种感觉，以及深藏岁月深处飘香满鼻的猪油葱花味了。

# 乡村篾匠

"大月亮,小月亮,哥哥起来学篾匠,嫂嫂起来舂糯米,一个娃儿闻到糯米香,打起锣儿接姑娘,姑娘接下河,栽高粱……"儿时的歌谣,让我时常想起曾经的过往,以及乡村篾匠和他们的故事来。

篾匠,在所有的乡村匠人中,活计也算轻松,全是手上功夫。行头把子也简单,一把刀,一把剪,一把锯,一把凿,一把渡篾嘴和舞钻,就是他们的全部家当。他们用质朴的心、勤劳的手舞动春夏秋冬,编织着过去和未来。

学篾匠手艺的人,大多数都是身体比较孱弱或身带残疾之人。用功在手上,坐功在腰上,行走也只在方寸之间,除进竹林选竹砍竹费些力气外,余下的全是站着和坐着的活路了。

篾匠做的东西都是乡村农家日常生活所需之物。床上用的席子、筛米的筛子、簸箕、撮箕、筲箕、打谷的遮阳围席,还有遮雨的斗笠、捉鱼的笆篓、背东西的背篼、挑东西的箩筐、炭篓、鸟笼、八角篮以及踩制蒸笼等,反正能编织出各式各样的用具来,经济适用又美观。

篾匠从选竹到做成各式用具有很多道工序。先要根据所做东西大小,将竹子锯成节,然后是剖篾。剖篾也要分几种,将竹子划成片,叫粗篾;将青篾和黄篾分开,叫细篾。一般编背篼、织斗笠、做遮阳之类的大活,用细篾就可以了。如果要编竹席之类的细活,还得在细篾上再剖去一层。这些青篾还得过"匀刀",要去除风边,否则不但编织时伤手,完工后也不敢轻易睡在上面,要划伤皮肉的。

编席子也有一番讲究,可以织出几何图案,也可以织出花草和人物。关键要看篾匠的手艺和主家的喜欢程度,一般常用的是几何图案。编织时每加一匹篾片,都要用很薄的木方尺拍一下,主要是把篾片拍紧,让篾片与篾片间挨密实。所以做工很慢,要编好一床竹席,少不了两到三个工日。

相比之下,编筛子和簸箕就要简单多了。做筛子的竹子要选节疤长的,以免节疤在筛眼处容易折断。筛眼要稀密适度,有筛米的筛子,有筛面的筛子,眼子大小各不同。编簸箕还要多一道工序,不仅比筛子大,全是板篾,除做圈梆外,还得用厚篾条打底锨,以便能承载几十斤粮食的重量。

篾匠的活计都是应时应节,一般都是在秋冬季节。春夏季正是竹子生长的旺季,"扯水上竹"之时,竹子的水分重,编出来的东西容易缩水遭虫蛀。

编织东西要选竹子,选竹子的关键是看土质。一般肥沃泥土生长的竹子带脆性,柔性差,编织的东西不经用。经验老到的篾匠师傅在选竹时,都要选择地势开阔、半沙半泥或石骨子土壤里生长的竹子,不但编织出来的东西好看,而且经久耐用。

儿时,乡村生活条件相当落后,除县城用上电之外,连条件稍微好一点的乡场镇都和乡下农村一样,无电可用。打米磨面都是磨推石滚碾,照明用煤火灯,驱暑避热靠扇子。洋气一点的用油纸扇,可折叠,一般有身份的人才用得起;条件一般的用蒲扇,用棕树叶做的,圆形;绝大多数人用的都是竹扇。竹扇分两种,青篾扇和篾把扇。青篾扇是用竹子的青篾做的,用来驱暑扇热;篾把扇是黄篾做的,烧火煮饭时扇火用。所以篾扇家家都少不了。

由此,篾匠这门手艺就成了"俏货"。忙时,有乡活,就走村串户编织篾货挣工钱;闲时,在生产队干活挣工分,利用早、中、晚编织竹扇,逢七天一场,拿到场头一摆,不到一个时辰就卖光,尽管只卖几分钱或一角钱一把,但除去成本也有一半的赚头。

不过，扇子好卖与否也得看"样"分好赖，如果不好看就没卖相。聪明手巧的篾匠师傅都会在编法上下功夫，博买家眼球。篾要细，越细越耐看，重要的是在扇面上编一些花草虫鸟图案，或者常用的祝福语。如果扇子编得好，一把能当两把卖。

篾匠还有一门手艺就是踩蒸笼。川东北一带，竹蒸笼是重要厨具，少了它难成席。踩蒸笼也很考验篾匠手艺。踩蒸笼的关键在踩，而踩的就是笼圈篾。笼圈用一节圆竹制成，先用火烤，待竹子泛白滴液，剖出一条缝分开，放在地上用脚踩住，边踩边拉就成了一匹整篾板。

做蒸笼的竹子必须是"一年青"，就是从竹笋到成竹的生长期要一年时间。低于一年的竹子嫩了，踩出的笼圈会缩水，做出来的蒸笼就会漏气跑气，食物就蒸不好；超过一年的竹子就老了，踩出的笼圈就会断损，不能用。所以选竹是重要的一环，这得靠篾匠的经验。

笼圈踩出来，还得做笼把、搭笼架、铺笼板、编笼盖，然后是钻眼合笼。做完这些工序后，一层蒸笼才算完工。一个手艺娴熟的篾匠，一天只能做一层笼。而家用蒸笼最多做一两层加盖，厨师用的蒸笼就不同了，不但笼圈的直径在一尺五以上，而且都要做七层、八层，一次可蒸几十桌的蒸菜。

俗话说："医生屋里有病汉，石匠屋里没磨推，木匠屋里无板凳，篾匠屋里无席睡。"这是对乡村匠人的最好写照。篾匠和其他做手艺的乡村匠人一样，一年四季在外奔波，自己家里却缺这少那。

如今，铁制品和塑料制品占领了市场，代替了竹木制品。虽然不够绿色环保，但成本低，好看又耐用，很受人们欢迎。由此，篾匠行业走向低迷，传统的技艺即将失传，让人喜忧参半。

# 乡村盖匠

盖匠，即盖房子的匠人。儿时，川东北一带的盖匠有两种，盖草房和盖瓦房的。一般来说，大多数盖匠两种房屋都会盖。

俗话说，没有三十年不漏的茅草房。二十世纪七十年代前后，农村除少部分瓦房外，绝大多数人家都是草房。盖草房的草是麦草和茅草，小麦秸秆和茅草光滑、质地硬，不藏雨水。那些年，绵雨多，天气潮湿，草房隔个三五年就要翻盖一次，不然时间长了麦草会腐烂漏雨，所以乡村盖匠的生意还是很不错的。

盖匠进屋之后，通常是先拆除原来的旧麦草，计划需要多少材料，然后进竹林砍来一大堆竹子。先是搭骨架，用新竹子换掉断损的竹桷竹檩。一般竹檩都是从屋脊到屋檐顺搁，每根相隔三十厘米间距。然后把竹子一破为二横放作竹桷，间距二十厘米一条，并用篾条绑扎固定在竹檩上。将竹子划破成篾片，用刀破成两层，黄篾依次绑于竹桷上作为底篾。底篾的作用是加盖麦草时，便于上下固定麦草。一旦草房骨架搭好，盖匠便开始上草盖房了。

盖房的麦草很有讲究，要选收获时没霉变受潮的小麦草，晒干后去除未脱离干净的麦粒，预防老鼠见麦啃食，或在草房上打洞做窝。盖房前把软草剔除，要不然藏水易腐烂。通常是在上房之前，用手除去杂叶，捆成小腿粗细的小把递上房备用。

盖草房的工具很简单，只有一把锋利的弯刀，主要用来划篾片用。盖房时，盖匠将麦草均匀铺在竹子做成的骨架上，麦草兜朝下，草尖朝上，呈一字形，上面压匹篾片，用篾条穿过麦草，上下固定在竹片上，然后用红粱苗捆扎的扫帚把麦草兜用力拍整齐。这一步看起来简单，其实大有讲究。首先，麦草盖房是从檐口一层层往上铺，而且麦条捆扎要牢靠，扯紧绑实，同时麦草厚薄要一致，盖出来的草房才不会变形漏雨。

还有一种盖草房的原料叫茅草，这种草盖出来的房子与麦草相比，要耐用得多。可在生活困难时期，乡村遍地开荒种粮，根本没有茅草繁衍生长的地方，加之家家都喂养了牛，茅草一出土面，就被啃食个精光。要想用茅草盖房，只有到大山上去采割，才能满足盖房需要。所以，乡村盖房用小麦草的居多。

在乡村有个风俗，盖草房时盖匠不能在房上抽烟，一是怕抽烟时失火点燃了麦草，酿出祸端，最重要的是忌讳"火上房"，预兆不好，盖的房子早晚会失火烧掉。所以，一般盖匠都不学抽烟，怕没人请，影响生意。即使会抽烟的盖匠，如果烟瘾来了，也只能下房来抽了再上去，主家宁愿耽误点活路，也不愿意盖匠犯忌。

到了二十世纪九十年代，乡村茅草房基本绝迹，紧接着被一幢幢砖瓦房所替代。于是乎，盖匠的职业发生质的转变，由盖茅草房改为盖砖瓦房。

盖瓦房的活儿就没盖草房复杂了。房上的瓦都是用黄泥烧制而成，一头宽，一头窄。为什么如此？这是很有讲究的。房上的瓦分沟瓦和扑瓦，沟瓦盖在两个木桷之间的空隙内，扑瓦是盖在两匹沟瓦之间的木桷上。做沟瓦的瓦窄的一头在下，做扑瓦的瓦窄的一头在上，如果盖反了，同样也会漏雨。

盖房时，盖匠对瓦的选择很重要。一般来说，好一点的瓦都用作沟瓦，破损的缺角瓦用作扑瓦。如果角子不平，盖出来瓦路就会翘起，这时盖匠会眯眼一瞧，哪个地方低了点，就会拿破瓦片来垫起，确保整间房屋的瓦的平整度，以利于雨水通过沟瓦时顺畅。

盖瓦也是在飘檐处开头，一排一排地从下往上盖。不少盖匠还多少懂一些木匠活，如果檩子断了，桷子破了，他会带着斧子、锯子，找来适合的木料更换好。乡村盖匠不仅仅只是盖瓦，还要会"座檐扎脊"。座檐就是用石灰或水泥与泥沙搅拌后，在檐口的瓦头子里填上混凝土，让瓦与瓦之间连接起来，也可称作"瓦挡"，作用是使房上的瓦不下滑坠落，起稳定作用。

扎脊就是在脊檩上盖上一层瓦，瓦要盖密实，同样是用搅拌好的混凝土在盖好的脊瓦上糊上厚厚一层，其作用是压住脊檩两边的瓦不往下滑。把交头处的瓦遮密实，防止雨水渗入漏雨。也有用火砖当脊瓦座脊的。水泥和沙的比例要调配好，水泥比例高，干得快，会破裂成口，雨水会从破裂处渗入；比例低了，会起沙，混凝土脱落后会漏雨。所以，混凝土标号的配比要恰到好处，这些都得看盖瓦匠的手艺了。

个别盖匠师傅，除专业盖瓦外，还会做灶挂烟囱之类的活，管他是大灶、小灶、柴火灶、煤炭灶，还是砌灶台、安水缸，做出来的东西都像模像样，不比专业泥水匠差，因此深得主家欢迎，这样的盖匠，生意自然要好许多。

说实话，盖匠很辛苦，除春秋天气不冷不热，日子好受一些外，夏天在房上犹如烈火烤，喻作"血盆里抓饭吃"，如果身体抵抗力不好，很容易中暑。恰恰这个时候请进屋盖匠盖房的人多，雨多雨大的季节，是检验盖匠师傅手艺的最佳时候。冬天盖房同样难受，北风吹，雾大霜多，冻得手僵身冷打哆嗦，稍不小心就会感冒，让你十天半月缓不过气来。此外，盖匠虽然活轻，但也属室外作业，其辛苦程度比石匠好不了多少，如果有其他出路，一般都不得学这门手艺。

过去有一句古话叫"万瓦三间房"，指新中国成立前修的"五柱"或"七柱"木排立房屋，三间房子需要一万匹瓦才够用。这话也不完全正确，用瓦多少得根据房屋的宽窄、盖瓦的稀密度来确定，没有固定的计算方式，所说的都是一个大概。

世事沧桑，一晃几十年过去了。如今的乡村，不但茅草房销声匿迹，成为一代人心中永恒的记忆，就连土法烧制的瓦也被机器生产的琉璃瓦取而代之。由此，乡村盖匠的需求量也越来越小，除偶尔看见翻盖瓦房的盖匠外，乡村再难见到茅草房和盖茅草房的盖匠了。

# 乡村厨匠

炉膛火旺，锅铲声响。那围着布裙的厨匠、起落翻飞的菜刀、层层叠加的蒸笼、袅袅散发的雾气、盈满口鼻的菜香，一幅"喜迎宾客至，盛世话丰年"的喜气场景，一幕又一幕地在乡村农家上演。

俗话说，"天干三年都饿不死火老大。"所谓的"火老大"，就是指煮饭做菜的人，在川东北一带，人们把他们称为"厨管师""厨匠"或者"办席的师傅"。他们凭借手中锋利的菜刀和高超的烹饪技术，走乡串户，服务邻里乡亲，用油、盐、柴、米、酱、醋、茶，烹调出一道道咸、麻、酸、甜、香、涩、辣的菜品，以一双灵巧的手调制着百味人生。

乡村厨匠一般分为两种，"红案"和"白案"。红案厨匠主要从事蒸菜、炒菜、凉拌菜之类菜系的烹制，是乡村坝坝宴的主打厨匠，无论荤的、素的，还是热的、凉的，样样都精通。他们除上门入户帮别人办坝坝席外，平时受聘于乡场上的酒馆、饭店当大厨，很受人欢迎。白案厨匠主要烹制包子、花卷、馒头以及抄手、水饺、面条之类的面食，平时在一些早餐店里当坐堂师傅，经年累月地与白面打交道，靠一身手艺吃饭。

二十世纪八十年代前，农村生活条件差，坝坝席办得也很简单，除汤菜外，正菜只有九个，俗称"九大碗"。以肉墩子、酥肉、大刀圆子、扣肉（烧白）、猪蹄花、肥肠蒸碗、猪肝、肉丝、炸肉之类的蒸菜、炒菜和凉菜为主菜，搭配海带丝和新鲜蔬菜等素食，一桌菜也就满满当当的了。人们去吃酒坐席，也叫"吃九大碗"。但每样菜分量都少，蒸菜类一人只拈一筷子，其余都是用红薯、南瓜、芋头之类垫底。所以，坐席的人得讲规矩，一碗菜，一人一筷，不能多吃多占。否则，你多拈一筷子，就差一个菜，就会有一个人吃不成。那时，乡下坐席兴"拈扎包"，有的人为了"拈扎包"回家，自己只有喝汤吃素菜，眼睁睁地看着别人吃肉。此时想来也有些好笑，没办法，生逢那个年代，也只能如此了，往往为吃一顿肉，犹如盼星星盼月亮那么难。

改革开放后，人们的生活条件得到大幅提升，坝坝席上的菜不再限于九个，各种菜品也多了起来，随便一桌菜，荤素搭配都是二十个左右，分量也大大超过了从前。但桌上吃的少，剩的多，无形中造成了浪费。明知吃不完，也要这样去操办，主要是怕别人说席桌办得差，面子上过不去。

乡下没有酒馆饭店，如逢谁家生长满日、嫁女娶媳妇、父母去世、办满月酒席，大多数都是自己操办。根据自家平常走亲访友来往的人客多少，要办多少桌酒席，得提前几天找厨匠计划，桌上摆多少个菜，以桌数折算每个菜所需原料，需要多少猪肉、牛肉、羊肉和鸡、鸭、鱼等，还有清油、作料、青菜、萝卜、冬瓜、南瓜要多少斤，都一一写得清清楚楚，明明白白。所需物品采购齐全后，厨匠会在正酒前一天带着厨具上门，先是用砖块砌灶台，接着便是搭菜板剔骨切菜，宰杀鸡鸭鹅鱼，该用烙铁的就烙，该煮的就煮，该进油锅的就进油锅，相互配合，各司其职，忙而不乱。

好在操办乡村坝坝席时，厨匠只负责上席菜品的蒸炒和作料搭配，其余事情都由帮忙打杂的人来做。帮忙打杂的人都由主家自请，请的都是同村同院的乡邻或三亲六戚，纯属帮忙，主家负责吃住，不得付工钱。所以，厨匠除亲自操刀做几个主菜外，搭桌、淘洗、切菜、装碗、上笼、传菜之类的杂活，都由打杂的人来负责。

乡村厨匠最拿手的菜是蒸菜。相比城里酒店的大厨，厨匠做出的大刀圆子、酥肉、盐菜扣肉，从色、香、味来说，更具特色。油炸的酥肉金黄脆嫩，粉蒸的圆子夹着肉末，白里透红，特别是过油抹酱的肉墩子，肥而不腻，进口化渣，吃起来别有一番风味。

就拿做大刀圆子来说吧，猪肉要选择肥瘦兼搭的三鲜肉（猪肚皮肉），肉末不能用机器绞，而要人工用刀剁成。淀粉用的是红薯粉，因为红薯粉细滑、白净，有筋力。先在剁好的肉末内加入适量的葱头、生姜末、花椒、食盐、鸡蛋清和少许白酒，将淀粉碾成细末，加水搅拌成浆泥状。把鸡蛋黄放入锅内烘焙成蛋皮，用蛋皮包裹上淀粉泥，捆成五公分粗细的条状，放入蒸笼内用大火蒸，待蒸熟后出笼冷却备用。这就是大刀圆子的做法。

如果是做菜圆子，其主料是萝卜，将萝卜切成丝，加入少许食盐搅匀出水。用纱布包住萝卜丝挤干其中水分，加入鸡蛋清、生姜末、葱头、食盐、花椒、料酒，以及少许肉末，与淀粉搅拌成泥，同样用蛋皮包裹上笼蒸熟即可。有经验的厨匠在制作大刀圆子时，多少肉加多少淀粉，用多少水来调和搅拌，心中自有分寸。否则，如果粉泥干了，蒸出来的圆子会垮筒，上不了席；如果粉泥调拌清了，吃起来就不酥嫩。

乡村厨匠做肉墩子和盐菜扣肉却另有高招。选猪的坐墩肉和三鲜肉，切成大方块，又叫"坯子肉"，用烙铁烧红去毛除汗，用清水洗净晾干，然后抹上豆瓣、生抽、白酒上色，放入油锅中过油去腥。坯子肉的色香味取决于上色和过油，上色时豆瓣和生抽要适量，多了肉会呈黑色，少了肉会泛白；进锅过油也得掌握好火候，时间炸长了，肉质会变老，短了油色会变淡。而掌握火候全凭厨匠经验。

接下来便是切坯、装碗、上笼。肉墩切成五厘米见方，烧白扣肉一厘米左右厚为宜，按每桌人数定每碗装多少个（片），一般农村坐席每桌为八人，所以要装八个（片）。将墩子扣肉抹上作料，面子朝碗底，上面铺上一层主家自己腌制的盐榨菜，放入蒸笼内蒸熟。出笼时，在肉碗上扣上一只空碗翻转过来，就成了盐菜在底肉在上了。一碗冒着热气的墩子扣肉，不但颜色金黄，而且入口化渣，吃在嘴里油而不腻，酥嫩爽口，吃了一回想二回。这道菜，是厨子亮相出彩、炫食客眼球的一道菜，也是厨艺好赖的重要标志。

乡村厨匠靠手艺吃饭，都置办了整套办席工具，诸如蒸笼、碗碟、蒸饭的甑子、传菜的掌盆以及做厨所需工具。他们上门做菜，大多数都是以桌论价，按总桌数折算工资，一般一场酒席办下来，长扯短围，每天的工资在三百元左右。如果主家席桌少，则按天数收取工资，反正捆着绑着都一样，互不相亏。也有做包席的，由主家定出每桌多少钱的标准，全权由厨子进行操办，包括采购原材料、请人帮忙打杂、租借桌椅板凳等。主家只负责烟酒茶和招呼应酬客人，饭点一到，邀客入席就座就行了。

乡村厨匠心地都很善良，操办酒席时，不论白事红事，都会尽量为主家节约，避免造成浪费。遇到左邻右舍、同村同组的人办酒席，一般都是帮忙，大不了收点厨具磨损费。不要为了几百块工钱，伤了一辈子情谊。再说，都是乡里乡亲，相互都有帮忙的时候，不如做个顺水人情，名也有了，义也有了。

时下，乡村坝坝宴成为一种时尚。由此，乡村厨匠的生意也是一片红火，他们满怀对职业的赤诚，用一双勤劳的手、一颗火热的心渲染着乡村岁月。

# 乡村粉匠

"啪……啪……啪……",只见粉匠师傅左手执瓢,右手有节奏地起起落落,传来一阵阵均匀的拍打声,一根根淀粉糊糊从铜制漏瓢中落入滚沸的开水锅里。一番沸腾之后,变成了雪白的粉条。用斑竹大筷将粉条从锅中捞起,放入冷水缸中过凉,再捞起来挂在竹竿上晾晒。这时,一根根带着豌豆清香的粉丝,白晃晃的一片在风中摇曳,诱惑着人们的食欲。

这是过去乡村粉匠制作粉条的情景。

记忆里,那时是大集体生产,生产队除抓好粮食生产外,还兼营其他副业,开办集体面坊和粉坊,同时还开办了养猪场,用粉渣和麦麸喂猪。生产队安排一些精明能干的社员负责经营,干的是只赚不赔的买卖,赚了是集体的,亏了由具体经营者负责,年终以钱折算工分抵扣。所以,开设粉坊也是集体经济收入的一个重要来源,大凡每个生产队都有一家粉坊。

粉坊的设备不是很复杂,一台中型石磨,上磨石一侧安装了一个很长的木棒,供粉匠推磨时放在腰部省力。几口大瓦缸,用来沉淀淀粉;再有就是一个烧煤的土灶,一口大铁锅。那些年,川东北一带小春作物盛产豌豆,由此,粉坊主要制作的是豌豆粉。

从豌豆演变成粉条要经过很多道工序。先是将豌豆变成芡粉。将从地里收获的豌豆用风车车净晒干后,放入瓦钵内浸泡十个小时左右,一般都是头天晚上入钵浸泡,第二天早上从瓦钵内沥出,放入石磨磨浆。磨浆这活很费力气，一个人推着腰磨要转数百上千转，才能将几十斤豌豆磨成浆，同时边推动磨盘边用左手往磨眼里添料，这些活都由一个人来完成。

将磨好的豆浆舀入细纱布做成的过浆帕内过滤，这称为"摇浆过帕"。把摇将拴在屋檐垂下的一根绳子上，将过浆帕的四只角拴在摇将上，然后把磨好的豆浆舀入帕内，边加清水边摇动摇将，豆浆和着水滴进瓦缸内，直至全部变成清水后，帕子内就只剩下豆渣了。

缸内的豆粉需要沉淀，至少要一天一夜，如果水质变清，证明缸内的粉已完全沉淀。这时，将缸内的水舀干，用刀刮去表皮上面的黄粉，加入清水，用木棒搅动沉淀的豆粉，让其与水融合。重新沉淀一天一夜后，再把水沥干，用刀取出淀粉来剁成块，在竹笆折上铺上一层塑料薄膜，将淀粉放在上面晾晒，直到淀粉能轻轻捻成末方可收藏保管，这就成了人们所说的豌豆芡粉。

豌豆芡粉的用法很多，夏天搅拌出来的凉粉嫩滑爽口、不折不断、晶莹剔透，拌上嫩花椒、油盐葱花和豆油香醋，撒上少许辣椒面，吃起来那叫一个爽；与肉末混合做出来的酥肉、与葱头和萝卜丝做出来的大刀圆子一起吃，舒软润喉，香气扑鼻，吃了一回想二回。但更多的是用来加工粉条，上市销售。

那些年，加工制作粉条全是手工操作，虽然工序简单，但全靠粉匠师傅的经验来完成。调制淀粉浓稠要适当，将干芡粉碾细成末放入瓦钵内，加入适量的水搅拌均匀，干湿要恰到好处。如果水加少了，制作出来的粉条是脆的，易折断成节；如果水加多了，制作时粉泥成不了线，在锅里变成了粉汤糊糊。有经验的粉匠师傅会拿起一点调制后的淀粉来，如果能吊成一条线，证明恰到好处。所以，出锅的粉条质量好坏，关键是看粉匠师傅在制作过程中火候把握得如何。

人们通常把制作粉条叫作"打粉"。打粉的瓢都是铜制的，瓢底均匀地分布着无数的小孔。粉匠师傅把调好的芡粉泥装进铜瓢里，左手拿瓢，挺直腰板，抡起右手巴掌，有节奏地拍打起来。那淀粉糊糊便像一条不间断的银线，落进沸腾的锅里，经过滚水煮烫，立刻成了一条条白生生的粉条漂浮在水面。一旁打下手的粉匠会立即将锅里的粉条捞出来，倒进一旁的钵子里过凉水，再捞出来挂到粉竹竿上晾晒。一般来说，粉条的长短以一瓢淀粉多少来决定，打完一瓢淀粉就是粉条的长度了。拍打淀粉时，手背用力要均匀，不能轻一下、重一下，要不然打出来的粉条就会粗细不一，甚至还会有粉疙瘩，不仅没卖相，且烹调炒菜时不易熟。

在川东北一带，能出粉的粮食品种很多，红苕、土豆、玉米、高粱、绿豆、芋头、胡豆都能打出芡粉，也能制作粉条，但做出来的粉没有豌豆粉好。真正的豌豆粉雪白，做出来的凉粉嫩滑，打出来的粉条带油浸色。如果是红苕粉，粉质同样白，但打出来的粉条白中带黄，搅拌后制作出的凉粉和粉条呈黑色。不过，红苕粉是做菜办席的主打原料，是做酥肉圆子的重要食材。每年红苕收获后，乡下农村家家户户都会制作红苕粉，做得多的一户有几百斤，甚至上千斤，除自己吃之外，其余的都会拿到市场上去销售。

土地承包到户后，生产队的集体粉坊随即解体，传统的手工制作粉条也淡出了人们视线，除个别粉匠师傅开设了家庭作坊，间或制作一些粉条外，平常吃到的，一般都是机器制作的粉条。而真正用豌豆芡粉制作粉条的确太少了，市场上销售的大多数是以次充好的杂粮粉条，吃起来总是难寻当初的豌豆粉味儿。

乡村粉坊和那一代粉匠师傅已被现代科技文明所替代，已被掩埋在岁月的长河中。但那不停转动的磨盘，雪白的粉丝，飘香的味儿，以及师傅们挥舞手臂拍打粉泥的身影，成为了孩提时代难以忘怀的美好记忆。

# 乡村棕匠

棕匠，顾名思义，有棕才有匠，就是长年累月与棕片打交道，制作出人们日常生产生活所需物件的手艺人。

在川东北一带，乡村棕匠从事的职业，不外乎是用棕片缝制蓑衣、编织绷床、扎棕刷、扎棕扫帚以及搓棕绳。他们的吃饭家什也非常少，只有简单的铁梳子、铁钩子、剪刀、刀子、锤子、缝针和拧线的工具。

二十世纪八十年代前，蓑衣是乡下农村下雨天耕田犁地、遮风挡雨的必备之物，几乎家家都有好几件备用。蓑衣的优点在于轻便、透气，穿在身上不仅能遮雨，还能御寒，方便人们下田劳作。那时没有雨衣、塑料薄膜之类的遮雨工具，蓑衣就成了农家耕田种地的重要物件。

蓑衣全靠手工缝制，采用的原料是棕片，棕片则来源于棕树。棕树一般长在深山老林，川东北地区的主要产地在华蓥山脉和大巴山脉的深山峡谷中。棕叶可用来制作棕叶蒲扇，也可用作乡村农家过年串腊肉的"挽子"。缝制蓑衣的原料则是棕树上的棕片（衣）。采剥棕片的棕树，至少要有十年以上的树龄才行。棕片包裹在棕树茎的外边一周，树龄越长，棕片的位置越高，要攀爬上树才能采剥。棕树没有枝丫，下部剥离棕片后的树茎一片光滑，攀爬时让你手脚无处抓踏。所以，上山采剥棕片必须是会爬树的年轻人，要不然时常会有摔伤的危险，轻则伤筋动骨，重则丢掉性命，可以说，是一个高危职业。俗话说"没得五山虎，就莫去砍六山柴"，没有爬树这项本领的人，就不要轻易去冒这个风险。

棕片采回来后，要放在太阳底下暴晒几日，将棕片晒干晒透，然后选择没有破损的棕片，用作蓑衣的主片料，其余棕片剔去棕桐用于搓制棕绳。棕绳有粗细之分，细的为棕线，像现在人们饭后剔牙的牙签一般粗细；粗的棕绳用作担水担粪的桶绳和抬石、抬物的大绳。搓制棕绳是为缝制蓑衣和绷床作准备，也是一项复杂的工序。

晒干后的棕片用铁耙子梳成棕丝，先用纺线车把棕丝摇成单股坯线，再由单股坯线摇成双股线，然后将单股线缠绕在转子上，以备拧棕绳用。拧棕线看似简单，其实技术性很强，而且很费力，必须用手劲来操作，稍不注意，拧出来的棕线就会粗细疏密不匀。拧棕绳要选一个较为宽敞的场所，要三个人相互配合才行。先在门口屋檐下摆两个木架子，用几条长石压住固定，木架上面有很多"之"字形的铁钩，把转子上的棕线挂在钩子上，由两个人操作架子，向相反方向摆动所有铁钩，另一人则用专用工具从一端移向另一端。如此把棕绳拧紧，反复多次，一根棕绳就成了。

缝蓑衣是用小棕线。将棕片放在两条长板凳之间，然后一针一针地用棕线把棕片连结编织，串成披风状，背部再添加几匹棕片，以防漏水，里面塞一点棕丝和脚料之类的棕片加厚。蓑衣的内外两面还得用细棕线密密麻麻地缝合，一根长铁针穿着棕线，棕匠师傅弯着腰坐在一个矮凳上，右手拿针，左手揿着须缝处，拇指尖一捺一拣分合，右手中的粗针便穿着棕线飞快地"钻"到另一面。如此反复，一件蓑衣要缝近千针。缝合时，双手配合要默契，针脚要匀称，缝出来的蓑衣才不会漏水。缝线需用粗细不一的几种棕线和棕绳材料，蓑面和蓑底要靠细线一针一线缝合连缀而成。如果不是人为损坏，一件新蓑衣一般可用七至八年。

蓑衣上宽下窄，呈蝴蝶形，肩部宽约一米，可遮至手肘拐处；腰部处宽约八十厘米，蓑尾呈燕尾形。蓑衣顶沿用筷子粗细的一根棕绳贯穿，由双肩处向下至蓑衣内中部打结，像两根背带一样，主要便于人们穿戴。当双臂穿过背带后，两根背绳拉扯至胸部拴住，蓑衣就穿戴好了。

制作棕绷床是件费时、费力，而且工序复杂的活。绷床框由两长两短四根木方组成，一般都是根据木床的大小决定绷床的宽窄。做绷框的树质地要硬，至少要风干两年，才不会被虫蛀。框板厚度在十厘米左右，挖眼开榫头制成长条形的框。然后在绷框内打一圈的孔，还得在框的四个角上吊上几十斤重的石头，这样穿棕线时木框才不会变形。

穿棕绷时，将事先备好的棕绳按对角线一一穿过棕绷架上的眼孔，并用力拉紧，经纬交叉，如同篾匠编织篾竹席一样。同时还要在下面加上横直交叉的方格线来托底。这样每个眼孔至少要穿过三根棕绳。分别拉紧之后，要把多余的棕绳和削好的木楔塞进孔里，用铁刀的刀柄敲紧固定，防止棕线脱落。这样，一张密密麻麻的棕线串成的结实的床面就完成了。穿棕绷不光凭力气手劲，还要有耐心，一样的动作要重复上千次。总的来说，绷床绷得紧不紧，得看棕匠师傅的力道和手艺。

那些年，乡村棕匠师傅外出做手艺，一般都是走乡串户。随着一阵阵"缝蓑衣——穿绷床哟"的吆喝声，棕匠师傅手提着吃饭的家伙出现在人们眼前。他们在缝制蓑衣的同时，也修补旧蓑衣和断线的旧绷床。工钱有按天数算的，也有按件数算的，反正主家包吃包住，捆到绑到都差不多，双方互不亏欠就行。

大集体生产年代，乡村棕匠和其他匠人一样，都被称为"手艺人"，他们出门做手艺得给生产队交"副业款"，并以此折算工分，年终决算时按人均分值，才能分到粮食。如果私自外出做手艺，不但分不到口粮，没收所有工具，还要在生产队召开的社员大会上做检讨。

如今，随着社会向前推进，各行各业都发生了地覆天翻的变化。各种雨衣、塑料制品和席梦思床垫进入了农村市场，乡村棕匠失去了他们的用武之地。他们昔日穿针引线忙碌的身影，以及人们穿蓑戴笠在田间地头辛勤劳作的场景，早已隐藏在了岁月的皱褶里，变得模糊不清了起来。

# 乡村知客匠

在川东北一带，但逢生长满日、嫁女娶媳妇、谢师、开业、乔迁新居、老人离世等红白喜事，都要请知客匠来当总领，负责迎来送往，统管一切事务。

乡村知客匠，又叫"知客司"或"主事的人"，一般都识文断字，并有一定水平。仅凭一张笑脸和能说会道的嘴，帮主家打理一切事务，做到让主人放心，客人满意。

那些年，乡村红白喜事规矩颇多，各不相同，十分讲究。如果是嫁女、娶媳妇，一般要连开三天酒席；如果是生日寿宴和新房造屋上梁立柱，至少吃两餐；若是小孩的满月酒，俗称"打三朝"，娘家来的客人一般要坐吃三天才散客；假若父母去世的丧事酒，时间更长，由在家闹丧的时间长短来定，少则二至三天，多则五至七天。所以，大凡红白喜事，左邻右舍和亲戚朋友都会来参加，如果没有知客匠统一招呼应酬，主事者家中事务多，根本打理不过来。

乡村知客匠，一般都很认真负责，只要接受了主家的邀请，都会尽心尽力地把主家的事情办好。在知客过程中，代主家发号施令，把一件人多事杂、礼仪繁冗的酒宴，按照当地的风俗，组织得热热闹闹、有声有色、井然有序，不仅解除了主家的某些尴尬和难堪，而且能使参加酒宴的宾客不会因主家某些方面欠妥或不周到而心生埋怨，继而满意而归。

乡村知客匠都是业余从事这门职业，平时种好自己家中的几亩薄田，或经营好自己的买卖，一遇有人请，便披挂上阵，充当起主事的人来。知客匠这个职业不是任何人都能够胜任。一位合格的知客匠，不仅在知识储备等方面都要有过人之处，而且口才要伶俐、语言表达能力要强、思维应变能力要好。新中国成立前的乡村知客匠，一般都是私塾里的先生学究，至少也是进过几天学堂，受过四书五经熏陶，懂得"仁、义、礼、智、信"的人。

在知客过程中，乡村知客匠要代表主家全方位主持礼仪事宜，全权负责每个具体环节的布置和落实，包括对内、对外帮忙打杂人员工作的分配、席桌的安排、客人的迎送等，代替主家说出想说而不好说的话，办理主家想办而不能办的事，并按照时间程序，掌握好节奏，调节好气氛，达到主欢客乐的效果。

乡村知客匠接到邀请后，会提前一天到主家来，与主家共同商议红白喜事中的具体事项，并拟定一个初步方案，包括厨师请谁，帮忙打杂的请谁，什么人负责什么岗位。然后吩咐主家上门把这些人都请到，免得事情拢了才去请，别人会不高兴。第二天正事一开场，待左邻右舍帮忙的人到齐后，知客匠就会按照各自的专长分派任务，管钱管账的、收礼收物的、主厨做菜的、安席传菜的，以及提壶斟酒、擦桌抹凳、挑水抱柴、递烟倒茶、迎宾送客、买进卖出的等，事无巨细，安排得井井有条。

待一切都安排妥帖后，知客匠往往会来上一段顺口溜，作为此场酒宴准备工作的开场白：

> 在座的不是亲便是戚，院里邻居，都是乡里乡亲，希望这次酒席，人人操心、个个出力，各负其责、各尽其能，齐心协力、声叫声应，需要各位的支持。俗话说，知客知客，离之不得，我一不懂规矩，二不懂礼节，更谈不上有什么文墨，我代主家招呼客，人是大老粗，笨嘴又笨舌。贵府的亲朋，有的我还认不得，若有内行高师到，高抬贵手多指导。

除安排好一切大小事务外，个别精明的知客匠还会运用各种语言，把一些好听的、恭维的、有节奏的、优美的、极富感情色彩的语言，编成红白喜事时使用的礼仪词，一般都是四言八句和顺口溜，读起来朗朗上口，既好听，又好记。

礼仪词没有固定的语言，根据时间和对象，内容可长可短，短者四句、八句，长者可达数十上百句。一方一俗，礼仪词都是一些乡言土语，言词朴实，情意深长，多是好听的奉承话，见景生情，见啥说啥，听起来十分押韵，既风趣、幽默、诙谐，又通俗生动。用热情洋溢的语言，把来的客人说得周身舒畅，满心欢喜，让在场的所有人都觉得悦耳动听，既营造了喜庆的气氛，又加深了主客之间的情谊，为酒宴做一个友情铺垫。

不同的场合有不同的礼仪语言，如果是生日宴，知客匠就会这样说：

礼花火炮响不停，来的都是亲戚朋友邻里团转人。你们花了钱淘了神，走得一身汗淋淋，既花费你们的金钱，又耽搁你们的时间，熬更守夜，费力费神。但是主家有一言，叫我代传，他日各位家中有生长满日、修房造屋、嫁女娶媳、红白喜事的，请先知会一声，到时主家一定提前到场，把这份情还上。最后，谢谢大家今天来捧场。

如果是结婚喜宴，又逢金秋八月，知客匠便会来段祝福语：

丹桂飘香，稻谷金黄，良辰吉日，地久天长。今日新郎喜得恩爱之妻，新婚大成，承蒙各位父老乡亲、亲朋好友、左邻右舍贵体劳驾，既花费金钱，又送来厚礼，我代表主家人等表示感谢。

稍事停歇后又道：

大喜逢大事，理应多办酒席，宴请宾客，只因寒舍扁窄，多有不便，今日席上荒凉、菜稀肉薄。幸有一杯喜酒为敬，主家理应席前敬饮，只因酒量有限，不能逐一席前碰杯，只好举杯通敬为谢。

最后还来几句祝福的话：

祝各位父老喝个百岁有余；祝各位亲朋好友喝个百事顺心、万事如意；祝新郎、新娘新婚之后，百子千孙、金玉满堂、家庭幸福。

如果是白事谢客酒席，知客匠便会带领事主全家来到席前三跪以表谢意，并会即兴来一段：

某某老大人跨鹤登仙，蒙承生前各位亲朋好友对他的厚爱与关心。明天是其归山之期，孝家人等本应登门跪拜各位，由于时间紧迫，事出突然，在此以粗茶淡饭薄酒款待各位，敬请谅解！在此，孝家儿男席前三跪以表谢意。

什么酒宴用什么礼仪词，知客匠心中都有数。特别是红事和白事，切记要注意，不要把词说反了，要不然主家会不高兴，还会找你理论，叫你挂红放火炮驱晦气，让你吃不了兜着走。但一般来说，只要有个三五年知客经历的知客匠，这样的事都不可能发生。

如今，随着社会不断向前发展，不少乡村知客匠都自备小型音箱和无线话筒，有的还购买了摩托车，只要有人邀请去知客，便背着音箱骑着车出门，减少了步行的苦累。乡村知客匠知一次客的报酬，都是按天数计算，价格在两百至三百元，与做菜厨匠的待遇差不多，都按技术型人才对待。不过，不挑不抬，仅凭一张嘴，一年也能挣两万元左右的收入，也算是很不错的了。

不得不说，乡村知客匠是山乡农村的"百事通"，他们一年四季都在外忙碌奔波，用聪明智慧改变自己人生的同时，也为寂静的乡村增添了无穷的乐趣。

# 乡村蜂匠

乡村蜂匠，川东北一带称之为"乡村养蜂人"，在乡村七十二行匠人中，同样占有一席之地。

乡村蜂匠都是地地道道的农民，他们大多以种田为主，养蜂为辅。农忙时，侍弄好自己的一亩三分地；农闲时，把养蜂当成副业和爱好来做，养个三桶、五桶蜜蜂，除酿造自己吃的蜜汁外，余下的卖给邻近乡民，卖得的钱用来贴补家用。也有部分专业从事养蜂的蜂匠，他们一年四季拉着蜂箱，赶花期、采花蜜，跑州过县地在外忙碌奔波，用辛勤的汗水换来甘甜的蜜糖。

川东北一带生长繁殖的蜜蜂，大抵分为两个品种——中蜂和意蜂。中蜂和意蜂不但名字有差异，而且生长习性也有区别。中蜂是从古至今流传下来的本土蜜蜂，全名叫"中华蜜蜂"，简称"中蜂"或"土蜂"。中蜂产量很少，一桶蜜蜂年产量大概在五至十五斤。中蜂采集花蜜的范围广，对大片蜜源、零星蜜源、小野花来者不拒。但中蜂采蜜能力较弱，产量低，一年只能取两三次蜜，产的都是自然成熟的封盖蜜，少部分蜂蜜被蜜蜂自己消耗了。中蜂产的自然蜜很少在市面上流通，只占市场的百分之十左右。中蜂遵循传统养殖方法，自然生存，除防病防虫和无花期需人工补充一些糖水外，日常基本不管理，且固定在一个地方养殖。中蜂由于体形较小，采集力差，吃的也比较少，所以产蜜量很少。

意蜂是从意大利引进的品种，简称"意蜂"。意蜂产量大，一桶蜜蜂可年产蜜八十到一百斤。意蜂基本不采集零星蜜源，只采集大宗蜜源，如大片的油菜花、桂花、洋槐花、李花、梨花等。意蜂的采蜜能力非常强，产量高，在植物大面积开花时期，几天就可以取一次蜜。有些精明的蜂匠为了提高产量会取尚未成熟的蜂蜜（别称"水蜜"），经过人工浓缩处理后卖出。意蜂产的蜜是市场上的主导蜜，占市场的百分之九十以上，所以意蜂蜜也称商品蜜。意蜂需要人工管理养殖，离开蜂匠后不能独自在野外生存，在蜜源匮乏的时候需要人工饲养蔗糖水才不会饿死。意蜂的体积基本上是中蜂的一倍半，采集能力强，吃的也比较多，而且不采零星蜜，一旦大面积花期过了就需要转场赶到下一个有花蜜的地方。

川东北一带蜂匠养殖的蜜蜂一般都是中蜂，一年产蜜最多取二至三次。采集的花蜜主要是油菜花，花期在每年的三月中下旬前；其次是槐花、杏花、李花、梨花和柑橘花，盛花期在四月左右；最后是山里杂花，在每年的六月之后，平坝地区的农作物花期一过，只有在山区一带才有盛开的野花，因山中杂树多，花期有早有迟，虽然花蜜不是很多，但常年都有花开花谢，至少能保证蜜蜂无花期时自给自足。

菜花是蜜蜂的主要蜜源。菜花蜜呈白色，晶莹剔透，易结晶，像猪边油炼出的化油一样。菜花蜜最好是取二道蜜，洁白、纯正、无杂质。一般第一道蜜含有白糖，那是无花期时人工喂养蜜蜂糖水所致；槐花蜜呈黑红色，流汁状，长年不会结晶，营养价值比菜花蜜高，市场销售价也比菜花蜜贵许多；蜂蜜中最好的要数杂花蜜了，蜜糖也是黑红色，食之苦涩有药味，具有很高的药用价值，卖价也相当不错。

蜜蜂的繁殖力非常强，一年能分一桶蜜蜂出来。那是因为一个蜂桶内只能有一只蜂王，如果新繁殖出一只蜂王却不分桶，两个蜂王"争位"就会发生争斗，新蜂王便会带着一群蜜蜂"出走"，另立为王。所以，一桶蜜蜂三五年后就可繁殖成八桶十桶。中蜂养殖大多是在房前屋后的墙壁上，在离地一米左右的位置挖一个四方形的小孔，将蜂桶放在屋内，桶口对准墙上小孔，下面用桌椅或木架搁着，只要保持蜂桶平衡，利于蜜蜂筑造蜂房酿蜜就行。

意蜂养殖者大多以湖北等地的外省人居多，养殖数量一般都在一百桶左右。适逢油菜花期，他们会装满一货车，选择油菜花多的地方，在田边地角卸下蜂桶，层层叠叠地呈长方形搁置，并在上面搭上一张遮风挡雨的篷布，以防风雨侵袭。除隔三岔五戴上手套和面罩，打开蜂盖观察蜜蜂生产和取蜜糖外，其余就是防止虫壳蚂蚁和蛇类钻进蜂桶扰乱蜜蜂酿蜜。

盛花期时，蜂匠最害怕的是雨天，连绵阴雨，再好的菜花也是白搭。因为蜜蜂采蜜时菜花上不能有雨水，如果有雨水，蜜蜂酿蜜时会拉稀，影响蜜汁不说，还会造成蜜蜂生病死亡。所以，中午时分是蜜蜂采蜜的高峰期。若盛花期久晴无雨，花蕊无水分，也酿不出蜜糖来。蜂匠最怕的是作物花期时打药，蜜蜂采了打药的花蕊，会中毒死亡。

精明的乡村蜂匠在取蜜糖时，都要留一部分蜜糖在蜂巢内，那是无花期时蜜蜂的口粮。一旦花期过去，蜜蜂生存就得靠桶内的蜜糖，如果桶内无糖食用，蜂王就会带着蜜蜂飞出桶外觅食，而"另寻生路"不归桶。所以，蜂匠隔三岔五会打开蜂盖，查看蜜蜂生长情况，该补充蔗糖水立即补上，一点马虎不得。

养蜂的时间长了，蜂匠们都积累了一定的养殖经验。他们会定期给蜂桶消毒杀菌，悉心掌握蜜蜂的生长情况，一旦发现病虫，会立马进行防治。稍微疏忽大意，一桶蜂甚至整个蜂群都会生虫染病而亡。蜜蜂病虫害的种类较多，川东北一带主要有囊状幼虫病、蜂蛹病、云翅病毒病以及寄生螨虫。预防方面，重在对蜂群的管理，早春蜂群应注意保温，夏季应注意降温。除给蜂巢外部人为保温、降温外，应保持蜂脾上蜜蜂的数量。同时，还要时常防止野蜂（牛角蜂）侵入蜂房，伤了蜂群。

日复一日，年复一年，乡村蜂匠在他们的养蜂生涯中，用赤诚和辛劳，在生活这个大舞台上演绎着人生真谛。当他们站在蜂桶旁，静静地看着蜜蜂飞进飞出，脚上的花粉从眼前一闪而过，满身的疲惫一扫而光，饱经岁月风霜的脸上，瞬间荡漾着喜悦的笑容。

如今的乡村，养蜂的人越来越多，有经验的乡村蜂匠成了不可多得的人才。一旦刚学养蜂的人遇到难题，蜂匠师傅们会把养殖技术毫无保留地传授给他们，甚至还会上门现场指导，分文不取，谢绝酬谢。

乡村蜂匠和其他乡村匠人一样，踩着季节的节拍，用一双勤劳的手装点着乡村岁月。

# 乡村漆匠

二十世纪九十年代前,在川东北一带的乡村匠人中,漆匠算得上是重要的匠人。

漆匠所从事的职业是和油漆打交道,主要是给农家常用的桌椅、板凳,男女结婚用的床、书桌、衣柜、木箱,以及上了年纪的老人提前准备的棺材寿木刮料上漆。

那些年,农村经济落后,市场上没有家具店和现成的家具卖,也没有专门做家具用的方木、三层板和五层板,更没有自带各种颜色的板材。要打制家具,得请木匠到家做个十天半月,将圆木进行加工,锯、推、刨、凿、打眼、加榫、合缝,全套工序,一样不少,搞得隆隆烈烈,忙得不亦乐乎。

俗话说,木匠怕漆匠,漆匠怕照亮。木匠打制的家具美不美观,木面平不平顺,漆匠刮料就知道;漆匠漆家具时漆刷得好不好,是否均匀光滑,用灯光一照就一目了然。所以,对于漆匠来说,上漆前的打底刮灰是最考验漆匠手艺的,既费力气,灰尘又大。

记忆里,乡村漆匠总是穿着油迹斑斑,上面涂沫着各种颜色、多种图案的"花"衣服。一只竹篾篓,里面装着吃饭的家伙。漆匠的工具也非常简单,两把刮刀、一个托灰板、几把大小不一的油刷子、两块抹手布,如此而已。其余砂纸、石灰、桐油和油漆都由主家自己去商店买,或买来生漆原料,由漆匠师傅加工熬制。如果主家认为麻烦,也可以出钱由漆匠代劳到商店去配买。

漆匠一进屋，首先是用砂纸对所有要上漆的家具进行一番打磨。砂纸是一种在牛皮纸的一面用特殊工艺涂上铁砂的纸。漆匠师傅将砂纸平铺在家具的表面，用双手摁在上面使劲地来回搓擦，目的是把家具上的不平处磨平，让光滑处起细纹，让下一步刮的油灰和后面刷的油漆黏附严密。所以，这个程序很重要，不能走过场，打磨的时候要特别仔细，特别有耐心。擦完一处，漆匠师傅还要用手摸一摸，看是否光滑平整，凭手感来揣摩打磨的效果。

所有上漆家具打磨结束后，漆匠便开始刮灰，也叫"打底"，用的材料是石灰和桐油。将适量石灰加入桐油搅拌均匀后，形成一种柔软的膏泥。膏泥的作用是弥合木材接榫处的缝隙，包括木材本身的凹陷和瘢痕不平处。由于膏泥黏性强，使得家具油漆后表面十分光滑。这是刷漆的重要步骤之一。漆匠师傅左手用托泥板托住膏泥，右手拿着刮刀，从托泥板上挑起少许膏泥往缝隙中刮挤，这步工序丝毫马虎不得，该刮膏泥的地方一处也不能漏掉。

家具刮灰后还不能马上刷漆，得等一到两天，待膏泥晾干后，还要用砂纸打磨第二次。方法同第一次，不过这一次更繁杂，不仅打磨时擦下的灰尘多，漆匠师傅必须戴上口罩，而且手上用力始终要保持平衡均匀。不能擦得太猛，否则油灰被全部擦下，等于白刮，失去刮灰的意义。一般漆匠师傅都非常重视这个环节，一次没擦好，再擦第二次，甚至第三次。尤其是缝隙处，有的地方可能要擦四五次才能具备上漆的条件。

当然，什么家具刷什么颜色的漆由主家选择，漆匠师傅也会提一些建议，红的、绿的、灰的、黑的、粉红的，根据家具的种类来配色。那时用的基本上是调和漆，由漆匠师傅根据需要调配。漆匠师傅让主家从商店买来清漆，也有的用桐油加工提炼清漆。清漆就是没有颜色的漆，然后将所需颜色的染料倒进清漆中调配，加什么颜料就是什么颜色的漆。那些年，漆匠师傅绝大多数都是用这种传统的方法进行配漆。

上漆是最后一道工序，也是最重要的工序。漆刷得均不均匀，浓淡统不统一，颜色搭配好不好看，考验的是漆匠的功夫。到了这一步，漆匠师傅会十二分小心，并事先通知主家准备好旧报纸，铺在家具的下面，避免不小心掉下的油漆弄脏地面。工作时，刷子上蘸的油漆不能太多，避免因蘸漆太多滴下而浪费。油刷在漆匠师傅手里上下翻飞，像在随心所欲地描绘一幅图画。刷漆一次不算完，每隔一两天还得刷一次，总共要刷三四次。总之，家具刷漆的次数越多，效果会越好。

不少漆匠师傅不仅限于打磨搓砂和刷漆，写诗作画也是高手。他会在家具上用不同颜色的油漆画出不同的油画来，或山水，或虫鸟，或人物，惟妙惟肖。更有才情的漆匠师傅还会在油画旁题诗作对，为家具增色添彩。

学漆匠手艺，最难掌握的就是熬漆这门技术。在室外用两块石头或青砖支一个简易的小柴灶，灶上安放一个小铁锅，将漆桶里的生漆倒进铁锅，然后生火熬熟，熬到一定火候再将桐子油倒进去。这可是门技术活，起锅早了，刷过油漆的家具很长时间都不干；起锅迟了，就熬老了，家具上面的漆就会起皱脱落。

实话说，干漆匠这行看似活儿轻，却隐藏着极大风险。主要是因为油漆中含有大量的汞元素，特别是生漆，含量最高。不仅刺激人的呼吸道，引发咳嗽、哮喘，染上肺心病和气管炎，而且在刷漆过程中容易损伤皮肤，患上难治的皮肤病，成为终身的病患，最大的危害还会诱发白血病。

岁月更迭，社会发展日新月异。如今，市场上的家具店如雨后春笋，各种不同款式和颜色的新潮家具琳琅满目，应有尽有，极大地满足着人们的需求。由此，在乡村，打制家具的少了，不但木匠没了生意，漆匠也失了业。加之年老的师傅不做了，年轻人又不愿意学，眼看着曾风靡一时的漆匠手艺失传，不由得让人感到些许惋惜和失落。

# 乡村杀猪匠

在乡村，杀猪匠这门手艺属季节性职业，没有固定收入，以农为主，只是在每年的寒冬腊月替人宰杀过年猪时，才方显英雄本色，一把锋利的杀猪刀道尽他们的苦辣酸甜。

儿时记忆里，乡村杀猪匠是一个很让人羡慕的职业。只要杀猪匠进屋，就意味着可以沾腥打牙祭了。没办法，二十世纪六七十年代，生活十分艰苦，沾荤吃肉的机会少之又少。计划经济时代，什么物品都是凭票限量供应，难得吃上一餐像样的饱肉。所以，杀猪匠进屋有肉吃便在脑海中形成了一个固定的概念。

那时的乡村杀猪匠，一个村最多只有一两个，平时在生产队挣工分，一到寒冬腊月，特别是冬至节前后，便成了抢手货。家里要杀年猪，得提前给杀猪匠预约，由他定时间，某天的上午或者下午，并交代准备好什么东西，以备杀猪时用。

杀猪匠进屋后，首先是准备烫猪的锅灶。一年到头杀回猪，厨房的锅灶太小，烫剐极不方便，一般都是在屋一端或地坝边临时挖一个泥巴土灶，把平时煮猪食的大铁锅扣上，就可以点火烧烫猪的水了。

安砌好了锅灶，杀猪匠来到圈前，打开圈门，揪住猪耳朵，把猪拉出圈。旁边打帮手的有的逮脚，有的拽尾巴，将猪拖拽到地坝里，侧按在一条宽板凳上。杀猪匠站在猪头后侧，左手用力向后封住猪嘴，右手紧握杀猪刀，挪一挪地上的接血盆，对准猪喉处用力一刀便刺了进去。

这时的猪前后腿直蹬，无奈四脚被人控制，反抗也是徒劳。伴随着"哼哼"的叫声，杀猪匠抽出杀猪刀，一股股红的鲜血喷涌而出，流进接血盆中。待血流尽，猪也停止了哼叫和踢蹬，静静地躺在板凳上。杀猪匠用刀在血盆里搅动几下，一脚踢开舔食地上猪血的小狗，自言自语道，血财旺，来年吃穿有希望。

随后，杀猪匠吧嗒了几口主家男人递来的叶子烟杆，短暂休息几分钟后，便提起一只猪后脚，用刀在脚丫处划开一条口子，把钢筋做的"挺杖棍"从脚丫破口处插入。杀猪匠在猪全身肉皮内来回穿插十几下后，抽出挺杖棍，用草纸擦几下破口处，双手捏住猪脚，用嘴对准破口处向猪体内吹气。一吹一放之间，帮忙的人用木棒敲击猪的肚腹部，让气流贯通全身，只一袋烟的工夫，一头大肥猪便鼓胀了起来，然后用麻绳拴住猪脚，以防漏气。能在几分钟内吹胀一头猪，可见杀猪匠的肺活量之大，让人佩服。

给猪吹完气，杀猪匠会来到锅边，用手试一下水温，看差不多了，便在锅中间横放一根木棒，将半个猪身搁在上面，用水瓢舀起锅内的水淋在猪身上，边淋水边用刮毛刀剃毛，一头猪剃毛净身大约要半个多小时。不过烫猪剃毛也有些技巧，还得有人打帮手才行，而最关键的是掌握好水温，温度高了会把猪皮烫熟，温度低了，毛刮不干净不说，肉皮内还会残留一些断毛。

接下来是分边。用铁环钩住猪后腿，将猪倒挂在屋檐下或树丫上，淋几瓢凉水在猪身上，用刮刀刮除上面没剃干净的猪毛和泥污，拿出剐边刀从猪尾处开口下刀，一刀到猪头，呈一条直线。接着便是开膛破肚，挖肝取肺，倒出猪肠内的粪便，将猪肉放在案板上，划成大小不等的块，剔除四大骨，把灌香肠的瘦肉和过年走人户的肉划出来。一般来说，送情走人户的肉很有讲究，要带肋巴骨的肉，俗称"宝肋肉"，熏制后呈弯形，又叫"弯弯腊肉"，提着走亲戚既上眼又不失礼数。

对于杀年猪，川东北一带的人一向十分看重。一般都是选择手艺好的杀猪匠，以免在杀猪时出现差错，预兆不好，让人心里产生压力。杀猪时要一刀断喉，如果长时间不咽气，或补第二刀就不行。再则，抽刀后血要多，代表血财旺，如果无血，来年必定不顺畅，所有这些得看杀猪匠的手艺了。

乡村还有一个风俗，抽出杀刀猪血流尽后，主人会拿出几张草纸，让杀猪匠在猪喉刀口处擦几下。将糊上猪血的草纸贴在猪圈门上"祭圈神"，祈求来年"六畜兴旺"，这个细节是千万少不得的。如果主家忘记了，你大可放心，到时杀猪匠也会主动提醒你。

那些年，乡村杀猪匠在人们眼中是一个很受尊重的职业，特别是在生活困难年代。由于无粮食更无饲料喂猪，一头猪一年才长一百多斤，杀了边口净肉只得几十斤重，还要交半留半。杀了年猪交半边到公社食品站，用于计划供应那些端"铁饭碗"吃商品粮的人。所以，杀猪匠的一把刀掌握着人们吃肉"大权"，在剖猪分边时，巴不得杀猪匠刀走偏锋，为自己这半边多划一点肉过来，让一家几口人多沾几次油荤。说实在话，生活困难时期，几个月吃不上一回肉是常有的事。所以杀猪匠进屋，得有烟有酒侍候着，一点马虎不得。

但乡村杀猪匠心地都很善良，有时候杀头猪就算帮忙，招呼一餐饭食就行了。如果要收工钱也是象征性的，如果没钱给，割个一两斤肉，或给几坨血旺，一牙猪肝什么的也行。都是乡里乡亲，相互帮忙的时候多，大可不必放在心上。不过，随着物价上涨，近些年杀猪匠收入还算可观，杀一头年猪八十至一百元的工钱，手艺好的杀猪匠一天可杀三四头，当然得主家请人帮忙打下手才得行。仅冬至节前后两个多月时间，一个杀猪匠就能挣一两万元，一年的打杂开支钱就不用愁了。

也有个别乡村杀猪匠变单一的杀猪为摆摊卖肉，或进城、或在乡场镇的菜市场，寻一隅租个摊位，走乡入户收购农家粮食猪，肉一上案板，不放刀就能卖去一大半。土猪儿，没喂过饲料，全是玉米、红苕喂出来的，肉质好，所以生意一直很好，积累了很多固定客户，凭诚信和良心，既赚了钞票，也赢得了人心。

古往今来，一代又一代乡村杀猪匠，用一把刀作笔，在人生这张大画布上刻画着一座座山、一泓泓水，书写着一个时期、一方水土和一方人的故事。

# 乡村补鞋匠

在川东北地区，乡村补鞋匠是不可或缺的手艺人，他们的行头不外乎补鞋机、锤子、刀子、剪子、钉子、锥子、锉，还有针头线老，以及胶水、鞋垫、松紧布、铁纽扣、拉丝、拉链和补鞋用的胶皮、牛皮角。他们一般都是与烂鞋烂包打交道，不仅干活脏累，而且很不受人待见。但好孬会一门手艺，天晴落雨都能挣钱，也算是一个很不错的职业了。

土地承包下户前，乡村补鞋匠出门做手艺，还得通过生产队批准，按规定上缴"副业钱"，然后按钱折算工分，年终决算才能分到口粮。否则，就是干私活，不但没收工具，还要在队上召开的社员大会上挨批作检讨。那时的乡村匠人，外表看似风光，却常常是队里的"补钱户"，年终的口粮都很难分得完全。

包产到户后，乡村补鞋匠行业也发生了变化，除农忙季节侍弄好家中几亩薄田、做好粮食储备外，余下的空闲时间便挑着自己的家当，走乡串户拾掇自己的手艺，一毛两毛不嫌少，一块两块不嫌多。俗话说，鱼细不除毛，吃了下河捞，只要有活干，再累心也甜。一年下来，除去成本，多少还有一些剩余，维持家里称盐打油开支绰绰有余，比外出打工差不了多少。再说，都是手上功夫，比起挑抬之类重体力活要轻松得多，何乐而不为？

乡村补鞋匠这门手艺，看似简单易学，但要真正做好，也是件很不容易的事。初学补鞋的人，往往最不容易把握的，一是补鞋尖子，二是钉女人的鞋后跟，三是缝合鞋上的松紧布，四是安装鞋上的拉锁。如果这四种类型的活做不好，鞋子就会变形，影响外观不说，穿起还会夹脚，让人感觉不舒服。

如果补出来的鞋不挤脚、不磨脚、不硌脚，那就证明补鞋匠的手艺真的到家了，至少不让人嫌弃。技术好，自然会有生意上门。

川东北一带多属浅丘地貌，加之前些年交通条件差，不通水泥路，多是曲折陡峭的乡间小路，"晴天一身灰，雨天一身泥"就是对当时恶劣条件的真实写照。一到雨天，山路泥泞难行，水胶鞋便成了乡民出行的重要之物。鞋子穿久了会烂，不是被瓦砾铁钉刺穿，就是自然破裂，于是乎，补鞋匠的生意便来了。

补一只水胶鞋，也要好几道工序。先是将胶鞋破口处四周用铁锉锉出新胶皮印来，然用选一块旧胶皮，比着破口处大小剪下一块，也用铁锉锉出新胶印，再在胶鞋破口处和剪下的胶皮上涂上一层胶水，待胶水浸透饱和后，将剪下的胶皮黏在破口处，用手摁实，将补鞋的垫礅伸进鞋内，外面拿小铁锤轻轻敲击鞋疤，使其黏合结实，这样，一块疤就补好了。如果胶皮挫不好，胶水抹不均匀，穿不了多久就会张开。所以，无论补鞋的人多少，补鞋匠都会不慌不忙地做好每道工序，要不然自己会"耳朵发烧""打喷嚏"的，这是因为鞋子没补好，穿鞋人在骂了。

相比之下，胶底板布鞋或翻毛皮鞋脱帮，就要麻烦一些。先是在鞋底的脱帮处侧边，用刀片划开一条口子，将布或皮从脱帮处塞进鞋内，用带回钩的锥子从鞋内向划破鞋底板侧处锥出，钩出缝鞋线回针到鞋内的补疤皮上。如此反复，缝好补底布后，左手搅动补鞋机，右手拿着鞋子慢慢移动，让针线将补疤的皮块与帮布扎密实，最后剪去线头和边角皮，一块漂亮的鞋疤就补好了。

最难补的鞋要数女式凉皮鞋。无数根皮条连接到鞋底上，如果皮辫断了，得先把皮子照皮辫的宽窄剪好，用扎鞋机连接上，然后从一侧鞋帮平行的中线划开一条口子，将皮辫塞进去拿鞋线缝合。补女式皮凉鞋，难就难在接皮，如果接不好，就会硌人脚背，一般才学补鞋的人是不会接这种活的。

改革开放前，乡村补鞋匠一般做乡活的居多，他们挑着担子走村入户，一头是补鞋机，一头是竹背篼，里面装着补鞋的刀剪、针线、胶水、胶皮和其他工具。他们一年四季行走在乡村院坝、田间地头，头顶风霜雨雪，用勤劳的双手一分一角地挣收入，生意虽然不错，但除去年终上缴生产队的工分口粮钱外，自己包中已所剩无几。

近些年，随着外出务工和进城买房的人增多，居住在乡村的人越来越少，加之物质条件的逐步提升，人们的观念也发生着改变，穿旧穿烂了的鞋一般都会扔掉，很难见到穿补疤鞋的了。由此，乡村补鞋匠的生意变得萧条起来。大多数补鞋匠也改行从事其他职业，或外出务工，挑着补鞋担串乡的鞋匠越来越少，只有个别补鞋匠逢场天在场头场尾摆个摊子，除补鞋外，顺带干起擦皮鞋、补皮包、换拉链和配钥匙等营生，"一打鼓，两将就"，业务增加了，收入相应也要多一些。

一根扁担闪悠悠，一头担着天地日月，一头担着父母妻儿。可以这样说，乡村补鞋匠，饱受风雨，长年在外奔波，用自己的勤劳和朴实，在平凡的岁月中演绎着不平凡的故事。他们招揽生意的吆喝声，以及穿针引线、挥锤敲击的身影，总是时不时地在记忆深处翻腾，让人咀嚼回味，想起那曾经的过往。

# 乡村泥水匠

在川东北一带,人们把乡村泥水匠称为"砖工"或"砖匠",他们从事的活计都是与泥、沙、石灰、水泥打交道,干的都是重体力活,长年在外,风餐露宿,故这门手艺也不被人看好。

俗话说,风水轮流转。随着社会的变革和城镇化建设步伐的加快,时至今日,学这门手艺的人多了起来,队伍也越来越庞大。他们走南闯北做手艺,在改造和装点城市、乡村的同时,也得到了社会的认可,收获了应有的回报。

过去,乡村泥水匠干的活不多,砌灶安炉,粉刷墙壁,翻盖房瓦,平整屋面。他们的行头也很简单,一把砌砖刀,一个吊线砣,一把卷尺,一把抹灰刀和一个盛灰板,用一个竹笆篓一装,提着就可以出门做手艺了。

"淤泥糊十指,日晒风雨淋。房无半片瓦,夜无御寒墙。"这是对旧社会泥水匠困苦生活的真实写照。但他们是乡村离不开的手艺人。那时的房屋一般都是穿斗木排立,用竹篾片或高粱棒做骨架夹的壁子,将稻草节或麻皮混合在稀泥内搅拌揉实,糊上墙壁,待稀泥风干后,请泥水匠进屋,在墙面上粉刷上一层白石灰,看起来既光鲜又美观。

从二十世纪八十年代初开始,城市、乡村的砖瓦房逐渐多了起来,乡村泥水匠的技艺也发生了转变,由单纯的夹壁子糊石灰变成垒砖砌墙。他们做事认真仔细,拉线、砌墙非常严谨。他们挥舞着手里的砖刀,手拿吊线砣,左眼眯缝扫描是否偏正，检验墙体是否歪斜，一招一式都有板有眼。泥水匠师傅把厚实的砖块方方正正、稳稳妥妥地放踏实，为别人修建一道道遮风挡雨的墙。在修建高楼时，泥水匠好比电影里的蜘蛛人，轻盈地在脚手架上闪转腾挪，爬高下低，如在平地上干活一般。

每当新房落成上梁之际，泥水匠都非常自信和高兴。他们站在砌好的砖墙边，用自己多年积累的民间俗语，用清亮高亢的嗓音说出酝酿好的祝贺段子，赢得了前来庆贺的亲朋好友骤雨般的掌声。紧接着，木匠上房扣梁，同样是一段四言八句的祝贺词，在一片喝彩声中，空中飞来木匠师傅抛来的糖果、包子之类的"财喜"。

每逢新屋落成，主家便会大大方方地把红包送到泥水匠的手里。而这天，石匠、木匠也会到场，一样都有喜事红包，而且还要开双工资，一年难逢几回这样的好事。因为修房造屋是大喜事，主家是不会吝啬这点钱的。

扣梁仪式结束，泥水匠和其他几大匠人一样，都会被主家安排到主席位，接受主人的敬酒。一般来说，石匠和木匠坐上席，因为万丈高楼平地起，先有石匠，然后才是木匠，行内的规矩大家都懂。不过，都是鲁班祖师爷的徒弟，相互间师傅来师傅去地谦让一番后，便自然了起来，端起酒杯你来我往，推杯换盏，喝酒吃菜，待几杯酒下肚，便不分张王李姓，沉醉得不知归途。此时此刻，他们真正体会到了男儿"有艺在身"的绝妙。

改革开放后，乡村泥水匠的工作内容也在悄悄发生着变化。修房造屋的材料由过去的泥土，变成了河沙卵石、红砖水泥、钢筋彩瓦，农家房屋的高度也由原来的一两层，演变成两三层以上，泥水匠的艺名也变换成砖匠。从事这门手艺的人越来越多，由原来的走乡串户修农家住房，到跑州过县，走南闯北，外出务工，从事高架外墙贴瓷砖、室内装修、城市下水道建设，不仅见识了外面的世界，增长了人生阅历，而且赚取了应得的收入。

特别是近些年，大多数乡村泥水匠凭着自己娴熟的手艺，在外省干得是风生水起，承揽了一些建筑小工程，做起了包工老板，不仅在城里买了车，购了房，有的还举家外出，改行做起了其他小生意，日子过得有滋有味。也有的泥水匠怀着对家乡的浓浓深情，用挣得的钱回报家乡父老，修桥补路，捐资作慈善，流转土地发展产业，带动一方乡亲致富。

不过，少数乡村泥水匠仍然固守着这片广阔天地，用一把砖刀，写尽人生故事。在家附近打散工，按天结账，房屋完工扣梁，主家一分一厘也不会拖欠，不像在外务工，时常为工资拖欠而发愁。工程完工结账后，当他把一沓沓钞票一分不少交到妻子手中时，男人的尊严、担当和自豪尽数写在了脸上。

还有一些精明的泥水匠，凭借自己的八方人缘，购置一套吊桩、龙门架、砂浆罐等简单施工设备，吸收一些师兄师弟和邻里乡亲，组成施工队伍，在本乡本土或邻近乡村施展自己的才华，或包工，或包工包料，在建设美丽乡村的同时，收获了一方人气，也鼓了自己腰包。

泥水匠和乡村其他匠人一样，古道热肠，重情重义，只要是答应了的事，绝不会推三推四，接了的活会尽心尽力做好，如果出现些许纰漏，不要主家说，无代价地返工重做，直到满意为止。这一切都是手艺人的基本操守，为的是"诚信"二字，话不能让别人说，影响了自己的信誉，落下话柄。

说实话，在乡村匠人中，乡村泥水匠这个职业不仅活重，还存在着高危风险，但市场前景好，且建筑重心也从农村转移到了城镇。一个又一个新兴城市的崛起，一幢又一幢高楼大厦的矗立，不知凝聚了一代又一代乡村泥水匠多少辛勤的汗水和努力。

不得不说，如今的乡村泥水匠，是城市乡村建设的主力军。此称谓，当之无愧。

# 乡村水木匠

川东北一带地处丘陵峡谷，溪口河流众多。二十世纪八十年代前，人们过河渡水，交售公粮，以及购买日常生活所需，都离不开通行的船只。那时，像渠县三汇镇，因地处渠江源头，巴河、州河、渠江三江汇流，有得天独厚的自然优势。三汇镇成立了好几个集体木船社，负责渡船客运和长途水上货运。因而三汇镇"三江六码头"之称久负盛名，成为渠江航运的领头军，就连居住在沿河两岸的不少生产队都打制了木船，成为增加集体副业收入的一个重要来源。

那时的船都是用木材打制而成，由于长期浸泡在水中，风吹浪打，泥苔丛生；行驶和停靠过程中，免不了在水中搁浅或岸边磕碰，使船体受到不同程度的损伤；加之日晒雨淋，船体上涂抹的桐油逐渐老化褪去。一只木船大概四五年就要大修大补一次，否则，船体就会严重渗水导致不能载物行驶。

船坏了就得修，就得靠木匠师傅。川东北一带把专门修船的木匠叫作"水木匠"或"修船匠"，意思是做水上活路的木匠。不同于岸上打制家具、修房造屋的木匠师傅，他们是同道不同艺。水木匠的工具主要有锯子、凿子、刨子、斧头、墨斗、角尺、弯尺、水钻等。

渠江一带的乡村水木匠，一般都把修船时间选择在夏秋季节。主要是因为这个季节气温高，便于水下作业，加之又是农闲时候，天气晴好阳光充足的时候，把修补好的船体打上桐油，几天大太阳一晒，船体干透后就可下水浸泡涨缝了。

　　修船前，必须先将木船拖上岸，将船体翻转过来，再用稻草或麦草在船体上方搭个简易的遮阳棚，这样在遮阳棚下修船，晴遮阳，阴遮雨，无论天晴落雨都不会耽误工时。修一只木船耗时比较长，至少需要十天半个月才能完工。修船时，水木匠师傅先用刀子和铁刷将船体外面的青苔和污垢擦洗冲刷干净，使船体腐烂部位充分暴露出来。然后水木匠师傅会逐一查看船体的漏损位置，用竹墨签做好记号，并计划着怎么修，先从什么位置开始修补。待计划周详后，用凿子把需要更换的破旧木板撬掉。找一块新木板，按照换下的旧木板尺寸大小，弹好墨线，用锯子和刨子将新木板锯好、推刨平整。一般新木板要比拆下来的旧船板厚一些，当新木板镶嵌到船体上以后，根据船身留下的钉眼位置，在新木板上画出一个个钉眼的标记，便于钻眼上钉时，与船身的钉眼相吻合。

　　修一只不大不小的船，一般需要三四个水木匠师傅，每个师傅又会带一两个徒弟，协助拉墨斗线、钻眼、锯板、打油灰。打钻时，水木匠会紧紧握住水钻的钻体，徒弟用手握住钻身上的两根麻绳，左右开弓，拉动牵引钻身和钻头，使钻头钻动木板。有的木板比较坚硬，钻眼很费力，钻上几个眼后，打下手的徒弟就会浑身冒大汗。这时水木匠会停下来，卷上一杆叶子烟，悠闲地吧嗒起来，借此让徒弟坐下来歇一会儿。待船身修补的钻眼全部打好后，修船匠就用铁锤将扁头钉打进钻眼里，使船体跟新补上去的木板紧紧地拼接在一起。

　　船修补得好不好，下水后漏不漏，打油灰最为关键，熬油灰也很有一番讲究。首先将生石灰和桐油搅和，放在石斗窝里拿木棒不停地用力擂动，边擂边翻动油灰，直至油灰成糯米状，抓一坨油灰用力一拉韧性十足，证明油灰熬制到位了。

　　接下来开始补缝。这时，水木匠师傅会用一把弯头凿，将船缝的旧油灰全部清除干净，并在每一个船缝里放上一条细长麻线，用平头凿子将麻线紧紧嵌进船板缝里，再用弯头凿把油灰抹在船板缝的麻线上面，麻线起连接油灰的作用。补缝时，每条船缝都必须填满油灰，每天补填一次，补填后用弯头凿把船缝抹平，直至最后油灰与麻线紧紧地嵌进船缝里，再用平头凿子将油灰敲紧抹平，这样才能确保木船下水后不渗漏进水。

如果船头、船尾、横梁、船沿损伤或破旧船板需要更换时，水木匠师傅会量好尺寸，换上新的材料，再用刨子将新替换的木板刨一遍，打磨平整，缝隙里填塞进油灰，面上抹上桐油，使得新换上的木板光滑油亮，跟船体完全吻合在一起，确保船体修后如新。

修补木船的最后一道工序是打桐油。把整只船身上下从里到外打上一次桐油，隔上几天，待桐油稍干后再打第二次桐油。连续打上三次桐油以后，船体经过晾晒就会显现出黑中带红的桐油光亮，至此，木船才算完全修好。

修好的船待桐油晾干后，要将其推到河水里，并将船里装满水，让整只船全部沉到河水中浸泡涨缝，使干燥的船板吸足水。然后，舀干船里的水，让船浮出水面。这时，浸泡后的船身和船缝都吸足了水，变得紧凑而无缝隙，船体自然就不会漏水了。

不论是打制新船或修补旧船，所用的木料都要硬度大、浸水慢的树木，大多数都是使用质地硬的青冈木或柏木树。所以，那时的青冈木很值钱，本地山里没有，要到川内的通江、南江、巴中、平昌等大山上去采购。那些年，乡村水木匠很吃香，工价也高，享受的待遇相当不错，很是让其他岸坡上的匠人们羡慕。

岁月更迭，推陈出新。近几十年来，随着铁路、公路、航空等立体交通网的形成，加之水泥路进乡村、进农户院坝工程的全力推进，城乡陆路交通飞速发展，农村水上航运失去了它应有的生存价值。

木船没有了，曾经千帆竞渡、风生水起的繁荣场面消失得无影无踪，就连后来的铁皮船，也停靠在码头随波逐流，乡村水木匠也失了业。但他们光着膀子挥锤打凿、扯绳拉钻的身影，早已散落于时光因子里，消失在日夜奔腾不停的江水中，一切都只有在唏嘘感叹中回味了。

# 乡村染匠

乡村染匠，在川东北一带也叫"染布匠"，就是长期与染料打交道、走村入户给人们衣服布料和被盖染色加色、靠收取加工费为生的手艺人。

二十世纪八十年代前的乡村，隔三差五就会听见染匠招揽生意的吆喝声，那一声声"染布——染衣——染裤哟！"的吆喝声，犹如乡村五月的布谷鸟啼鸣，抑扬顿挫，在沟谷山坳间回荡，为乡村生活增添了绚丽音色。

记忆里，那时的山乡农村生活十分艰苦，吃饭穿衣成为人们渴求的生活主题，一家人一年到头也难穿上一件新衣服。俗话说："新三年，旧三年，缝缝补补又三年。"大凡家中弟兄姊妹多的，常常是一件衣服，老大穿了老二穿，老二穿了老三穿，一个接一个地穿下去，直到一件衣服上补丁套补丁，一件单衣薄衫最后成了厚衣厚裤。

那些年，布料很少有呢料、化纤布，大多是纯棉布，颜色也少，一般都是白布、蓝布居多。如果一件衣服穿的时间长了，颜色会变淡变旧，就得染匠翻新上色。一件旧衣服，用膏子颜色一染，又变成了一件新衣裳，逢年过节穿在身上，渲染一下节日的喜庆氛围。

要染衣服，就得找染匠。除个别染匠在乡场上开有染坊外，大多数染匠都是上门做手艺。他们的工具非常简单，和乡村补祸匠大致差不多，都是挑着担子，一头装着一个小火炉，另一头放着一个四方形的水铁罐和各种不同的染料，手里拿着一根手指粗的斑竹棍，主要用于日常行走山路时驱蛇打狗和搅和颜料用。

　　染匠师傅一路吆喝着走进一家院子，便在主家端出来的凳子上坐下，慢条斯理地摸出一匹叶子烟，放在嘴里哈气润湿，掐成节裹上，用火柴点燃，看着从自己嘴里喷出的一个个烟圈儿，一边与人扯闲谈，一边悠闲地抽起来。待一袋烟抽完后，拿着主人要染的衣服布料，里里外外仔细掂量一番，询问主家染什么颜色，并讲好价钱，来个先说后不乱，以免染色后在价钱上扯瞎筋。

　　接下来便是给炉子加煤生火。将四方形染罐放在炉子上加热，然后把颜料倒入染罐内，用小斑竹棍搅拌均匀，再把布料放进去。一件衣服大约要在染料里浸泡一个小时，时不时地还要用斑竹棍把衣服挑起来察看染色程度。待主家对染的颜色满意后，才挤压干衣服上的染水，用清水透一下，再让主家自己拿去晾晒。

　　那些年，除夏季穿白色衣服的人多些外，其余季节都是穿蓝色衣裤，所以，土法染蓝特别流行。一般第一次染出的是浅蓝色，为了使染后的衣服颜色更深更蓝，得将染后的衣服放在竹竿上晾干后，放入染罐内再染一次。每染一次，颜色就深一层，愈染愈深，由浅而深依次是月白色、二蓝、深蓝、缸青，最深的蓝色近于黑色，称为"青"。染色时，布料要铺平，不能有折叠，否则染出来的布料颜色就会深浅不一致。

　　如果要染制成捆的布皮或被子、被套之类的，得去专门的染坊，因为布料大，一般染衣服的染罐装不下，也就无法上色。染坊的染缸比较大，一次可容下很多布料。其染制过程也有所区别。首先是抽靛脚子，用抽水器抽出沉在染缸底下的靛脚子；然后是下靛，置土靛于篾箩中，在缸水中反复淘洗，使细靛从篾箩缝中漏下，再把碱和石灰加入水中；再就是疏缸，下靛后用竹棍子搅动缸水，用碗舀起一点来查看颜色深浅，看是不是需要的颜色；最后一步是染布，在缸中间悬挂一个用铁丝编成的网状罩子，把缸中染水分成上、下两层，把布浸在上层，手工操作，染二十分钟左右取出，叠起来放在缸口上的一块木板上，轻轻揉压出布内水分，摊开晾干，布就会由绿变蓝。

　　如果是染制成捆的布匹，得先用清水把布过一遍，去掉布匹表面的浆汁，以便上色快；过完了以后稍微晾凉，再换上一锅水，化掉水中的明矾，加火把水烧开。水中加明矾主要是起定色的作用，使染好的布不容易掉色变色；之后把过了水的布料再晾干，然后才是真正的染布。染布前还要重新换一锅水，把盛了中药的豆包布袋子放进去煮，等水沸腾了以后，把药包拿出来，把布放进去，很快就能上色。最后把布捞出来，再用清水漂洗一遍就行了。染什么颜色的布料就放什么颜料，明矾和颜料的多少，要根据水和布匹的多少来调制比例。

不过，有经验的染匠在加放明矾和颜料时，根本不用什么仪器，就凭自己的眼睛和鼻子，这是长期经验的积累，没有十年八年的染匠经历，很难达到这种水平。把染好的布料从染缸里拿出来，挂在绳子上晾晒，那一道道红的、蓝的、黑的布幔，在微风里飘飘荡荡，给寂静的乡村描绘出一幅花花绿绿的亮丽风景。

一般来说，染缸内的水温不能过高，以不烫手为宜，温度高了容易损坏布料，变成卷布拉不伸展；颜料配制要恰到好处，多了少了都不行，染出的效果有差异；染制时要反复翻动衣服布料，不留空隙，要不然染出的衣服布料会深浅不一，花花绿绿的影响观瞻。

或许是出于保密，怕技艺外泄，有的染匠师傅染布时不会让外人在场观看。实话说，这一举动纯属多余，即使不这样也未必有人来看，因为染布时热气蒸腾，满屋的烟雾，不但味道刺鼻难闻，而且对人的身体也有害。

乡村染布匠和其他乡村匠人一样，心地都很善良，性格都很随和，特别是走村串户的染布匠，一般都是见面熟，几句话都走得拢。遇到饭点时，只要有人请吃，从来不会谦虚，煮啥吃啥，不挑吃。反正饭也不会白吃，一礼一答，给请吃这家主人染件衣服什么的也就不收费了，算起来两不亏。手艺人，出门在外，吃百家饭，走到哪吃到哪，似乎是再寻常不过的事了。

随着科学技术日新月异地向前推进，如今的乡村染匠同其他乡村匠人一样，从辉煌走向了没落，再也难见他们在染缸前搅动染料、舞动布匹的潇洒自如身影了。

# 乡村说书匠

二十世纪八十年代前，在川东北一带的乡场小茶馆内，时常都有一些坐堂的说书匠。他们凭借一张小方桌、一把油纸扇、一块惊堂木（方寸大小、可敲击桌面的木块，常在开始表演前后或中间停歇的当口儿使用，作为提醒听众安静或警示听众注意，以此加强表演效果），就构成了一方风云际会的大舞台。他们穷尽一生才华，演绎着天地人文、世间爱恨情仇，为人们的生活增添了无穷乐趣。

乡村说书匠，川东北一带又叫"说书的人"，或跑州过县的江湖艺人。他们身着一袭长布衫，相貌打扮雅而不俗。他们凭着自己活络的大脑和一张能说会道的嘴，历尽天下沧桑，看尽人间万象。因为是一张嘴皮子讨生活，所以位列乡村匠人之列，也就有了"说书匠"的称谓。

乡村说书匠说书，看上去有板有眼。只见他左手拿着惊堂木，有节奏地敲击着桌面，右手摇着油纸扇，扯起嗓子来了段四言八句，便拉开棚子说起书来。一则《水浒传》"武松打虎"的开场白，听起来直吊人的胃口，"各位看官：且说那武松在冈下酒店喝了十八碗酒，不听店家'三碗不过冈'的劝阻，拖着一根哨棒，一路踉跄着向景阳冈走去。太阳快落山时，武松来到一处破庙前，见庙门上贴了一张官府告示。武松看后，方知山上真有虎，待要返回冈下去住店，又怕店家笑话，只得硬着头皮继续往前走。这时，经山风一吹，武松酒劲发作，感觉头晕脑涨，便在路旁找了一块大青石，仰身躺了下去。刚要蒙眬入睡时，忽听一阵狂风呼啸卷来，一只吊睛白额大虎朝他扑了过来，惊得武松一身冷汗。他急忙起身闪让，躲到了老虎背后。老虎又一个转身猛扑，武松又避让了过去。老虎急了，大吼一声，虎尾向武松扫来。武松又急忙跳开。有道是艺高人胆大，趁猛虎转身的一刹那，武松举起哨棒，运足全身力气，朝虎头猛击下去。只听'咔嚓'一声，哨棒却打在树枝上折为了两半。"

说到这，说书匠敲响左手的惊堂木，嗓门提高了八度，继续说道："此时，老虎兽性大发，又向武松扑过来。说时迟，那时快，只见武松扔掉手中半截哨棒，顺势骑在了老虎背上。他左手揪住老虎头上的皮，右手猛击虎头，没多久就把老虎打得眼、嘴、鼻、耳四处流血，趴在地上不能动弹了。可见武松的功夫是何等了得！"说到此处，只见说书匠左手惊堂木敲击着桌面，右手油纸扇一收，一句"且听下回分解"便打住了话头。随即，茶馆内的茶客掌声雷动，传来阵阵呼叫声。这时，说书匠面带笑容，点燃一支烟，淡定从容地端起桌上的茶杯，悠闲地品起茶来。

二十世纪八十年代前后，山乡农村不通电也不通公路，照明用的是煤油灯，也没有电视看，打米磨面靠石推磨子碾，偶尔区公所的电影队到各个大队来放一场电影，搅得乡村一方微澜。那时，人们不仅物质文化生活落后，精神文化生活也十分匮乏，加之识文断字的人不多，可以这样说，乡村说书匠在人们眼里，既有文化，还博古通今，晓知天下大事，很受人尊重和欢迎。

相传说书起源于清朝乾隆年间，经过几百年的演变，在艺术上形成了一套自身独有的模式与规范的演示动作。传统的表演程序一般是先来一段四言八句的短诗，或说则小故事，然后进入正式表演。正式表演时，以叙述故事并讲评故事中的人情事理为主，如果介绍新出现的人物，行内称为"开脸儿"，即将人物的来历、身份、相貌、性格等特征作一描述或交代，让听书人心中有个谱；讲述故事的场景梗概，称作"铺路子"；如果是赞美故事中人物的品德、相貌或风景名胜，往往会念诵一大段落对偶句式的韵文，称作

"赋赞词",富有节奏性和语言的美感;说演到紧要处或精彩处,常常又会使用"串口"重复,即使用排比重叠的句式以强化说演效果。

不少精明的说书匠,在故事的说演上,为了吸引听众,善于制造一些悬念,以"卖关子"和"使扣子"作为根本的结构手法,让语言尽量平民化、口语化,从而使其表演滔滔不绝、头头是道而又环环相扣,引人入胜。同时,在表演过程中,说书匠往往是手、眼、口并用,声到神到,故事场景中的枪炮声、刀剑碰撞声、打雷下雨声、猪牛马叫声,以及各种鸟鸣声,从他的口中说唱出来,声情并茂,惟妙惟肖,达到了以假乱真的境界。但一个说书匠要做到说唱与"口技"艺术相融合很不容易,必须具备多方面的素养和经年说书表演的历练。

每逢说书匠开台献艺,茶馆里便座无虚席,不论是喝茶的人,还是不喝茶听"莫合"的人都很多。只见说书人摇头晃脑,嬉笑怒骂,表情夸张;时而扮男,时而扮女,幽默滑稽,令人目不暇接,啼笑不止。说到高潮处,场内不时爆发出大笑声和阵阵掌声,整个茶馆都沉浸在一片欢乐之中;说到悲苦处,说书匠声音嘶哑,如泣如诉,声泪俱下,听众也往往情不自禁,泪流满面,整个茶馆听书的无人不悲、无人不恸,常常是听得如痴如醉,仿佛身临其境,久久不愿离去。

川东北一带的说书匠,一般外地来的人居多,他们的讲演地点主要是在乡场上的茶馆,而方圆十几个乡场镇的小茶馆,成了他们固定的说书场。说一场书,费用都由茶馆老板负责。那些年,平时喝一碗茶一毛钱,如果听说书就另加一毛钱,加这一毛钱就属于说书匠的费用了。当然,茶馆老板还得管说书匠的生活和住宿费用。其实,茶馆老板也非常乐意,有了说书匠到场,茶馆的生意自然就好了许多。

说书匠每到一个地方说书,周围十几个乡场说下来,一轮就要两三个月,说的书目不得少于十多个故事。偶尔冷场天,说书匠也会到乡村去说书,大多数是乡村小学、生产大队,费用都是包场,说一场书五元、十元不等。讲的书目除古代侠客义士传说外,一般都是近代英烈故事,诸如《烈火金钢》《地道战》《林海雪原》《红岩》《铁道游击队》之类的战争小说故事，很受老百姓和学生的欢迎。

随着社会的进步，人们的物质生活条件得到了很大提升。乡场上的茶馆、茶坊越来越多，但真正品茗聊天摆龙门阵的人却少了，也不见了口若悬河的说书匠。但他们敲击惊堂木、羽扇纶巾、潇洒自如的表演，以及在特定的历史时期给人们精神生活带来的乐趣已定格在记忆深处。

# 乡村改锯匠

"呼哧——呼哧——呼哧，呼哧——呼哧——呼哧"，一阵又一阵有节奏的拉锯声，伴随着"嘿滋——嘿滋"的喘气声，一左一右改锯的两个人，你推我拉配合默契，改锯下木面纷飞，顷刻间铺上了薄薄的一层锯木面。

这是过去乡村改锯匠拉锯改树时的情景。

乡村改锯匠，是乡村木匠的分支，是专门为木匠师傅制作家具改树锯木准备原材料的匠人。他们不懂木匠技术，干的是费力不讨好的活；他们的活也没有多少技术含量，但在没有电动油锯的那些年，如果没有改锯匠，木匠师傅有本事也无法施展。所以，木匠对改锯匠都是以礼相待，常常是以兄弟相称，从不轻易说句红脸话。

乡村改锯匠都是土生土长的本地人，农忙时，侍弄好自己家中的几亩薄土，收获一些粮食，让一家老小吃穿有保障；农闲时便两人一组，相约到附近乡场的木材加工厂去改锯，找几个零花钱贴补家用。好歹有一门手艺在身，出门在外吃穿不用愁，苦点累点也心甘情愿，苦中自有乐，也算是改锯匠对平凡生活的一种认知吧。

改锯匠这门手艺看似简单，但要保证锯木时不偏离墨线，锯路平整，改出来的木板无凹凸，没得几年改锯经历，是达不到这个水平的。否则，手艺过不了关，就没得生意上门。

改锯匠的工具最简单，一把大锯，一把铁锉。架树的木马墩（碗口粗的圆木，一米长，锯两节，中间锯一公母榫涵口，用木凿在其间打一方孔，再贯进去一根一米五长、小手臂粗细的圆木为支撑杆）和抓树固木的铁爪子，均由木匠师傅提供。

改锯匠在改锯前，得先按木匠师傅对木板尺寸的要求，用弯尺将一筒圆木按厚薄分成若干等份，用墨斗线弹成笔直的线路，左右两边要相等。弹线结束，在两个木马墩上各斜放一根圆木，权充马杆，下部用其他树木或石头压住。木马墩搁放距离，要根据所锯圆木的长短来决定。然后将圆木放在两根马杆尖上，以墨斗弹线为平行线，用铁爪子把圆木固定在马杆上，改锯准备工作就做好了。

改锯匠架好马墩圆木后，会坐下来卷上一袋叶子烟，边抽边休息，蓄积力气。事毕，两人平端起大改锯，对准圆木头子第一匹墨线开锯。左方的改匠左手握住锯把，右手拿住改锯的中方处，左手把改锯往胸前拉，右手把改锯向前推；站在右方的改匠，右手握住锯把，左手拿住改锯的中方处，右手拉，左手推。两人一推一拉，锯皮就会顺着墨线一分一分地向前推进，锯皮周围就会木面纷飞，铺上一层厚厚的锯木面。一根三四米长的圆木，改匠十几分钟就会改锯出一匹木板来。

常言磨刀不误砍柴工。如果锯皮锯钝了，改锯匠便会停下来，在两个马墩上锯出一条口子，将改锯齿口朝上，下半锯皮安放进马墩上的锯口内，一人用双手稳住锯皮，另一人拿铁锉对准锯齿口来回打磨数次，直至齿口变得锋利为止。一把大改锯有两百多个齿口，打磨结束大概要一个小时左右。

干改锯匠这行，不能全靠蛮力，要力气和技巧相结合。拉锯时力量要均匀，不能轻一锯重一锯，这样才能锯出平整光滑的木板来。如果用力过猛，锯出来的木板就会凹凸不平，像"狗啃的一样"，不仅浪费了木材，而且做出来的家具也不光滑，影响观瞻。

二十世纪八十年代，改锯匠改树一般都是以树的方数来核算工钱，这叫作计件。改一天树的工钱大概在三元左右，相当于石木二匠一天的工资。也有按天数算的，不过要比计件少几角钱。老板和改锯匠都十分赞同计件，多劳多得，两不亏欠。无论以什么方式计算工钱，老板都得负责改锯匠的生活，吃好吃孬，随行就市，以肚儿亏圆整饱为原则。

其实，干改锯匠这行也非常辛苦。夏天，在太阳底下暴晒，满头满脸都是汗。所以，一般改锯匠肩上都搭着一条汗帕用来揩汗，避免汗水进了眼睛难受睁不开；冬天霜雪满天，手上长满冻疮，用力拉锯，手上的筋口鲜血直冒，呼呼的北风吹在脸上像刀子在割一样。往往是内流一身汗，渍湿一身衣，也因为一冷一热故时常感冒发烧。加之锯木面四处纷飞，钻入口鼻，使人干渴难耐。如果干上几十年的改锯匠，得支气管炎和哮喘病的人非常多。

乡村改锯匠不仅仅只做木材加工厂的活，也常常跟着木匠师傅做一些乡活路。逢邻里乡亲家中修房造屋改锯门方、门板或搁瓦的木桷；家中嫁女娶儿媳置办陪嫁物品，改锯做箱子柜子的圆木；为高寿老人改锯做木夹袄（棺材）的树等。改锯匠会带上自己吃饭的家伙，按照木匠师傅的安排，尽心尽责地把事做好，绝不会让主家有半点不满意。

俗话说，亲兄弟也要明算账。虽然是开门不见关门见的邻里乡亲，但还得讲规矩，主家从不拖欠改锯匠的工资，一分一厘也要算清楚。改锯匠也非常重情重义，如果在主家做工时间长，完工结账时会主动让出一两个工天不收钱，算作帮忙。同院居住，或同队居住，相互帮忙的时候多，绝不会为一点小事斤斤计较。

那些年，改锯匠和其他乡村匠人一样，外出做手艺得经过生产队队长同意，还得给队上缴纳副业款，以钱折算工分，年终决算时，按全队平均劳动力工分标准核算分口粮。往往有手艺的乡村匠人都是补钱户，这是因为家中没人出工挣工分，补钱称粮再正常不过了。

改革开放后，特别是近些年，广大农村发生了地覆天翻的变化，建材方木、板材、家具应有尽有；各种电锯、轮锯、油锯占领了改锯市场，不但改锯匠没了生意，连技艺高超的木匠师傅也很少有人问津了。但乡村改锯匠同其他乡村匠人一样，他们曾经挥汗如雨写下的过往，连同那个时代的美好记忆，将永远留存在人们心中。

# 乡村米花匠

米花，就是玉米粒通过热压膨胀后的爆米花。川东北一带把玉米叫作"苞谷"，爆出来的米花自然是"苞谷泡"了。

二十世纪八十年代前，山乡农村生活困难，人们逢年过节都要用玉米粒炒制爆米花，然后混上炒薯条（红苕果），权当作瓜子、花生、糖果，用来招呼客人；也可用于酒桌上的下酒菜，那时用爆米花下酒待客，也算很不错的了。

过去，乡下农家炒制爆米花都是用柴火灶。先在锅内倒入炒沙（一种质地疏松，用泡沙石碾碎的细沙粒），翻动炒热后，再将糯玉米粒倒入锅中，用锅铲不停地翻动。玉米粒在沙子的作用下发热膨胀，锅内不时传来噼里啪啦的炸响声。为了不让爆米花炸出锅，炒制时得用锅盖遮掩住。在锅内放炒沙的目的，是不让玉米粒直接与锅体接触，让其慢慢受热膨胀，以免炒焦了不能吃。

用柴火铁锅炒制爆米花，由于热压不足，往往有一半以上的玉米粒没炸开，而成了"阴米"，吃起来硬度大，难以嚼碎。由此，市场上便开始生产销售爆米花机。一些乡民将爆米花机购置回来，走院入户地加工制作爆米花，当作一项挣钱的手艺来做，获取一定的加工费收入，人们亲切地称他们为"米花匠师傅"。

一个葫芦形带着气压表的炒罐，一个简易的炉灶，一台小型手摇鼓风机，一根撬棍，一只装爆米花的麻袋，这就是米花匠的全部家当。将这些家当装进用竹篾编制的条形篓子内，就可以挑着担子出门挣钱了。

记忆里，乡村米花匠头戴一顶破草帽，身穿一件黑不溜秋的旧衣服，一身的煤烟灰，右手握住肩上的扁担，左手拖着一根打狗的斑竹棍，吆喝着"爆米花——爆米花哟"，沿着乡村小路招揽生意。

那些年，爆米花的季节大多在冬季，每隔十天半月都能听到"爆米花"的吆喝声。米花匠来到一个院子内，会选择一块宽阔的地方歇下来，放下肩上的担子，拿出自己竹篓中的小板凳坐下，顺手从衣服兜里摸出一匹叶子烟，放在嘴里哈气润湿，按长短比例掐成节，裹成筒状，然后装进烟锅里，点上火慢条斯理地抽起来。

待一袋叶子烟抽完，米花匠开始给炉子升火，将支起炒罐的铁桩子敲入土中。他一边做活，一边嘴里也不闲着，把其他地方听到的花边新闻添油加醋地说一番，诸如：某某村某某家的猪儿生了一个怪胎；谁家前两天娶儿媳妇，娘家箱子柜子办了十几台，抬起一大路，好壮观哟；谁家婆媳吵架，老人婆吃了耗儿药……一说就是一大堆，让等着爆米花的人听得津津有味。

那时，一旦有米花匠转乡来到院子里，几乎每家每户都要炒制几罐爆米花，米花匠周围就会围一大圈人。米花匠吩咐按先来后到，以免为争轮站位吵架乱了秩序，耽误了生意。摆好家伙后，米花匠便开始工作了。他先给炉灶升上火，加入小木块和煤炭，搅动鼓风机，不慌不忙地给炒罐加温预热。

见炒罐预热得差不多了，米花匠用平常家中漱口的小瓷缸，从第一个人的竹篓中舀了一缸子玉米倒入炒罐里，不会多舀，也不会少舀，要恰到好处。然后把锅口擦拭干净，盖上一张作业本用纸，再盖上锅盖，将卡子卡好，并用铁棍用力拧紧，最后将葫芦形锅放在支架上，左手摇鼓风机，右手转动炒罐，慢慢地给罐体加热。炽热的火焰疯狂地舔舐着椭圆形的罐体，深黑光滑的罐体在米花匠手中不停地翻转。

米花匠边加热边看锅尾上的气压表，大约过了十分钟，便停下手中的活，提起炒罐来到麻袋前。只见米花匠松开盖夹，将麻袋紧紧围住罐口，右手抓住铁棍轻轻撬动盖夹。随着"嘭"的一声巨响，顿时青烟四起，一颗颗晶莹剔透的爆米花便从炒罐里飞进了麻袋中。也有一部分米花因袋子破烂或封口不严实，从袋口飞出滚落在地上，让等候在一旁的孩子们一阵"疯"抢，阵阵欢笑声荡漾着整个农家小院。

炒罐不仅仅用来炒制玉米粒，还可炒制大米。大米炒制出来的爆米花，粒细，质白，一般都是用红糖搅拌后，制作成米花糖，压板后用刀切成小方块，用纸包裹，吃时撕开面纸即可。在大米金贵的年代，一般家庭是不会轻易拿大米来炒爆米花制作米花糖的，这算得上是奢侈的"消费"了，会遭旁人说闲话的。

那个年代物价低，炒一罐爆米花的加工费才三五角钱，如果生意好，炒的人多，一天能炒个三四十罐，也有十多二十块钱的收入，是其他匠人一天工资的好几倍。不过，当时市场上一个炒罐要一百多元，还有炉子、鼓风机等，购买一套行头把式也要花两百多元，要挣个十几天才能收回本钱。再说，炒爆米花分季节，一年也只有寒冬腊月这几个月才有生意。所以，每当冬季来临，米花匠绝不会错过这个难得的挣钱机会，加班加点也要狠狠地赚一把。

乡村米花匠同其他乡村匠人一样，大多数心地都很善良，如果谁家炒制爆米花差个一两角钱，他们从不会斤斤计较，大不了多炒一罐就挣回来了。一回生，二回熟，都是乡里乡亲的，低头不见抬头见，几个照面就成了熟人或朋友。一到了饭点，一个院子的人都争着喊米花匠吃饭，就凭这点，也让米花匠感动好几天。

米花匠从不打"死巴锤"，不会白吃人家的饭菜，炒几罐米花就不收钱了，名也有了，义也有了，山不转路转，正所谓多个朋友多条路嘛。

社会在不断前进，事物也总是推陈出新。如今，用炉炭加热的小型爆米花机已被全自动电功能米花机所代替。加之随着人们物质文化生活水平的提高，爆米花在人们眼里再不是稀罕之物，失去了它应有的价值。于是乎，乡村米花匠也近乎失业，寂寞的乡村已很难听见他们那抑扬顿挫的吆喝声和"嘭嘭"的米花出罐声了。

# 乡村推船匠

"过河,过河哟——船老板——我们要过河哟!"随着一阵紧似一阵的喊叫声,只见河对岸的过河船上,推船匠上岸解开套船的绳索,上船抽起固定木船的闸杠,用篙杆把船撑离河岸。然后,去船尾将舵把夹在两腿间转舵,用力划动两个吃水的船桨,渡船便慢悠悠地向河对岸划来。

渡船,是川东北地区过河涉水不可或缺的交通工具。过去那些年,陆路交通设施落后,跨河大桥少,人们外出办事、走亲访友、买卖货物全靠渡船。渡船则是水木匠师傅用上好的木材,以铁钉、桐油、石灰为辅料,经过无数道工序加工而成。

推船匠,又叫"推船的",或"船老板""船家长",书面语称为"艄公"。人们习惯把渡船叫作"过河船",把艄公叫作"推船匠"。

改革开放前,河道是封闭经营管理。河道里的所有渡船和货运船,都属于辖区内的国有企业和集体企业所有,像渠江发源地的渠县三汇镇,州河、巴河汇入渠江,始称"三江汇流",场镇水运亨通,有"三江六码头"之称。木船社也有好多家,他们把渡口码头按地域划分到各木船社管理。推船匠作为木船社职工,被指派到渠江流域和巴河、州河几十个大大小小的渡口工作,并根据人流量定出载客指标,完成了每月的任务,工资由所在的木船社统一发放。实话说,那时的推船匠,虽然风里来雨里去,长年过着"水上漂"的生活,但也算得上是一个旱涝保收的职业,在旁人眼里吃的是"国家粮"，很是让人羡慕。

推船匠这个工作，看似简单，实则也有许多玄妙和技巧。一个船一般有两个以上船桨（桡片），长约六米，主要安放在木船后舱舷上。船舷左右两边有靠手（桨脚），上面拴着牛皮筋，将船桨穿入桨脚上的牛皮筋内。船桨水中部分为板状，宽度约二十厘米，上端有一十厘米长的横档，称为"握杆"，就是握住船桨推船的把手。两个船桨呈半十字交叉，与腰齐高。推船时，推船匠两脚呈斜一字站立，身体微微向前倾斜，左手握住右边的把手，右手握住左边的把手，两手同时用力划动船桨，通过水波的反作用力，使船向前滑行，只要两手有规律地不停划动，船就会匀速地向前行进。

船桨还有另一个作用，可控制船的速度和方向。如果要使快速行驶的船立即停住，推船匠会将船桨在水中竖立，身体后仰死死抓住握杆不动，让水中的半截船桨阻止船体行驶，木船就会慢慢停下来。假如木船要向左转弯，右边的船桨就不动，划动左边的船桨；往右边转弯，则左边的船桨不动，划动右边的船桨。

控制船行方向最重要的工具还是船舵。船舵安装在木船的尾仓（又称脚窝子），主体由一米长、三十厘米左右宽的木板制成，长年处于水下。在主体中部安装一个舵柱，约高于船舱三十厘米，舵柱顶部挖一方洞，穿上一根小手弯粗细的木杆为舵把。开船时，推船匠将舵把夹于两腿间，如果木船向左边转，就将舵把向右边转动；木船向右边转，舵把就向左边转动。总之，木船转舵都是反方向操作。

推船也是个力气活，要让船在行驶过程中保持平稳，不左右摇摆，船桨入水声音要特别小，没有三五年的推船历练，是很难达到这个水平的。推船也有技巧，船桨入水时桡片要窄下轻放，使其接触水面小，入水的声音就会小；向前划水时要横推，船桨接触水面宽，阻力就大，船行就快。船桨出水时桡片也要窄起，不然会水花四溅，响声很大。划桨时，双手用力要均匀，不能轻一桨重一桨。否则，船体就会摇摆不定。

船要靠岸时，推船匠会稳住舵把，身体后仰，用力握紧握杆，用船桨阻止和减缓船体前行速度；如果船行过快，靠岸时会撞击河岸，使船体后退，船上的人便会失去重心，站立不稳。撞击力量过大，船中的人会摔倒而受伤，所以，当船离岸约十米远时，推船匠就会减缓船行速度。一旦船离岸近了，推船匠会立即赶到船头，用竹篙撑住河岸，让船慢慢靠岸停稳，然后将铁制闸杠从闸眼里插进去，并深入水下泥土中稳住船体，再依次让人上下，确保乘船人的安全。

过河时，如果船上的人多，推船匠会逐个将过河费收齐了才开船；船上人少，坐船的人则主动将船费投递到后舱船板上。二十世纪八十年代前，人们生活水平低，过一次河船钱也就一分钱、两分钱，九十年代涨至五分钱、一角钱，到后来的五角钱、一元钱、两元钱。这时，国营木船社和集体木船社也相继解体，木船经营权下放，由推船匠自主谋生，或渡人，或运货。一批批老船匠先后落实国家政策，解决了社会养老保险。昔日以船为家的推船匠们，依依不舍地告别熟悉的码头和木船，年老的赋闲在家，颐养天年；年轻的重新开疆辟土，另谋出路去了。

那些年，陆路交通落后，水上航运十分繁荣，木船承接了大量的货物运送。运公粮到粮站去交售，运输燃煤及建筑用的水泥、石灰、砖瓦、木材等。船体长，货物多，重量重，单凭后舱推船匠一人两把桨，很难使船速加快。往往推船匠会在前舱加桨加人推船，左右各加一把或两把桨，三至五个人，四至六把桨，船行速度就会增加一半以上。推船的几个人必须配合默契，要同时起桨入水用力，合上节拍，方能让船行驶得平稳有力。如果用力不均，船身就会左右摇摆不定，影响船行速度。

货船上的推船匠不只是推橹摇桨，遇到船上货物重，逆水上行时，除留船家长掌艄把舵外，其余推船匠都得到岸坡去拉船，也叫拉纤。就是用一根几十丈的纤绳与船体相连，推船匠每人肩上都有一条背带与纤绳相连作为拉绳。拉绳也有号子，一般都是见物说物、见人说人，一句号子结束，配以"嘿佐、嘿佐"的吆喝声，其目的是为了蓄积力气，统一号令，使其步伐一致。同时，拉绳时身子前倾，近乎贴近地面，双脚用力蹬动泥沙，有时遇到爬坡过坎时，还得手脚并用，方能使木船向前行驶。过去有句俗话叫"脚蹬石头手刨沙"，就是推船匠拉船时的最好写照。

通常每只货船都有一根长长的桅杆，根据船体大小，高十米至十九米不等，用于悬挂风帆。帆是用厚厚的白布制作而成。如果行船运货时遇上顺风，推船匠就不用划动船桨了，只要把舵稳好，木船就会自动前行。将帆布挂在桅杆上，拉动绳索，帆布在桅杆顶部滑轮的作用下升至桅顶，一张上至桅顶、下至船篷处呈竖状长方形的风帆已然张开。鼓满风的帆布，可代替五六个推船匠划桨。所以，那些年渠江水运发达时，江面上常常是白帆点点，往来船只穿梭，点缀着平静的水面。

随着社会进步、科学技术的发展，河里的木船都装上了柴油发动机，螺旋桨在水中翻起朵朵浪花，曾经驰骋江河的橹桨也被束之高阁，成为无处可用的废材。以水上航运为主宰的交通运输格局，逐渐被飞速发展的陆路交通所替代。一向繁荣的乡村过河码头成为荒凉的野渡，已再难见到昔日水鸟翩飞、桨橹声声、鱼游浅底的场面了，留下的只是记忆里推船匠们曾经的辉煌。

# 乡村打鱼匠

微风,细雨,一叶扁舟,在江面上随波逐浪。

扁舟上,一只竹笠,一袭棕蓑,遮掩着一张古铜色的脸;一双黢黑的手,青筋凸起,随手抛起的渔网,在空中画出一道优美的弧线来。随着一阵"哗啦啦"的落水声响起,江面上瞬间漾起一个又一个圆圈,一层又一层深绿色的波纹均匀地向四周荡漾开去。

这是对乡村打鱼匠捕鱼场景的速写,似乎还有点"孤舟蓑笠翁,独钓寒江雪"的意境。

乡村打鱼匠,川东北一带称为"打鱼子""渔民"或"渔夫"。他们与水为伍,一年四季,无论刮风下雨,酷暑霜冻,经年累月地工作在江河、湖泊、堰塘、水库,用一把桨和一张网,书写着水上人生。

俗话说,靠山吃山,靠水吃水,靠着草原骑马行。乡村打鱼匠,一般都是生活在江河湖泊边上,绝大多数亦农亦渔,农忙时耕种田地里的庄稼,收获一家老小的衣食口粮,农闲时则下河打鱼捕虾。他们白天摇桨撒网,仰看头顶白云,夜听渔舟唱晚,细数天上繁星,过着水上人家生活,用赚取的钱贴补家用,倒也乐得个悠闲自在。

乡村打鱼匠的工具非常简单,一只小船,几张渔网,以及常用的钓鱼钩子和网鱼的小家什。工具虽然不多,但价钱却不菲,一只小木船至少都要上万元,一张渔网也要好几千元。所以,大凡打鱼匠都会自己拴渔网,他们会根据网的大小，去乡场上购回渔线（过去是用苎麻制作而成，后改为一种化学纤维线）拴制各种型号的渔网。自己辛苦一点，但价钱自然比买成品网低得多。

一般来说，一张渔网要用很多年，但平时得细心保管。打鱼后网要晒干，不能受潮发霉，否则霉烂得非常快。人们常有这么一句口头语，叫"三天打鱼，两天晒网"，比喻那些干事不专一，干一天活就要耍半天的人。然而，对打鱼匠来说，这是必须的程序，这样渔网才能经久耐用。因为渔网就是他们的"衣饭碗"，要好好爱护才行。

打鱼过程中难免会碰上水中的石块、树枝等杂物，会撕破渔网；有时大一点的鱼进网后，来个"鱼死网破"，也容易损坏渔网。不过，对于打鱼匠来说，补网是他们的必修课，无论如何都得学会。渔网破损后，他们会将渔网两头拴在两根相距几米远的树干上，然后找出破损处，用渔线细心地缝补起来。实话说，补好的渔网真不比新买的渔网差。

有道是"近山识鸟音，近水知鱼性"。对于一个打鱼匠来说，熟悉鱼的特性十分重要。水中的鱼品种很多，它们的生长特性各不相同，什么品种的鱼，生活在什么样的水域，必须掌握清楚。对河里的水情也要了如指掌，逆水、顺水、回水，便于选择撒网下钩的地方。

有经验的打鱼匠对季节的变换也谙熟于心，什么季节鱼儿会在哪种水域活动，是深水还是浅水，都要弄清楚。如果找不准鱼的活动周期，弄不清季节变换，往往是十网九空，费力不讨好。

渔网也分好几种，有旋网、加网和刮网。旋网是一种小型捕鱼工具，呈锅盖形，顶小下宽，高宽三米左右，网顶拴着一根长绳，网脚上有锡坠子。捕鱼时，打鱼匠左手抓住网顶上的绳索，右手在离网脚一米处，将渔网一寸一寸地收入手中，然后提起渔网，顺时针旋转一百八十度后抛向河中。渔网在空中形成抛物线，并通过坠子的作用，瞬间沉入水里，将旋网范围内的鱼尽收网中。这时，打鱼匠会拉扯手中的网绳，将渔网拖上船来，分开紧闭的网，鱼儿就会掉落到渔船中。

旋网只适用于浅水区作业，渔网坠入水中后刚好触及河底，使鱼无处逃生。加网则适用于河面较窄的地方和入河的溪口处。将渔网竖直横拉，让鱼经过时卡入网中。凡用加网捕鱼，大多数都是头一天晚上下网，第二天早上起网收鱼，既方便又省事。

刮网主要用于水库和堰塘，因为水面窄，适宜人工作业。从塘埂处下网，将网的两端分别由数人同时拉住，慢慢地刮向塘尾。塘中的鱼在网的围捕下，纷纷向塘尾游去。当刮网靠进塘尾岸坡时，握住网端四只角的人会迅速将网拖上岸，任网内的鱼活蹦乱跳，也难逃渔网之"灾"。

那些年，水库和堰塘打鱼都是请打鱼匠上门，费用有按耽误的工日算，也有按打上岸的鱼儿多少来折算，通常都是以百分之五到百分之十的比例分成，即打上来一百斤鱼，打鱼匠分五斤或十斤作为工资。如果不要鱼，也可按当时的市价折算为现金付给打鱼匠。

过去还有句俗话，叫"打鱼子下河为何事"，当然是下河打鱼哟。但川东北一带打鱼匠下河，不只是打鱼，还要捕虾。捕虾的最佳时间段是在春夏季，雨水充沛季节，一遇山洪暴雨，溪水就会上涨，这时，打鱼匠会带着旋网，在小溪的入河口撒网捞虾，虽然是些小鱼小虾，但"鱼细不扯毛，吃了又去捞"，无论大小，有收获就不错了。

也有的打鱼匠，用一种叫"罾"的工具，进行捕鱼捞虾，行内人称为"扳罾"。这种捕鱼工具，其实就是在三米见方的渔网上，用四根斑竹棍将网边扎实绷紧，四只角分别套上一根绳子，再将放长的绳子套在一根长竹竿上，形成网篓状，把竹竿的尾部固定在渔船上。捕鱼时，放渔网入水，一会儿拉起竹竿，出水时网上就会有很多鱼虾。

打鱼匠还有一项拿手绝活，叫放"沉钩"。在泡沫做的"浮子"下装上钓鱼的钩子，上面挂上诱饵，用铁钉将鱼绳固定在岸上。这种钩和绳都非常结实，一旦鱼儿被钩住，无论如何也跑不掉，只待打鱼匠收钩取鱼。

近年来，由于无休止的滥捕乱捕，加之使用"绝户网""电毒炸"等非法行为捕捞，使长江流域的河流陷入了"资源越捕越少，生态越捕越糟"的境地，部分珍贵鱼种濒临灭绝。尽管国家渔政管理部门每年都要投放大量的鱼苗，仍然是杯水车薪。由此，2020年7月1日，国务院颁发禁捕令，对长江流域内所有河流禁捕十年，让江河休养生息。打鱼匠弃船上岸，渔船也舍弃了，国家从政策上给予一定补贴，办理养老保险，解决了他们的后顾之忧。

于是乎，地处长江上游渠江水域的打鱼匠们，积极响应国家号召，纷纷弃船上岸，或改行经商，或外出务工，开启了全新的生活模式。昔日渔网翻飞的江面，顿时安静了下来，再难见到打鱼匠们的身影了。

# 乡村修磨匠

"修磨子，修石磨子哟——"每逢农闲时，川东北一带山乡农村，隔三岔五便会传来修磨匠招揽生意的吆喝声，语调悠长，似五月的布谷鸟啼鸣，在乡村广阔的沟谷山野间回荡。

乡村修磨匠是乡村石匠的一个分支，就是专门维修石磨齿路的匠人。他们的足迹遍布乡村院落，在给人们生活送去便利的同时，也获取了应得的收入。

二十世纪八十年代前，农村绝大多数地方不通电，除用柴油机发电打米外，基本没有磨面机，人们常吃的小麦面、荞麦面、玉米面，以及豌豆面、胡豆面，都要靠石磨推磨。石磨是石匠师傅用坚硬的青石料凿成，圆形，分上下磨礅石和磨盘。磨盘别称磨槽，主要用于固定下磨石和盛装磨出来的面粉。上下磨礅石各凿有凸出和凹陷的齿槽。下磨礅固定在磨盘上，中间挖一孔，用质地坚硬的青冈木作磨芯；上磨礅石中心有轴眼，当上下磨礅相合时，下磨礅石上的磨芯刚好合在上石磨眼内，使上石磨在磨芯的作用下，通过外力作用而围着下磨礅转动。

上磨石的磨背呈凹形，一旁有一圆形的磨眼，磨沿一侧有一方形石眼，用于固定磨手，便于用磨挞钩钩住推动上磨石。把粮食倒在上磨背的磨眼旁，推动上磨石，通过磨石的旋转抖动作用，粮食就会从磨眼流进磨膛，然后顺着旋眼进入凹凸齿槽内磨碎。由于上磨石与下磨石长时间摩擦，石磨的齿槽就会因秃损而变钝，磨子钝了不仅磨粮食比较缓慢，而且还磨不细。所以，就得请修磨匠上门，对上下磨石进行重新打磨，清洗磨堂和旋眼。

旋眼的作用，主要是把从磨眼漏下来的粮食均匀地送往糟齿内，通过上下磨石旋转碾压，将粮食磨碎成粉。可以这么说，一层磨子好不好推，进食快慢得看旋眼挖得如何，深了不行，浅了也不行，要恰到好处方可，这就得看修磨匠的手艺了。

与其他做大活的打石匠相比，修磨匠轻松多了，不用在露天野地日晒雨淋。他们的行头也很简单，一个竹篾编织的扁篓，里面装一只短把铁锤，还有几根半尺左右、长短不一的小铁扁錾。出门做手艺时，手中提着竹篾篓，就可轻装上阵。

那时，川东北农村几乎家家都有一层小石磨，一个用树做的磨拐钩，拴在檐檩上垂下的一根绳子上，磨钩钩住上磨石的磨手眼里，逆时针方向推动上磨石，磨碎了的粮食会从齿槽内洒进磨盘。除家用石磨外，每个生产队都开办有面房，磨面的工具也是大石磨。推磨靠大黄牯牛，推磨时，要将牛的眼睛蒙住，让它拉着上磨盘不停地转圈。然后将磨好的面放进筛面的罗柜里，踩动脚踏板，利用杠杆原理筛出细面，加工做成挂面。

一个修磨匠通常要承包几十个生产队磨坊的大石磨。因为集体磨坊的石磨天天在用，磨子钝得快，修磨匠根据磨石材质，凭经验就可判断出什么时候、哪个生产队的磨子该修了。不需要任何吆喝，修磨匠径直走进磨坊，取出篾篓中的铁锤、铁凿，在磨坊里随便找个空地一放，把上磨石卸下来，仰放在一旁的两根木条凳上，或蹲或立，一手执錾一手拿锤"叮当叮当"就开工了。

修石磨看似简单，但在打磨凹槽时，都是在原有的齿槽间"走老路"，那也得平心静气，全神贯注，手眼配合要默契，因为一不留神就会把齿槽打出豁牙来。打出了豁牙，粮食就难磨碎，甚至磨出的粮食还会有囫囵粒。所以，每每修磨的时候，修磨匠总是低着头、耐着性子，左手握住扁錾，右手用手锤敲击，力量轻重要均匀，敲击时扁錾沿凹槽前后来回移动，反复打磨。不经意间，一条新打磨的白印子就出来了，而后再打磨上下磨石所有凹槽，一层石磨算是修完了。

打磨完石磨凹槽后，还得修磨膛。一台石磨好不好推，磨子进不进食，关键在磨膛。有经验的修磨匠一眼就能看出其中的奥妙来。如果上磨石与下磨石之间咬合不拢，那就是膛子高了，得用口子宽点的扁錾将堂子修磨去一层，否则不但磨眼进食慢，磨出来的粮食也是半边三块，成不了细面。

在大集体生产年代，修磨匠出门做手艺叫"搞副业"，得给生产队缴纳副业款，将队里的平均劳动日折算成工分，再以工分称口粮。往往乡村匠人家里都是补钱户，因为平时做手艺的工钱揣在包里自己用了。不过，有个手艺在身，游走于乡村院落，有吃有喝有钱挣，没有出工干活辛苦，着实让人羡慕。

个别修磨匠不是只会修磨这门技术，还会所有的石匠手艺，开大山，甩大锤，碎条石，修房造屋安基石，挖水缸、斗窝、猪槽，样样在行。当然，会的技术越多，生意自然要好上许多倍。二十世纪七十年代前，修一层小石磨的工钱只有几角块把钱，修一层集体大磨一到两元，但当时物价低，这样的收入也算很不错了。

如今，乡村修磨匠同其他乡村匠人一样，随着科技日新月异发展，成为匠人行业中消失得最快的一门技艺。石磨没有了，修磨匠也就没了生存环境，昔日那"叮当、叮当"的修磨声，已被"呜呜呜"的机器转动声所淹没，长此以往，修磨这门技艺终将彻底失传。

"推磨，摇磨，推个磨儿气不过，炕个粑粑甜不过，猫儿拖过地坝边，耗儿拖到灶面前……"儿时推磨时唱的歌谣，至今仍在耳边萦绕。

# 乡村灶匠

灶匠，川东北一带叫"打灶的师傅"，是人们日常生活中不可或缺的匠人之一。他们穿行于乡村农家院落，用自己的勤劳双手和聪明智慧书写着乡村沸腾岁月。

乡村灶匠的行头非常简单，一把砖刀，一个盛灰盆，一个抹灰板，用篾笆篓一装，既轻便又不占手，出门做手艺很方便。

过去，农村不通电不通气，人们煮饭炒菜全靠柴火灶和煤炭灶。一般一个家庭至少要打三眼灶，一个煤炭灶，一个大柴火灶，一个小柴火灶。柴火灶是用收获后的红粮、玉米、小麦等的秸秆作燃料，优点是火来得快，缺点是烟雾大，烟灰多，灶前离不得人，要不停地往灶膛里添柴加火，否则灶内无柴火就会熄灭，或因为灶膛里的火掉到地上引发火灾。

那些年，农村养猪要喂熟食，所以，大柴灶是煮猪食用的，小柴灶和煤炭灶则用于家中煮饭炒菜。如果家中来了客人，或者逢年过节，三眼灶会同时用上。相比之下，柴火灶用的时间要比煤炭灶多一些。因为柴火灶方便，发火快，一把草就能升火煮饭；煤炭灶发火慢，烧的煤炭得到山上去挑，不仅费力费神，还得花炭本钱。

乡村灶匠这门手艺看似简单，实则有许多门道。灶匠师傅进得屋来，首先是征求主家意见，灶打在什么位置，要打几眼灶。只要位置选好，也不需要图纸，在灶屋选一处挨墙角的地方，用尺子在地上量出长短宽窄并画出几眼灶的位置，调好稀泥，用土砖或火砖开始垒砌灶台。一般垒灶的稀泥里要加上一些煤灰和稻草节，以增强泥巴的黏性。

砌灶前，得选好柴火灶的梭板石，方便架柴入灶膛和搁火钳。垒出来的三眼灶呈三角形，高度在一米左右，下小上大呈倒锥字。柴火灶的灶膛空度要大，下面铺上一只生铁铸的炉桥用于漏灰和通氧，便于柴火燃烧，挨锅沿下约十厘米，修一道烟喉（烟路），使柴火燃烧后的烟雾通过烟路到烟囱飘出房外，减轻屋内的烟雾和灰尘，确保屋内卫生。

检验一个灶匠的手艺好坏的关键是垒煤炭灶。灶口大小依锅罐大小而定，灶打出来好不好烧，取决于灶膛的高度和空度以及火路的宽窄。如果灶口离炉桥的位子高了，火力就会不足，不炊锅；如果灶口离炉桥的位置矮了，炭火伸不了腰，火力是软的。所以，灶匠师傅在糊炉膛时，会用尺子量一下炉膛与锅罐的距离，光凭肉眼是难以把握的。

煤炭灶炉桥离地面的高度也有一定的要求，往往是用两块石头呈八字形立于地上，高宽适度，便于漏煤灰（川东北叫钩火）和提供氧气助燃。在烟囱与灶口之间还会装上一只小铁鼎罐，人们称为"过水罐"，主要是利用进入烟囱内的余火给罐内的水加热，不仅节约了能源，而且随时都有热水用，为平常洗手洗脸提供方便。

无论是柴火灶还是煤炭灶，市场上都有大小不等的灶圈子卖。灶圈子是用生铁铸的，经久耐用，放在灶眼上，减少锅罐对灶口的损伤，起到保护灶面的作用。也可在圈子上再放圈子，变换灶口大小，便于大小不同的锅罐都能使用。

灶好不好烧在于炉膛，而灶好不好看在灶面子。改革开放前，粉饰灶面的原料是石灰。生石灰用清水化开，然后加入等份的水调成浆泥状，将纸巾（起连接作用，使灶面不开筋裂口）用刀切细混入石灰泥中搅匀，用灰盆盛上石灰，用泥刀抹平抹光滑，待灶面石灰晾干后，抹上桐油，使灶面长期保持油光锃亮。

做完这些工序，灶匠师傅开始砌烟囱。烟囱的作用是拉火助燃。烟囱都是挂在墙外,将墙壁挖一个孔作为烟道,烟道处用火砖挂个四方形的烟囱来。烟囱砌得越高越拉火,炭灶就越好烧。挂烟囱时,砖与砖之间的石灰浆要填满,不能有缝隙,否则会漏气不拉火。

俗话说,好心讨不到好报,好泥巴打不出好灶。垒灶的泥巴要烂田泥,夹泥带沙那种,糊出来的灶才不容易开筋裂口,还越烧越硬。如果用大土泥做灶泥,经灶内高温烘烤,泥巴会收缩,露出一条条缝隙来,四处冒火漏烟从而影响火力。

一般来说,灶匠师傅进屋垒灶,总体上会给你一个规划,什么地方放切菜的面板,什么位置放装水的水缸,灶的位置要让人舀水切菜都方便,少打几个转身。灶的垒砌也有讲究,灶面前要留出一定的位置堆放柴火,灶背后也要留出一定的空间,让煮饭炒菜的人能够自由活动。

不少乡村灶匠不只是垒灶、安水缸、砌碗橱,而且砌砖糊墙、修房造屋也是一把好手,各种手艺都在行,挣的钱自然要比单一垒灶的师傅多。灶匠的工资都是随行就市,可按灶的眼子算,也可按天数算,反正捆到绑到差不多,互不相亏。无论以何种方式计算工资,主家都得负责灶匠师傅的食宿,吃好吃孬,过得去就行。古话说,天干三年饿不死手艺人。这就充分证明,在农村,无论什么匠,多少会一门,就会不愁吃不愁穿了。

近几十年来,乡村农家厨房不断发生着变化,由当初用泥巴石灰垒砌的土灶,到后来用水泥砂浆垒砌,并用瓷砖、大理石贴面,再到电动厨具,液化气、天然气也进入了寻常百姓家,传统的土灶基本没人用了,继而被现代炊餐用具所替代。昔日厨房里飞出的袅袅炊烟,连同那一代又一代的乡村灶匠成为了人们眼中的过往。

# 乡村犁铧匠

犁铧是川东北一带乡村耕田犁地、侍弄农事的重要工具之一。

犁铧匠，就是专门制作耕田犁地的犁铧，为农村农业生产服务的匠人，人们称为"铧匠"或"铸铧人"。

一间简陋的厂房，一个翻渣熔铁的炉灶，几件铸铧的模具，几把夹坩埚的长铁钳，还有铁锉、砂轮机、风箱、鼓风机，这些就是犁铧匠的全部家当。经他们精心制作出来的一件件犁铧，走出了厂房，走向了四面八方，耕耘着天地日月，收获着果粮满仓和漫山遍野的欢笑。

川东北地处丘陵，地势起伏不平，山高坡陡，沟壑众多，不适于大型农业机械耕作。二十世纪七八十年代前，耕牛和农具是农民的命根子，没了这两样东西，耕田种地根本无从谈起。耕田犁地的重要工具是犁头，犁头是木制的，要装上犁铧才能耕田犁地。犁铧由生铁铸成，于是便有了专事犁铧铸造的人，那就是犁铧匠。

每逢农事季节来临，犁铧匠们为了方便乡邻，多一些生意，总是带着铸造犁铧的工具，走出厂房，三三两两地挑着担子走村串户。他们每到一个院子，便扯开喉咙吆喝："铸铧——修犁铧哟！"声音洪亮，在空旷的田野间回荡，宛如阳雀鸟在空中啼鸣，给火红沸腾的乡村五月送去了一片柔情。

据史料记载，铁犁铧最早出现在春秋战国时期，距今已近三千年历史。犁铧，像木犁尖上的一只鞋一样；犁铧长长的尖，就像伸出的一把利刃，使耕田犁地时入土更深，更加锋利。正是因为铧尖细而长，入土后遇到树根、瓦片、石头或者坚硬的土块就容易折断，有时一年下来，断了尖的犁铧一户就有好几个，卖废铁又不值钱，买新的太贵不划算。于是乎，请犁铧匠上门，或直接送到铧匠铺去修，也可用废旧铧铁换新犁铧，补一点加工费。所以，那些年，一到春种秋播，就是犁铧匠最忙的季节，也是他们生意最好的时候。

铸新铧或烧接旧铧口的主要工具是模子，整个制作过程统称"铸铧"。铸铧的原材料是生铁，计划经济时代，生铁等原材料得由县级以上供销社统一采购和销售，不是想买多少就能买多少，必须按计划供给。为解决生铁原料不足的问题，犁铧匠一般都是从农村收购废旧铧铁、铁锅、铁罐、锄头等，来弥补原材料的不足。除此之外，熔化铁块还要用煤炭，还得用鼓风机或风箱加力吹火，才能把生铁熔化成铁水。

犁铧匠的工具除模子、炉子和风箱外，还有装生铁的坩埚、舀铁水的舀子、夹坩埚的铁钳、敲击模子的木棒等。铸铧匠不分农闲和农忙，只要有生意上门，随时都可开炉铸造。铸铧、接铧的模子是石匠师傅用石头打磨而成，也可用白钢制作的钢模子。用石模子的时候居多，一是成本小，可就地取材；二是铁水不会和模具粘连，易脱模。犁铧模子分上下两部分，中间凹进去一只铁铧的形状。模子做好后，放在特制的木架上，铧尖朝下，尾部朝上，备用。

那些年，乡村犁铧匠铸铧采用的是原始而古老的铸造方法，称为"翻砂铸铧"，主要是通过高温将炉子中的生铁熔化成铁水，然后倒入模具内，待铁水冷却凝固后形成不同形状的犁具。铸铧和接铧时，要经过熔铁、入模、冷却、打磨等工序，而且每道工序都要严格把关，这样才能铸造和拼接出光滑、结实的犁铧来。

首先是熔铁。把煤炭倒进炉子里发火点燃，反复推拉风箱或启动鼓风机，增强炉子中的火力。当火苗呼啦啦蹿出炉面时，炉子内的温度会迅速升高，再将打成碎片的废铁放进坩埚，用钳子夹着坩埚放进炉子里，不断加炭、鼓风，直至碎铁片慢慢熔化成铁水。

其次是入模。用大铁钳夹起坩埚，将熔化后的铁水倒进模具，固定在模具中间凹进去的尖铧口位置，使铁水和旧犁铧尖融为一体。如果要铸一只新犁铧，一坩埚铁水刚好铸造一个。废铁熔化后称为铁水，熔化时要掌握好火候，时间短了未完全熔化，铸成的铧口返脆易折断；时间久了，不仅浪费燃料，而且还会产生一部分废渣。所以，多少煤炭熔化多少铁水，没有一个精确的数字比例，全凭丰富的操作经验，也能达到恰到好处的效果，对这一点铧匠心中非常清楚。

再其次是冷却。待模子里的铁水和旧犁铧完全融为一体后，打开模具，取出犁铧放到灰中冷却。有些犁铧匠还会用铁钳夹起犁铧，直接放进旁边的水盆中冷却。只听"吱"的一阵声响，提起来，还带着一股热蒸汽。如果铸的是新犁铧，就不用担心铁水与旧铧是否熔接好，只需打开模具，取出犁铧，放进冷水中冷却一下就可以了。

最后是打磨。这是铸铧的最后一道工序。无论是新铧还是旧铧，铸出来的铧尖会出现一些毛边或边缘不齐整的现象。这时，犁铧匠会利用手头的锉、钳、沙轮机等工具，对犁铧进行适当的打磨。这些修理毛边留下的细碎铁片，铧匠是舍不得丢弃的，往往又会成为下一坩埚铁水的原料。因为那些年铁类商品紧缺，犁铧匠们对每一寸废铁都非常珍惜。

在川东北一带，犁铧分田犁铧和地犁铧。田犁铧是在犁尖上套上小犁尖，主要用于耕作冬水田；地犁铧只有一个独铧尖，主要用来耕作坡地和麦桩田，以及收水栽秧时犁"老荒田"。所以，犁是中国传统农具中最具代表性的生产工具，成了不可或缺的重要生产工具。犁耕技术的发展和进步，与生产力的进步和社会制度的变化、更迭有着非常密切的关系。

近些年，随着科学技术的进步，农村农业机械化程度越来越高，传统意义上的人畜耕作模式逐渐被小型犁田机、旋耕机等农业机械所取代。加之农业产业化发展进程加快，耕田种粮的人少了，传统犁铧农具逐渐退出了农业生产舞台，乡村铸铧匠也因此而失业，从此淡出了人们视线。

# 乡村车碗匠

碗是人们生活中重要的炊餐用具，不可或缺。

碗匠，就是生产制作碗具的匠人。分两种，专门做碗的人，叫"车碗匠"；补碗的人，叫"补碗匠"。

由于川东北一带地处山区和丘陵，人们生产制作吃饭的碗，一般都是用一种专门的石头，称为"碗泥巴石"。从山上开采下来的碗泥巴石破碎后揉成泥，经过反复加工造型，晾晒上釉，然后入窑烧制而成。从一块石头演变成一只吃饭的碗，至少要经过二十多道工序。

二十世纪七十年代前，川东北地区有一家碗厂，地处华蓥山腹部渠县东安乡，在一个叫"龙瞎子"的大山深沟里。沟内溪水丰盈，常年不竭。相隔不远有一座碗泥巴山，碗泥巴山上长的不是泥巴，而是石头。人们从山顶把石头开采出来后，用木滑车运送到山脚，用铁锤铁錾破碎成小米石，放入石斗窝中，加水擂成烂泥，这就是制作碗的原材料。

要想把石子变成泥，是一项相当费力费时的过程。那时，没有现代化的机械破碎设备，只有靠山吃山，利用大自然的力量来完成。于是乎，勤劳智慧的乡村车碗匠们发明出了擂石的水车，就是利用溪水流动的冲击力带动水车转动。水车前安装一根木柱，木柱下是一口很大的石斗窝，把制作碗的石子破碎后放进石斗窝中，随着水车的转动，木柱就会抬高后又落下，擂击石斗窝里的石子。如此反复，直至石子擂烂成浆泥，然后取出来送到车碗的厂棚里，让车碗匠加工成碗。

古话"土巴碗，洋油灯"，就是对当时乡村农家生活的写照。那时，农村生活水平低，生产力不发达，乡村碗厂生产出来的碗一般都是土巴碗，也没通电，照明用的煤油灯。人们所说的土巴碗，其实就是一种很粗糙的土陶碗，碗的内外也不是很光滑，呈灰白色，只要用上一段时间，碗的边沿便有黑色的印迹，那是嘴唇与碗长期摩擦后的结果。因而，让人有不舒服的感觉。没办法，困难时期有一只盛饭的碗，尽管是土巴碗也算是很不错了。

那些年，乡村车碗匠制作碗的主要工具是车盘，靠车盘的转动，车碗匠才能完成一只碗的制作。车盘犹如砖瓦匠做瓦的轮盘一样，当车碗匠将碗泥抱上车盘后，借车盘的转动，碗匠两手在碗泥里不停地运作，根据碗的形状拿捏成形。所以，一只碗厚薄是否均匀，边沿是否平整，全凭车碗匠手上的功夫了。

那时没有电，带动车盘转动的力是靠水的冲力，同样也是一套物理运动的原理设备。这也是那一代乡村车碗匠们在长期的生产劳动中，充分利用自然资源发明创造出来的。

碗坯做好后，放在厂棚里阴干一段时间让其定形，然后放在太阳底下晒干，直至泥碗完全干透才能上釉。土巴碗上的釉是一种简单的釉，没有其他颜色，主要起到光滑作用。上釉时碗要端平，手要拿匀，上的釉子才均匀，才不会有釉点和釉疤，否则影响观瞻。待碗上的釉子晾干后便可入窑。装窑时，碗与碗之间的距离要适中，不能装得过紧，也不能装得过松，中间还要留出一定的间距，形成一条条"火路"。烧碗的窑子与烧砖瓦的窑子不同，属于"横窑"。装窑的方法也大不相同，一窑碗烧出来的质量好坏，装窑是最为重要的环节。

接下来就是烧窑。烧窑的师傅也是专业的，只负责装窑和烧窑。烧碗的煤要用精煤，有经验的烧窑师傅会根据火候判断加煤的多少以及加煤的时间。如果火烧老了，烧出来的碗就会开筋爆裂，成为歪瓜裂枣，次品货就多；如果火烧嫩了，碗泥还是生的，烧出来的碗不但颜色不好看，还容易脆烂，不经用。所以，烧出来的碗用手指轻轻一弹，就会发出清脆的响声，这样的碗才是好碗。

由于交通不便，碗厂除了车碗匠、烧碗匠外，还配有专门的挑碗匠，负责将烧制出来的碗装车或装船。那个时候，碗厂有一条不成文的规矩，就是下雨天挑碗打了筋斗，把碗摔烂了要照价赔偿；如果是晴天打筋斗，或者是箩夹扁担断了，或扁担丁滑了千，摔坏了碗就不得赔。让人听起来满头雾水，弄不清究竟。

细细想来，似乎有一些道理。为什么雨天损坏了东西要赔呢？原因在于，明知是下雨天，路滑，挑碗匠应该百般小心为上，如果摔坏了窑货，属大而化之不小心造成，所以应照价赔偿。晴天如果打了筋斗，多半是箩夹扁担出了问题，是意想不到的事，不属人为造成的，所以就不得赔偿。其目的是教导挑碗匠认真对待这项工作，无论雨天、晴天都不可掉以轻心，尽量减少不必要的损失。

记忆里的乡村车碗匠都是土生土长的农民，出门做手艺叫"搞副业"，还得生产队队长批准，并且每年还要上缴一定数额的副业款，才能分到年终口粮。靠工分吃饭的年代，手艺人都是让人十分羡慕的职业，因为裤兜里时常都有几个零花钱。

在所有的乡村匠人中，车碗匠与石匠、泥水匠、砖瓦匠差不多，都属于重体力活，并且长年风餐露宿，与石头泥巴打交道。夏天日晒雨淋，头顶当空烈日，忍受蚊虫叮咬；冬天朔风凛冽，碗泥冻手，常常是手脚长满冻疮而开筋流血，所以，工作十分辛苦。但他们毫无怨言，学成的手艺，认定了就不退缩，为了技艺的传承，也为了生存而打拼。

时间如沙漏，转瞬就是几十年。当年人们生活中不可或缺的土巴碗，已被精致的细料碗、洋瓷碗、铝合金碗和钛金碗所代替；当年那些手艺精湛的车碗匠们，大多年事已高或已经作古；当年土法制作碗的技艺，以及溪水中滚动的水车、厂棚里转动的车盘，也被时代发展的潮流所淹没，只有偶尔从岁月深处打捞起些许回忆。

# 乡村蔗糖匠

"红甘蔗,抿抿甜,牵牛拉滚碾出水,架上铁锅熬出糖……"一首川东北儿歌,把乡村蔗糖坊和乡村蔗糖匠的生活展现得淋漓尽致。

新中国成立前,川东北一带把乡村糖厂称为"糖坊"或"榨坊",把制作糖的师傅称为"榨坊匠"或"蔗糖匠"。

据考证,中国用甘蔗榨汁熬成糖,起源于公元前数百年,早于世界上任何一个国家。最初的甘蔗糖仅限于祭祀和宫廷贵族食用,是昂贵的奢侈品,属"官坊"生产。随着社会生产力的发展,蔗糖熬制技术流传到了民间,乡村糖坊逐渐兴起。由此,甘蔗糖成为人们日常生活中不可缺少的重要食品。直到新中国成立初期,乡村糖坊才开始日益壮大起来,传统的制糖技术经过岁月的沉淀,得到改造和提升。

由于当时生产力水平非常落后,乡村糖坊生产蔗糖全凭人工操作,不仅费工费时,而且产值非常低。原因在于无电无机械化设备,都是沿袭传统的生产方式,效益非常低。新中国成立后,随着社会的不断进步,个别乡村糖坊有了柴油发电机,压榨甘蔗汁实现了半机械化,大大减少了人力物力,提高了工作效率。

一块看似普普通通的红糖,从地里砍回甘蔗到压榨熬制成红糖,要经过很多道工序。熬出来的红糖好不好,选择甘蔗是关键一环。每当地里的甘蔗收获前,有经验的蔗糖匠会实地到甘蔗地里去挑选。一般来说,含沙带泥地里的甘蔗，不仅肥嫩汁多，而且出糖率也非常高。砍回来的甘蔗不能长久搁置，要尽快压榨成糖，否则时间长了会"烧窖"变味，熬出来的糖酸中带涩，吃起来也有一种苦酒味，难以下咽。

那时没有榨汁机，每个糖坊都备有几台大石碾子。碾甘蔗的石碾和碾稻谷的石碾差不多，一般都是在硬度大的大石盘上挖出一个圆形平整的底盘来，再顺着碾心錾出一条条齿路。碾心有一根用青冈木做成的轴，用以固定石碾；石碾用石头做成，圆柱形，直径大约一米，上面也錾满了齿路，便于碾碎食物。石碾的一端也有一根固定的木柱，用作拴绳套枷，让牛儿拉着石碾转动。

每当甘蔗收获季节，糖坊里所有的石碾都会转动起来。一台石碾配一头大黄牯牛，由一人牵住牛鼻绳，围着碾盘打转转。碾盘上的甘蔗经大石碾子来回反复碾压，一股股清香的蔗汁便顺着碾槽流进大石缸中。随后，蔗糖匠用专门的过滤网滤去里面粗粝的蔗渣，石缸中剩下的就是青绿色的甘蔗汁了。

甘蔗压榨结束，蔗糖匠会用大木瓢将蔗汁舀进熬糖的几口大铁锅内进行加工。熬糖这道工序最考蔗糖匠的手艺。熬糖用的火一般都是柴火，烧火的柴大多数是晒干了的蔗糖皮，不仅好燃烧，而且就地取材，节约了成本，一举两得。

熬糖的火开始要大，用猛火将锅内的甘蔗汁烧开，直至满锅蔗汁沸腾为止。此时，蔗糖匠会十分利落地抄起大勺，在翻腾的泡沫里打捞蔗汁中漂浮的杂质。等到弥漫的白色蒸汽笼罩整个糖坊时，蔗糖匠会从一旁的土巴碗中，用小木瓢舀起几克石灰粉撒入糖锅中搅匀。

俗话说："糖匠好当灰难放。"这是蔗糖匠熬红糖的秘密。因为石灰多一克少一克，都会对糖的成色产生极大影响。分量的拿捏全靠蔗糖匠的经验。对于这些精细的技艺，保守一点的蔗糖匠是不会轻易外传的。

加完石灰粉，蔗糖匠会把柴火减弱，让其慢慢燃烧，锅内的汁水也会逐渐从大泡泡变成浓密的小泡沫。这时就该"点糖油"了。点糖油是熬糖的压轴戏。把花生粒炸熟后碾成粉，用菜籽油炒成糖油，加入糖锅中搅拌均匀。糖油的作用是将糖分压住，让多余的水分得到充分蒸发。

糖水快要熬熟时，锅内基本上不会有水泡了，而是像岩浆一般，不断翻滚，发出"咕咕"的响声。此时，蔗糖匠会把木勺伸进糖锅内，舀一勺起来观察。如果糖汁黏而不断，蔗糖匠便会一手将稠糖浆舀入糖缸，一手用棍子使劲搅拌缸内的糖汁。整个过程一气呵成，不能减一分力，直到糖汁收汁变成红糖凝固为止。

常言道："煮酒熬糖，称不上老行。"从外表上看，熬糖这门技艺很简单，其实并非那么容易，关键要在"熬"字上下功夫。如果火候掌握不好，熬过了头，糖就会变老，吃起来不但很硬，还会扯牙齿；如果火熬少了，糖汁内的水分没蒸发干净，舀出锅的糖就凝固不了，成了稀稠的糖面糊，不适宜长时间存放。所以，经验再老到的蔗糖匠都不敢打包票，自己熬出来的糖锅锅都不出问题。

从田地里的一根甘蔗，到餐桌上的一块红糖，通过蔗糖匠的手，历经无数次蜕变，最终成为人们口中的美味佳肴。那份温馨甜蜜，来源于乡村蔗糖匠对职业的执着和坚守。

记忆里，二十世纪八十年代前的乡村糖坊，除大量收购蔗农的甘蔗熬成成品糖对外销售外，也承接甘蔗熬糖加工，一百斤甘蔗收取一定的加工费，甘蔗出糖多少糖厂不管；也可以直接用干蔗换红糖，一百斤甘蔗换多少斤红糖，糖厂有规定，从不讨价还价。此时，压榨甘蔗也使用上压汁机，没有电，就用柴油发电来带动。那些年，只要一进入农历腊月，糖厂便人山人海，机器昼夜不停地转动，生意着实很红火。

改革开放后，现代化的糖厂也随之多了起来，由半机械化的压面机压甘蔗变成了全机械化操作。先进的熬制技术，不仅出糖率更高，质量更好，卫生快捷，而且成本低，价格也便宜。相比之下，乡村糖坊原始的手工制糖就显得低效、老土起来，跟不上时代发展的需要了。

由此，乡村土糖坊逐渐被淘汰。曾经靠一手娴熟技艺叱咤风云的糖匠们也失了业。加之年老的蔗糖匠解甲归田,年轻一代认为这活又苦又累,不愿学,流传几千年的土法制糖技艺后继乏人。

或许,这是社会发展推陈出新的必然结果,谁也不能逆转。但乡村糖坊和一代又一代蔗糖匠,在不同时期为人们带来的甜蜜记忆,此时回味尤甘。

# 乡村补锅匠

"补锅补鼎罐哟——热补鼎罐热补锅——",新中国成立初到二十世纪九十年代末,川东北一带的乡下农村,隔三岔五就能听见补锅匠招揽生意的吆喝声。紧接着,一个挑着补锅家什,头戴一顶破草帽,手拿一根打狗棍,皮肤黝黑的补锅匠就会出现在人们面前。

那些年,乡下农村家家都备有一口大铁锅、一口小炒锅、一只铁鼎罐。大铁锅用于煮猪食,小炒锅用来炒菜,铁鼎罐用作煮米饭。一般铁锅铁鼎罐都是生铁铸造的,有时候会碰出一道道裂缝来,加之每天都在使用,与锅铲碰撞,锅底会越来越薄,往往会因为破裂或有砂眼漏水而不能用。为了节约成本,减少家中支出,大多数人家都是找补祸匠"扣疤补眼"后继续使用。因为买一口新锅要花不少钱,所以,一般农家都不会在铁锅有砂眼或者渗水后就扔掉,而去买新锅,总是补了又补将就着用。

一口铁锅并非只补一次,往往是三五次,敲去旧疤,再添上新疤,有时还得疤上连疤。那时乡村生活困难,会过日子的人家总是把一分钱掰成两分钱用。补祸匠上门,主人会拿出自己的旧锅问补锅匠:"你看我这个锅还能补吗?多少钱?"尽管那时补一口锅只要几角钱,但都要讨价还价一番,能节省的尽量节省。一般情况下,无论钱多钱少,一旦价钱讲好,图的是一个耿直,锅罐补好后,一手交货,一手付钱,概不赊欠。

乡村补锅匠的工具也很简单,一头挑着风箱,另一头挑着一个条形篾筐，簸筐里放着铁炉子、木槽、小铁锤、小铁棒、木炭、接铁布以及几把小铁钳。每当来到一个居住的大院子，只要有人应答补锅补鼎罐，补锅匠便会放下担子，选择好位置，搭好炉子，加入底柴和煤炭，把火生起来。待抽完一袋叶子烟，补锅匠会把主家拿来的铁锅铁鼎罐仔细打量一番，寻思着怎么补。双方谈好价钱后，补锅匠便开始忙碌起来。

补锅匠拿起一个尖嘴小铁锤，把破锅破鼎罐扣在地上，对破烂处敲洞。如果只有花生米大小的眼，必须敲成红枣大，红枣大小的眼子必须敲成鸡蛋大小，小缝必敲成大缝，破口和破洞必须要大一些才好补。

补祸补鼎罐，一般都是热补，因为热补易黏结，防漏效果要好一些。补锅补鼎罐是用熔化后的铁水。补锅匠把废锅铁放到炉子中，同时取出一个木槽，厚布做成的布棒和一块湿布帕放在一旁备用。拉动风箱，待炉子内温度达到一定火候，废锅铁块变成通红的铁水时，只见补锅匠将炉子倾斜，将那火红火红的铁水倒在一块托着的两寸见方的湿布帕上。当然，布是很厚的，上面还放了一层草木灰。然后就托着放到锅底破眼下面，用力往上顶，另一只手用一圆柱形的湿布棒往下用力一压，快速一碾，只见一阵青烟过后，一个补丁就打上去了。疤子补得好不好，关键得看疤子碾得平不平，牢靠不牢靠，这得看师傅的力道与掌握的时机精不精准了。如果动作太慢，铁水凝结，就没法碾平了。

有时一个洞要补很多次才能补好。如果破损的洞太大，仅靠铁水解决不了问题，补锅匠会挑一块比洞略小的从别的破锅上取下来的锅铁，先用小篾片将其固定在锅洞上，然后围着铁片一周的缝隙一个疤连着一个疤地补，待全部补完之后，再用稀泥往新补的疤子处涂一下，整个过程一气呵成。而给疤子涂上稀泥，目的是为了让它生锈，这样补丁与原锅壁之间就结合得更紧密了。

补锅是门技术活，又脏、又累、又辛苦，冬天气温低，坐在炉火旁是"面前热火烤，背后冷水浇"；一到夏天，室外气温高，坐在炉火边与铁锅铁水打交道，汗渍和污渍把脸弄得花里胡哨，十分滑稽。所以乡下农村有句俗话，叫"养儿莫学补锅匠，满脸糊得像鬼王"。

后来，市面上出现了铝锅，称为"铝锑锅"，补锅匠也兼补铝锅。补铝锅不同于补铁锅，一般都是"冷补"。铝锅不会有砂眼，一般都是因为锅内的水烧干了才形成的破损，所以破洞也较大。补的方法不一样。如果是裂缝，师傅会将一截铝线嵌进裂缝，抵在铁砧上反复锤打，直到铝线和锅壁完全融合为止。如果是破洞，师傅会用剪刀剪好一块铝片，并将其周边用钳子卷起来，同时把铝锅的破洞周边也卷起少许，将铝片吻合在破洞上，把铝锅和铅皮卷起的地方相扣，然后用锤子抵在铁砧上，反复击打相扣处，直到完全吻合。还有大补，就是换掉铝锅整个锅底，用的也是补洞的方法，只需敲敲打打，火炉就不起作用了。

乡村补祸匠和其他匠人一样，出门不会带锅灶，手艺做到哪吃到哪。都是乡里乡亲的，只要一到饭点，都有人争着请补锅匠到家里吃顿便饭。不过，补锅匠也非常懂人情世故，如果主家要补个锅什么的，就不收他们的费用，算是这顿饭的报酬。一礼一答，人情也有了，肚儿又不挨饿，皆大欢喜。

在乡村，人们通常把补一个疤叫"一鳌"，收费按"鳌"数算。二十世纪八十年代，一鳌一角钱，补一口锅一块钱左右，一个补锅匠一天能挣十多块钱。虽然辛苦，但这样的收入，在当时所有匠人中，也算是很不错的了。

随着时间的流逝，如今，走村串户的补锅匠逐渐少了起来，已很难听到几回"热补鼎罐热补锅"的吆喝声了。只有逢场天，偶尔在乡场上的场头场尾，才能看见补祸匠摆摊补锅的身影，间或勾起人们对童年往事的回味。

# 乡村麻糖匠

"叮叮当，叮叮当，叮当，叮当，叮叮当……"，随着一阵铁片声响起，紧接着便传来"敲麻糖哟，又香又甜的芝麻糖！"的吆喝声。这久违的声音，带着男性的磁音在乡村院落间回荡，充满无比的诱惑力，不由得让我想起儿时的歌谣："叮叮当，敲麻糖，麻糖甜，豁我的钱，麻糖酸，豁我衣服裤儿穿……"

在川东北一带，麻糖是以大麦为主要原料，辅以小麦、糯米、玉米、芝麻和核桃，经蒸煮发酵而成的糖块。

麻糖匠，就是专门从事麻糖生产、销售的手艺人，又叫"敲麻糖的人"。

记忆里的乡村麻糖匠一般都是中老年人。他们面容慈祥，肩上挑着麻糖担子，头戴一顶旧草帽，腰间系着一个半新半旧、上面黏有一些麻糖的围裙，脚穿一双草鞋，左手扶着扁担，右手摇动着铁片，从远处一路吆喝着走过来。只一会儿工夫，麻糖匠屁股后面便有一大群小孩跟着，眼瞅着担子里的麻糖，指指点点地说闹着，引来院子里一阵阵的鸡鸣狗吠声。

二十世纪七十年代前，山乡农村生活十分困难，人们在温饱线下徘徊，一年四季都在土里刨食，却总是解决不了简单的吃穿问题。就说吃糖吧，那时的大人小孩，除过春节大年初一吃汤圆时，沾上一点红糖味儿外，平常很难尝到糖。为此，但逢麻糖匠进村入户，便有一帮小孩尾随其后，虽然吃不成麻糖，但闻一闻麻糖散发出的香气，也能解解嘴馋和一饱眼福了。

川东北一带制作麻糖，很有一番讲究，要经过很多流程才能制作出麻糖来。首先是将大麦放进三十度的水中浸泡三十分钟，然后捞出来放到箩箕中进行发热生芽，待麦芽长度超过自身长度一倍半时，用石磨将麦芽磨成浆。将相同重量的玉米面和淀粉酶，用三十度温水化开加入锅中，加大火烧煮，并用铲子适当搅动，以免煳锅。接下来是糖化。把煮好的粥或米饭一起倒入大缸中，加入适量水，把事先准备好的麦芽浆倒入缸中，加入麦芽浆以后粥温会下降，然后保持六十度的温度进行糖化。糖化时，如果缸中上下温度不一致，可适当搅动。糖化结束，缸上部便会出现澄清液，用手捏料液无黏性，即认为糖化结束。

然后进行过滤。把糖化了的粥用布袋过滤，也可仿照过豆腐浆的办法，把白纱布四角吊在摇将上滤浆，浆过完后加入温水再过滤一次，直到全部过滤干净为止。同时，还要进行脱色处理。玉米面制成的糖稀颜色较深，制作芝麻糖时需脱色。把滤过的浆液倒入大锅中加温，并加入适量的活性炭，充分搅拌，使糖液成为透明色，脱色之后用干净布袋趁热过滤，以滤去其中的活性炭残渣。

最后是熬糖和拔糖。第二次过滤后的糖浆放入干净的大锅中，开始熬糖。火候应先大后小。熬糖过程中可加入适量的白砂糖，数量依据原料多少。一般大米制糖因出品率低可多加，玉米制糖出品率高则少加。加入白砂糖，不但可以增加制品甜度，出品率也可以提高，可大大降低成本。熬制过程中应用铁铲子不停地搅动，以防煳锅。加热浓缩到大约四十五度时，用棍挑起一点糖浆，如果遇风变脆即可以停火出锅。

麻糖熬制好后，盆子里边刷一遍植物油，用铲子把熬好的糖铲到盆子里。铲净后锅内加入少量清水，烧开，让其大冒热气，增加室内温度，可起保温作用。把糖盆架在锅上，开始拔糖。一般要两人操作，用抹了油的刀切下一块重约二至三公斤的软糖，两人趁势快速抻拔、折叠，再抻拔、再折叠。经过反复抻拔，直至糖块变成白色的长条。等拔到直径约三十毫米粗细时，放在切菜的案板上，一人接糖，稍用力一拉放在桌面上，用刀截成二十厘米长的小段，呈一字码好。因糖遇冷即变脆，所以动作应快捷，如果太脆不好切时，可把刀放热开水中加热后再切。

那些年，乡村麻糖匠一副挑子两头翘，一头放着一只小簸箕，一头放着敲麻糖的工具或其他杂件。麻糖匠挑着挑子，摇动手里的铁器，行走于街头巷尾、乡村院落，用香甜的麻糖和诚实的待人之道，送走晚霞，迎来朝阳，用心谱写着四季乐章。

据考证，麻糖起源于明代，以香、甜、薄、脆的独特风味闻名于世，香而不艳，甜而不腻，回味无穷，营养丰富，含蛋白质、葡萄糖和多种维生素，有暖肺、养胃、滋肝、补肾等功效。不仅如此，麻糖还有去异化腥的功效，如果泡菜坛子"生花"起白，只要放一块麻糖进去，不但能去"花"去白，还能让坛子中的泡菜更美味。

敲麻糖时，麻糖匠拿出一把小榔头和一把窄长带弯的扁口铁。扁口铁对准麻糖，用小榔头轻击弯头，就这么轻微的震动，麻糖便出现裂纹，再轻轻一刨，麻糖块就与主体分离了。最后给麻糖裹上豆面粉，防止它们黏在一起。因为麻糖绵软，不易分割，如果刀切斧砍的话，切开后的麻糖很难分离，但用此巧劲，就轻而易举地敲下来了。之所以叫"敲麻糖"，而不叫"切麻糖"，或许就是因为这个道理。

如今，各种五花八门的糕点糖果占领了乡村市场，吃糖对于每一个人来说，已再不是稀罕事了。所以，敲麻糖的人也少了，人们除了偶尔尝尝鲜、念念旧，回忆一下儿时曾经的味道外，就是买一块麻糖放咸菜坛子里，很少有人再去光顾麻糖摊子了。

乡村麻糖匠的生意走向了低谷，做这门手艺的人也越来越少。长此以往，流传几百年的民间技艺就会因无人延续而失传，不由得让人感到惋惜。

# 乡村打更匠

"咚——咚——咚,天干物燥,小心火烛!""咚——咚——咚,下雪打霜,关好门窗!""咚——咚——咚,睡觉警醒,严防盗贼!"随着打更匠有节奏的敲梆声,寂静的乡村之夜显得异常漫长。

新中国成立前,川东北地区的人们把乡村打更匠叫作"更夫",或"打更的"。他们白天睡觉,晚上敲梆报时,用脚步反反复复丈量熟悉的街巷院落,用诚心和细心敲击岁月风霜,漫漫夜色中给人们送去一片温馨和祥和。

过去,官府衙门每天中午要放"衙炮",酉时还要放"定时炮",以示威严。那时没有钟表,人们都是以时辰计算时间,把一天分为十二个时辰,一夜分为五个时辰。每个时辰称为"更",一夜即为"五更",每更为现今的两个小时。一更是晚上七点至九点,二更是九点至十一点,三更是十一点至第二天凌晨一点,四更是一点至三点,五更是三点至五点。

一般来说,乡村打更匠一个保(村)或一个小场镇有二至四人,他们两人一组,轮班值守,都是一些责任心强,保(村)长信得过的人。他们除晚上敲梆报时外,白天还会打锣敲梆替保上发通知,诸如派款派捐、抽丁纳税、守隘防匪等事务,闲时还是保上的勤杂人员,替保长斟茶倒水,招呼应酬客人,干一些卖力跑腿的事,其报酬由保上抽取的人头经费中列支。

打更匠非常辛苦,天晴下雨、暑寒霜冻都务必坚守岗位。特别是晚上,夜深人静时,打更匠独行在街巷院落之间,常常让人有种孤寂恐惧的感觉。

热天酷暑难当，蚊虫叮咬；冬天夜长难挨，手脚冰凉，呼啸的北风吹在脸上，冷在心里，是常人难以忍耐的。过去大人逗小孩有这么一句玩笑话：不像你的爹，也不像你的妈，像河那边那个打更匠。足以说明打更匠在人们心目中的地位了。

打更匠的责任心非常强，来不得半点偷奸耍滑，敲梆报更必须准确无误，只要"沙漏"或"水漏"显示的更时一到，无论刮风下雪，都得走出家门，沿着街巷院落逐一敲梆报时，让所有人晓知更天；同时，他们还兼顾防火防盗的责任，为人们带去一方安宁。

打更匠也有一番讲究。打头更（即晚上七点）时，一慢一快，连打三次，声音便是"咚！——咚！""咚！——咚！""咚！——咚！"；打二更（晚上九点）时，打一下又一下，连打多次，声音便是"咚咚！""咚咚！"；打三更（晚上十一点）时，要一慢两快，声音便是"咚！——咚咚！"；打四更（凌晨一点）时，要一慢三快，声音便是"咚——咚咚咚"；打五更（凌晨三点）时，一慢四快，声音便是"咚——咚咚咚咚！"，以便让人听声辨更。

也有的打更匠，自编一些易记的顺口溜来报更。诸如"鸡鸭入圈，关好门窗，严防匪盗"代表一更；"夜短昼长，熄灯睡觉，严防火灾"代表二更；"夜沉虫多，放好蚊帐，严防叮咬"代表三更；"更深梦长，莫打铺盖，安心睡觉"代表四更；"起更声起，锻炼身体，打理生意"代表五更。报更的顺口溜，一般都是随季节变化而编唱，没有固定的内容，但通俗易懂，丰富多彩。长此以往，让人辨言识更，睡在被窝里都知道是几更天了。

过去没有钟表等现代计时工具的时候，人们要靠观测周围变化的景物来估算时间。打更匠就成了专门告知人们时间的人，他们的职责就是在大街小巷，用敲梆报时的方式，告知人们具体时辰。打更匠整个晚上都不能休息，除了告知时间以外，更夫还要提醒人们小心火烛、防匪防盗。当然，这些只是打更匠附带的责任，他们最主要的职责还是报时。

打更匠计量时间的单位用的都是时辰，他们报更时也是一个时辰报一次，从头天晚上就开始打更报时，一直到第二天早上，一共要打报五次。打报完五次更时，天色还是灰蒙蒙的，一些早起的人已纷纷披衣起床，要么下田干活，要么外出去做生意。

打更匠大多数都识字不多。那时没有现代的时间工具，全靠用其他办法来推测更时。第一种方法是以烧香来确定时间，因为一炷香烧完要多少时间都是固定的。第二种方法就是滴漏，或用沙漏来计量一段时间的长短，其实滴漏的原理和沙漏是一样的，只不过把沙子换成了水，两种东西的形状不同，其他大致相似。除了靠这些固定计量时间的东西来推测时辰外，还可以通过观测天上星星月亮的起落变化来打更报时，但是，有这种本事的更夫非常少。打更匠不能随意敲梆报更，如果报错了更时，将会从一年的薪酬中扣除一些工钱，作为惩罚。所以，打更匠报时非常认真，一点也不会马虎。

打更匠这门职业起源于何朝何代，已无从考究。新中国成立后，随着物质生活水平的提高，文化娱乐生活也大大丰富起来，挂钟、手表逐渐得到普及，人们用钟表定时比打更报时精确多了。由此，打更匠这门职业已被社会淘汰。人们只有从一些老电影或电视剧中，才偶尔能见到他们的身影，猛然间会勾起心中那久远而沉睡的记忆。

# 乡村钉秤匠

俗话说，秤凭星子斗凭梁。

在川东北一带，乡村钉秤这行是从业人员最少、技术含量最高的一门手艺。从事这门职业的人要正派，钉出来的秤才公平公正，不欺买家卖家，有句行内话叫"公道不公道，钉秤人知道"。

那些年，乡村农家几乎家家都备有一杆小木秤，能称个三五十斤，花钱不多，图个方便。主要是自己买进卖出，借粮借米，或称个鸡鹅鸭什么的，怕的是在秤上吃亏。能称一百、两百斤的大秤，一般生产队有一杆，用于年终分口粮。那时，钉秤匠少，自然生意也就好。

相传，乡村钉秤匠的祖师爷是春秋时期的范蠡，后世称其"陶朱公"。由此看来，木杆秤的制作技艺距今已有两千五百多年的历史了。木杆秤有大有小，有称三百斤的、两百斤的、一百五十斤的、一百斤的，也有称五十斤、二十斤、十五斤和十斤的家庭小秤。那些年，一杆三百斤的大秤可卖八十至一百元。而木杆秤中，最小的要数中药铺称药材的戥秤了。

乡村钉秤匠钉制的秤，基本上都是木杆秤。他们的钉秤工具有手推刨、手钻、铁砧子、砂轮、秤钩、叨口、铁砂子等。这就是他们吃饭的全部家当，用一个竹背篓一装，就可背着出门做手艺了。

制作一杆木秤，看似简单，其实工序很复杂，还得懂点铁匠手艺和木匠技术。先要打制秤叨、秤钩、秤环，接下来是选择做秤杆的木材。木材要到深山老林去选质地坚硬、柔韧性好的硬杂木，还得经过三年左右的晾晒，做出来的秤杆才不会变形。做秤，最好的木头是黄荆木，其次是枣树木或梨树木。

要做好一把木杆秤，大的工序有七道。首先是下坯料。将粗大木料破成一条条方料，必须得去边、弹墨线，用锯子沿墨线一条条地锯出来。其次是刨圆。将锯好的木方条刨圆，头粗尾细，基本形成秤杆的毛坯。秤杆对长度有一定要求，全根据原材料的长短来制作。三是将刨成圆棒的毛坯打磨光滑，用磨石或砂纸磨圆砂光，直至秤杆表面光滑无毛刺。四是浸泡选料。将秤杆放入碱性石灰水中，浸泡一段时间后，材质不好的秤杆会出现弯曲或裂痕，这个过程也是筛选秤杆的过程。五是秤杆成形。秤杆两头手工包上铜皮，然后装上秤钮。秤钮的安装是极为重要的一个步骤，全靠钉秤匠的经验，一定要保证安装位置平行不倾斜，要保证横平竖直。装好秤钮后用专门的砝码标刻度，先确定零刻度，以零刻度为基准，进而均匀地标出其他刻度，先刻好几个大刻度，再用圆规平均标好分刻度。六是打钻钉秤星。钉星花前，先用两脚规测量并标出刻度，然后按照标记的刻度用手工钻钻出每一个刻度，再在钻洞中以细铜丝嵌插后割断、锤实，我们平常看到杆秤上闪闪发亮的就是铜丝的光芒。最后一道工序是磨光上色。为了让秤杆更加光滑、圆润、美观，还需要稍加打磨，给秤杆上色，用布砂子抛光、磨平。

一般来说，做一杆中号秤大约要两个小时。原本粗糙的一根木头，在钉秤匠手中渐渐变成笔直光滑的秤杆，再校验好刻度钉上秤星，一根秤杆就算基本完工了，但至少得经过十八道小工序；制作称黄金白银、药铺中药材的小戥秤更麻烦，要二十八道工序，每道工序都得一丝不苟。

对于乡村钉秤匠来说，做秤是精细活，容不得半点马虎，稍有不慎，秤就会有偏差。所以，做木杆秤做的是良心。一般钉秤匠对职业都很虔诚，从不因操作失误而让秤短斤少两，亏欠买卖双方，影响自己的声誉。

二十世纪七八十年代是钉秤行业最辉煌的时期。一个钉秤匠一天能钉出三五杆木秤。由于受市场经济的冲击，有些人在秤钮或秤砣上作手脚，买卖时称对方的"欺心秤"。更有一些黑心商人请钉秤匠做"亏心秤",可以多出十多倍的价格。在金钱的诱惑下,个别钉秤匠也起了歪心,使钉制的秤缺斤少两,由此影响了木杆秤的声誉。加之近些年木杆秤已逐步被台秤、托盘秤、电子秤所取代,乡村钉秤匠的生意已到了日落西山的境地。

日常生活中,人们从木杆秤的制作原理中悟出了许多道理,丰富了乡村人茶余饭后的语言。如"不识秤花,难以当家",意在勤俭持家,从认识秤花开始;"王八吃秤砣,铁了心",意在决定了的事,不容随意改变;"老鼠爬秤钩,自己称自己",指言语不谦虚,喜欢自吹自擂;"秤不离砣,公不离婆",形容夫妻二人关系亲密,形影不离,难舍难分;"秤砣虽小压千斤",比喻外表虽不引人注目,实际很起作用;"生定的性,钉定的秤",比喻一个人的性格是与生俱来、难以改变的。这些歇后语运用到日常生活中,听起来寓意深刻,耐人寻味,增添了无穷乐趣。

做秤是精细活儿,在"斤斤计较"之间,乡村钉秤匠付出了他们的青春和汗水,精心制作,毫厘必究,只为手艺人当初的那份承诺。年复一年,他们的青丝变成了白发,但不变的是那份公道。这份公道表现在秤杆子上,也体现在人心上。

世事沧桑。如今,随着科学技术的发展和普及,电子秤、弹簧秤占领了市场,钉秤匠的生意开始走下坡路。不少乡村钉秤匠纷纷改行,经营其他生意去了。乡村钉秤匠也逐渐淡出了人们视线,而这门民间技艺的逐渐消失,或许是社会发展进步的必然。

# 乡村冰糖葫芦匠

"都说冰糖葫芦儿酸,酸里面它裹着甜;都说冰糖葫芦儿甜,可甜里面它透着那酸。糖葫芦好看它竹签儿穿……"一首《冰糖葫芦》,歌声委婉,真情满满,把我带回了纯真的童年。想起当初吃冰糖葫芦的情景来,顿时口舌生津,垂涎欲滴。

在川东北一带,秋后是制作冰糖葫芦的最佳季节。制作冰糖葫芦的大多都是私人小作坊,一把刀、一口锅、一块木板、一只勺子就是全部工具。从事这门技艺的人不是很多,人们通常把制作冰糖葫芦的手艺人叫"糖葫芦匠"。

据考证,冰糖葫芦起源于宋朝年间,制作时用竹签将山楂、山里红、海棠果、葡萄、麻山药、核桃仁、豆沙等串起来,外面蘸上冰糖穿衣,吃起来甜脆而凉爽。新中国成立前,茶楼、戏院、酒馆、大街小巷随处可见卖冰糖葫芦的,成为民间传统小吃,深受人们喜爱。同时,冰糖葫芦还具有开胃、健脾、养颜、增智、消除疲劳、清热化痰等作用。

过去,制作冰糖葫芦常用的是山楂果,工序也非常简单。首先挑选新鲜饱满、大小均匀的山楂,清水洗净后,去除根和蒂,并将山楂拦腰切开,用小刀挖去里面的果核,加入红豆沙、绿豆沙之类人们喜欢的馅料。然后将两瓣合上,用竹签串起来等着蘸糖糊。也有用其他果实切成小方块来做成串仁的,这些可根据季节和人们的喜好来定。

其次是熬糖糊。熬制时，把冰糖与水按照2∶1的比例倒入锅中，猛火熬二十分钟左右，边熬边用锅铲搅拌。经过熬煮，锅内的水会越来少，糖糊会"咕嘟咕嘟"地沸腾，冒出细小密集的泡泡。此时，锅内的糖糊呈浅金黄色，像啤酒的颜色。这时糖葫芦匠会用筷子蘸一下糖浆，如果能微微拉出丝来，那就表示已经熬好了。若时间熬过了头，颜色就会变成棕褐色，筷子一蘸一扯就成丝，表明糖糊已经熬过头了，吃起来便失去了原本的甜味。有经验的糖葫芦匠都明白，熬糖糊的时候，不能用扇子或其他东西去吹风，要让糖糊自然冷却，糖糊的颜色才能晶莹透亮。

接下来是给串起的果实蘸糖。将灶上的铁锅稍倾斜，为的是果实全部都能蘸上糖。这时，糖葫芦匠会将串好的果实贴着熬好的热糖糊泛起的泡泡上轻轻滚动，一会果实就会裹上薄薄一层糖糊。蘸糖这个环节看似简单，也很考验糖葫芦匠的经验和技巧。如果糖裹得太厚，一口咬不着里面的果实，就代表手艺没到家，卖出去也会被人说道。果实上的糖只能蘸上薄薄而均匀的一层，这样的冰糖葫芦才受人欢迎。

最后一道工序是冷却。将蘸好糖的果实串放到木板上冷却两三分钟即可。放糖葫芦的木板，表面十分光滑，放置前要在冷水里浸泡一段时间，木板拿出来时表面要看不见水珠，主要是降低木板温度。同时木板具有吸水性，可以帮助糖葫芦冷却定型。如果是家庭小作坊，也可以用菜板来代替木板，使用前同样得将菜板放在清水里浸泡一段时间。

一般来说，做得好的冰糖葫芦，出锅后外面裹的糖糊会迅速冷却，咬起来嘎嘣脆，完全不会黏牙扯牙。熬好的糖糊，肉眼可见糖浆浓稠，稠了蘸不起来，稀了又挂不住。要颜色淡黄，用竹筷挑起可见重重丝线，如果将筷子放入冷水中，糖糊会迅速凝固，咬起来是硬的。当糖糊有轻微拉丝时，要立刻将火关掉，用勺子将其浇在葫芦串上即可。如果动作过于缓慢，锅内糖糊就会逐渐冷却，变得又干又硬，无法继续制作。切忌直接把糖葫芦扔进锅里去蘸糖，如果这样，里面的果子就会变熟变酥，吃起来就不甜脆了。

待糖葫芦完全冷却后，糖葫芦匠会将糖葫芦斜插在草把上。草把里面是一根斑竹棍，大拇指粗细，一米五左右长短。草把长约三十厘米。红彤彤的糖葫芦插满草把子，整齐划一，煞是好看，让人不得不扭头多看两眼。

一般糖葫芦匠都是将做好的糖葫芦插在草把上，直接卖现成的。这样很简单，背上背着一个装糖葫芦的背篼，肩上扛着插满糖葫芦的草把，当草把子上的糖葫芦卖完后，便将背篼里的糖葫芦插上去继续叫卖，既方便又轻松。也有个别糖葫芦匠挑着担子，一头放着升火的炉子、木板，另一头放着竹签、铁锅、勺子等工具，现做现卖。

糖葫芦匠来到一个院子，或于街头巷尾摆好摊儿，炉炭生上火，让糖水在锅内慢慢地熬。糖葫芦匠也不闲着，一边用竹签串着果实，一边不停地吆喝着"买冰糖葫芦哦"，待生意一上门，便询问要哪种糖葫芦，讲好价钱后，便不慌不忙娴熟地蘸裹着糖葫芦。锅内沸腾的糖糊"咕嘟咕嘟"地冒着泡儿，果香味四处散开，刺激着过往行人的味蕾，即使你不想买，也会偏过头去看上几眼。

那些年，川东北本地的糖葫芦匠不是很多，主要来自北方一带。每当夏末秋初之时，他们便带着简单的制作工具，抑或打着空手来到某地，到乡场上购置一套工具和一些原材料，就开始生火架锅，熬蘸起葫芦糖来。辛苦忙碌几个月，待到过年前，糖葫芦匠包里揣着挣来的钞票，带着满心的欢喜，打起铺盖卷儿回去与家人团圆了。

时过境迁，如今的川东北乡村已很难再见肩扛糖葫芦的糖葫芦匠了，但儿时吃冰糖葫芦的情景，以及乡村糖葫芦匠抑扬顿挫的叫卖声，早已镌刻在记忆深处，此时想起仍感觉韵味绵长。

# 乡村抓抓匠

过去,在川东北一带,人们把在中药铺抓药的伙计称为"抓抓匠"。人吃五谷生百病,有了病就要找医生,医生看病开了方子,就要去药铺抓药,于是就有了抓药的抓抓匠。因为他们每天都要提着一把戥秤,从那一两百个药屉中不停地抓药、称药,年复一年,日复一日,便有了"抓抓匠"的称谓。

那些年,每个中药铺都要聘请一名坐堂医生,药铺老板负责坐诊费和吃住,或者医生自己收取诊疗费,目的是增加药房的生意。看病的人多了,就得有专人来抓药。也有的药铺老板本身就是医生,自己看病忙不过来,便长年雇请一名伙计来抓药。所以,绝大多数抓抓匠只会照方抓药,不会看病处方。

在人们眼里,抓抓匠这活很轻松,不摸脉看苔不开药处方,只是照方抓药。但作为一个称职的抓抓匠,不能只是辨方识药,最基本的中药"十八反"和"十九畏"要背熟,如果医生不小心开错了处方,抓药时发现处方上有问题,也好及时提醒纠正。人命关天,可不是儿戏。由此可见,作为一名抓抓匠,必须具备这方面的基本功。

旧时,要成为一名坐堂医生,得先拜师学艺,要花很大的代价才能学得会,没有三五年工夫是出不了师的。为此,有本事的医生一般都很保守,生怕别人偷师学艺。开出的药方都是"鬼画桃符",常人很难辨认,特别是药的剂量，更是难以识别，只有长期与药方打交道的抓抓匠，才晓得方子上是什么药、多少剂量。所以，抓抓匠切不可粗心大意，认错字，抓错药，出了人命，这个责谁也担不起。

一个药铺有上百个药屉，每个药屉又分几格，哪个格子里装了什么药，抓抓匠都了如指掌。虽然抽屉外面都贴有药名标签，但具体哪种药装哪个格子里，就得靠抓抓匠用心去记了。有的抓抓匠抓药时不需要看外面标签，就知道哪种药装在哪个药屉里，拉开药屉，一抓一个准。不过，这也是一个熟能生巧的过程，没有几年的抓药经历是很难达到这种水平的。

药铺老板装药入屉时，会将药性相近的装在紧邻的几个药屉里。如跌打损伤类药、发汗治表类药、开胃健脾类药，以及其他类的药，都要分门别类装几个药屉，并且哪些药装哪些位置，都划定了区域，让抓抓匠一看就明白。

个别抓抓匠从业时间长了，达到了出神入化的境地，抓药时，手法非常准，按照药方上的量，三钱、五钱、八钱，抓到戥秤上一称，不差分毫，无形中加快了抓药速度，不得不让人咂舌信服。

新中国成立前，抓抓匠不只在药铺配方抓药，还得和药铺主人一同上山挖中草药。这也是一项精细活，要能辨叶识药。川芎的叶片是什么形状，白芷的叶长成什么样，还有杜仲树和麻桑树有点相似，辨别的方式是剥开树皮，撕扯时有丝线的是杜仲树，没有的就是麻桑树，所以得仔细辨识。

上山采药也是一项辛苦活，不仅会遇到虎豹豺狼、野猪毒蛇或牛角蜂，而且，大多数昂贵稀奇药材都生长在深山老林的悬崖边上。进山采药，常常是深入密林，攀爬悬崖，稍有不慎就会有生命危险。由此，因采药而跌下山崖造成死亡，或终身残疾的大有人在。俗话说，没得五山斧，就不去砍六山柴，没得爬山攀岩的本领，你就不要上山来。这是对采药职业危险程度最形象的写照。

一般来说，药铺里的抓抓匠大多是药铺老板，或者是他的子女、亲戚，这样才放心得下。因为一旦把药抓错了，那是要出人命的。一旦出了人命官司，辛辛苦苦挣的钱就会赔出去。辛辛苦苦几十年，一朝有可能倾家荡产。正应了那句，修了千年的道，被一个坛香棍给弹了。所以，对于抓抓匠，药铺老板很是看重。

聪明一点的抓抓匠，看的药方多了，不仅识了药性，也懂得了一些医理。加之药铺的活闲下来时，抓抓匠就会与坐堂医生拉呱闲谈，又是散烟又是倒水，套不完的近乎。某天坐堂医生高兴了，会主动传授一些医理脉法和药性汤头，久而久之，抓抓匠也能把脉诊病处方。其实，这也很简单，只要"望闻问切"，弄清了病因，懂得药性，什么病开什么药，就一目了然、心知肚明了。偶尔给别人配一服中药，治一些小毛病应该没有问题。

还有个别抓抓匠，在药铺抓药的时间一长，熟悉了行情和门道，便走出去，自立门户，聘一个医生坐堂，开门设店办起中药铺来。如果坐堂医生医术好，自己经营有道，药价公平，像人们所说的"只要手夹子不深"，自然就有生意上门。也有的抓抓匠直接摆起地摊来，自己上山采药，外加配一点常用的中药，逢场天在场头场尾把摊子一摆，装药的布搭子一挂就开始看病抓药。当然，这些药都比较简单，治不了什么疑难杂症，大多数都是一些舒筋活络、开胃健脾、补血补气之类的。即使吃了治不了病，对身体也不会带来伤害。

新中国成立前，抓抓匠都是药铺雇请的长年"丘二"，吃住都由药铺老板负责，工钱一年一结算，年三十晚一并算清。如果当年药铺生意好，除一年的工钱外，老板还会给抓抓匠一些红利，包个红包什么的，也算是对抓抓匠一年辛苦付出的奖励。

近年来，中医这门传统医学，因历史悠久、功效奇特，与西医相比有它的独到之处，很受国人推崇。由此，乡村中药铺方兴未艾、历久不衰，无疑是群众看病拿药的好去处。随着社会发展，乡村抓抓匠的地位也发生了转变。他们身穿白大褂，有了"药剂师"的称谓，不只是抓配中草药，还附带中成药和西药的配伍，成为药铺里不可或缺的重要人员。

# 乡村磨刀匠

"磨刀子，磨剪子哟！"儿时记忆里，川东北一带的乡村，每隔十天半月，就会听到磨刀匠招揽生意的吆喝声，声音抑扬，在乡间旷野里回荡，似在唱和着一首动听的乡村歌谣。

乡村磨刀匠，一般都是走院串户地展示自己的磨刀手艺，赚取应得的收入。他们围着一件粘满泥浆的布裙，肩扛一个矮脚板凳，凳面上用铁抓子固定几块大小不等的油石，有粗砂的，也有细砂的。手里提一个竹笆篓，篓子里装着起刀子的钢推子和砂轮石，外加两块揩刀用的旧布巾。

老话说，磨刀不误砍柴工。磨刀师傅每到一个院子，只要有人磨刀剪，便放下肩上的板凳，向主家讨要一只脸盆，装上半盆水，然后坐下来，不慌不忙地从裤包里掏出一匹叶子烟，掐成短节，放在嘴里吹气润湿后，慢慢地包裹好，装在烟嘴里点上火，一边抽烟，一边拿起要磨的刀剪仔细掂量起来，看刀刃的厚薄，思考用砂轮石磨，还是用钢推子推一下，心中好有定数。

待抽完烟，磨刀师傅骑坐在磨刀板凳上，把刀固定好，用钢推子在刀刃上用力推几下，钢推前便会卷起细细的铁丝卷。然后将刀翻过来，在另一边刀刃上推起。磨刀匠不时拿起刀眯缝着一只眼查看，自认为可以了，便浇上水，先用粗油石磨，随后在细油石上磨，一边磨一边用手刮试刀的锋刃度，不一会儿，磨刀石下便流下一摊油泥来。

俗话说，刀钝石头磨，人钝莫奈何。经过磨刀匠师傅的精心细磨，一把刀口锋利的刀就算磨好了。然后磨刀匠会让主家拿出东西试切一下，看是否锋利好用，如果不行，还得重新磨几下，直到主家认为可以了才行。

磨刀这门手艺，看起来很轻松，其实是力气活。磨完一把菜刀，磨刀匠师傅的额头便会浸出细细的汗珠子。磨完一把刀，磨刀匠便会眯起眼睛，看刀刃上的那条线，用行内话说，那条线越细越直，刀便磨得越好。磨刀匠还会将菜刀靠近耳朵，用右手的大拇指在刀刃上轻弹几下。此时，在旁边的人都会听到拇指轻弹刀刃的"嗤嗤"声，磨得锋利的刀，声音清脆，没有磨好的刀，声音暗哑。偶尔，磨刀师傅高兴了，还会拿着明晃晃的菜刀，对着自己的脖子一拖，眼睛一闭，舌头一伸，假装抹脖子样，逗得一旁玩耍的小孩子们哄堂大笑。

改革开放前，农村家家户户都有人居住，日常用品消耗很大，特别是常用的刀剪磨损得相当快。所以，只要磨刀匠师傅到了一个大院子，摊子一摆，架势一拉开，生意就来了，几乎每家每户都会拿出几把刀剪来磨，还得按先来后到排好顺序。往往这个时候，磨刀匠师傅的周围就会围着一大圈人，有大人，更多的是小孩。磨刀匠师傅手上忙着，嘴也不闲地吹牛摆龙门阵，说三国、话西游、摆水浒，以及把自己的所见所闻添油加醋地炫染一番，说得头头是道，让人佩服磨刀匠师傅的手艺时，还会从心底里佩服他的见识。

磨刀匠师傅磨剪刀时，相当细心。因为剪刀由两块刀刃组成，要剪断东西，两块刀刃配合得好才行，如果有一边的刀刃没磨好，剪刀就会不好用。所以，每当剪刀磨好后，磨刀匠师傅还会用小锤子将固定两块刀刃的铁拴榫敲击几下，使其松紧适度。然后，让主人家拿出旧棉花或旧布试剪几下，如果用起顺手，剪布块时不扯剪子，就算大功告成了。

那些年，磨一把刀剪几角钱，如果生意好，一天可以挣五六块钱，以当时的物价来看，收入也算很不错的了。有句古言，手艺人出门，不得带锅灶。磨刀匠师傅和其他乡村匠人一样，走到哪吃到哪，谁家饭好了，只要一声请，从不拘礼推辞，遇啥吃啥。但饭也不会白吃，给主家磨把刀磨把剪的就不收费了，算抵作这一餐的饭食钱，名也有了，义也有了，何乐而不为。

有的磨刀匠师傅为了减少行走的苦累，在乡场口摆一个磨刀摊儿，附带出售成品刀、剪。有人上门磨刀剪时，顺带推销刀剪，薄利多销，生意也蛮不错的。总之一句话，事在人为，做任何一门手艺，不但技术要精，而且人缘要好，这样手艺才做得开。

磨刀这门手艺看似简单，却是一门复杂的技术活。磨刀时，要掌握好刀面与磨刀石的角度，手要非常稳，不能让刀刃和磨刀石之间的角度随意变化，力道和角度同样要拿捏得当，只有掌握了足够的技能，才能真正把刀磨好。

磨刀匠一般都是上了年纪的人，因为活轻，不挑不抬，一年下来，除上缴生产队的副业款外，手头还略有节余，比一般家庭的日子要好过一些。大小也是一门手艺，天晴下雨都能出门挣钱，有艺在身不会饿肚皮。

改革开放后，特别是近些年，随着砂轮机、磨刀器的诞生，家家户户都备有一块砂轮石和磨刀石，如果刀钝了，在砂轮石上拖几下，再在磨刀石上小磨一番，刀就磨成了。更让人意想不到的是，网上还有一种磨刀器，十几块钱一个，刀剪随便拖几下就锋利了，既方便又省事。由此，乡村磨刀匠的生意越来越差，一般都改行做其他生意去了。真正从事这门手艺的，大多数已过世或年老歇业了，年轻人不愿学也不愿做这门手艺，眼看这门技艺失传，让人感到惋惜。但昔日乡村磨刀匠游走乡村院落的身影，以及抑扬顿挫的吆喝声，犹如时光播放器，时不时在我眼前闪现，耳边回荡。勾起我对儿时过往的回味。

# 乡村抬匠

抬匠在川东北一带又叫"抬脚",或者叫"抬东西的人",指由二人、四人、六人、八人、十人、十二人,或者更多的人一起抬运货物。一般都是根据货物的轻重决定参与人数的多少,一般都是双数。

川东北地处丘陵地区,爬坡上坎,山路弯弯。加之那些年乡村不通公路,没有机械化运输工具,搬运货物时,如果一个人搬不动货物,就得两人或多人来抬运。所以,乡村抬匠应运而生。他们抬运的货物有石头、树木、家具、粮食、牲畜、水泥电杆或其他东西。

乡村抬匠,除要具备一身力气之外,还要懂得相互间的配合,要不然就是下蛮力,没有人愿意和你同杆。由此,为了在抬运过程中不东拉西扯、配合协调,一副抬杆都得有个打头的,也就是掌梢的人。这跟舵手一样,要稳定前行的方向。抬匠的"报路号子"不可小觑,它是蓄积力气、步调一致、劲往一处使的号令哨。

乡村抬匠和挑挑匠一样,工具最少。两人共用一根两头小、中间粗的木杠子,一根打杵棍,一根粗麻大索,外加一个小抠索。如果是六人以上的抬匠活,还得有一根一米左右的短木杠,又叫"牛子"。牛子的作用是在货物上拴牛子,牛子两头套抠索,把木杠子穿进抠索,方能抬运。因为货物重了,就得增加抬匠,以此来分担抬匠肩上的重量。

除抬运的木杠、牛子、打杵和绳索外,乡村抬匠每人都有一块棉布垫肩布，里面铺垫了棉花，以此减少木杠对肩膀的摩擦，避免红肿或磨破肉皮。另外还有一块擦汗的毛巾，预防汗水过多流进眼睛里，遮挡前行的道路。抬匠穿鞋也很讲究，穿的是岩边生长的一种梭草晒干后人工编织成的草鞋，这种草鞋易吸汗，不打滑，方便行走。随着物质生活条件的改善，抬匠都穿上了布胶鞋，穿草鞋的人就少了。

干乡村抬匠这行，还得懂很多的号子，俗称"报路号"，一副抬杆都有一个打头人，一般打头的人都走前面，以控制行进速度和节奏，还要边走边报前面的路况，提示后面的抬匠们注意。

如果前面路面平展、宽阔，打头的抬匠会报"平原大路"，后面的抬匠会答"甩起几步"。

如果路中间有障碍物影响行走，打头的抬匠就会报"天上鹞子飞"，后面的抬匠会答"地上牛粪一大堆"。

如果路上有泥坑水凼，打头的抬匠会报"天上明晃晃"，后面的抬匠会答"地下水凼凼"。

如果前面的人报"抬头望"，后面的人答"往上升"，意思是要爬坡上坎了。

如果前面的人报"左（右）边有个大石包"，后面的人回答"不会石匠你莫摸"，意思是左边或右边临岩坎，不要撞到岩壁上去了。

过桥时前面的人要报"单桥两空"，后面的人回答"专踩缝中"。

掉转抬行方向时，前面的人要报"前沿的大（小）"，后面的人答"后沿的小（大）"。

转弯抹角时，前面的人要报"幺二拐"，后面的人答"二边甩哟"。

地上有挡脚的东西时，前面的人要报"满路的筋筋拌"，后面的人答"两脚来蹬断"。

如果是下坡路，前面的人要报"仰仰坡"，后面的人答"带到梭"。意思是前后抬匠的步子都要放慢一点，减少所抬物品的前坠力，以防跌倒受伤。

总之，乡村抬匠的报路号子根据地形、地貌、事物的变化而变化，遇见什么报什么，句子不长，念起来又顺口，中间配以"嗨佐、嗨佐"的加油声，目的是整齐划一，排除抬行过程中的干扰，减少体力的无端消耗，与单纯的鼓劲助威号子相比，有异曲同工之处。

前面打头的抬匠喊号子报路，后面的抬匠还要懂得前面报路人所报号子的意思，要不然会七拉八扯，乱了方向和阵脚，费力不中用。如果是爬坡上坎，或抬的货物重，占路宽，还得有人拿着锄头"办路"，铲高垫低，方便行走；跨沟过河时，同样得有人肩掮木板"搭跳"通行。

抬行过程中，为了减少歇气时身体的伸弯，手中的打杵就起着重要作用。一般打杵有锄头把子粗细，顶端用铁打制了一个"丫鹊口"，楔入打杵内，外面用小铁圈箍住，高度略低于肩高。歇气或换肩时，将杠子头放入丫鹊口内，只要双手稳住打杵，人就可以伸直腰杆休息，或把抬杠从右肩换到左肩，减少身体的伸弯，节省力气。

那些年，乡村生活艰苦，交通不便，经济不发达，抬匠们主要从事石头的抬运，用于乡民修房造屋作基石。或偶尔抬一头肥猪到乡食品站交售，或抬树木、广播杆、电线杆之类，也有在乡场上或车站码头当搬运工，专门从事煤炭、砂石等货物上车、下船时的抬运，获取一定的劳务费以贴补家用。

一般来说，乡村抬匠都耿直善良，乐于助人，如果同杠的抬匠力气小一些，另一个抬匠会主动帮他多抬一截杠子，让对方肩上少受些力。其实，在乡村，大多数抬匠活都是"换背搔痒"，相互帮忙，不存在以力气换钱之说。都是乡里乡亲，你帮我，我帮你，相互都有请人帮忙的时候，从不会计较得失。那个时候，大凡生活在乡村的男劳力，挑抬之类的体力活都能干。

乡村抬匠还有一个重要的抬运活，就是谁家老人去世了，去当抬棺匠，又称"八大金刚"，也就是八个人的活。用两根碗口粗、长四米的叫"龙杠"的树，夹住棺材，用粗麻绳做底笼，兜住棺材挽在龙杠上，然后用绳子绞住龙杠两头，将牛子穿入绳子内，再在牛子两头套上抠索，穿上抬杠，前后各两根杠子、各四个人，相互配合，就可以抬棺上山了。

人多的抬匠活，由于前后之间的距离较大，路线行走和相互间配合必须默契，稍有不慎就会走不过去，让你退也不是，进也不是。有时所有的重量都会压在一个人身上，迷信的说法叫"榨人"，说死者对这个抬匠不满，有意使力"收拾"他。其时，这是物理学上的"杠杆原理"，重量会因路况，在某个时候某个节点上发生变化。所以，抬棺上山这种活，必须要有多年抬龄、经验丰富的人才行。而且，抬棺上山还有许多风俗讲究，在抬行过程中，棺木不能与地面磕碰接触，杠子不能对着棺材指指戳戳，否则兆头不好，主家会不高兴的。这些忌讳，都是一代一代的抬匠流传下来的规矩，带着一点封建迷信色彩，大可不必理会。

岁月更迭，物是人非。随着乡村交通事业的发展，农村水泥路进院入户，各种小型运输机械也进入了寻常百姓家，乡村抬匠逐渐退出了历史舞台。但他们昔日高亢的报路号子、急促奔忙的脚步声，以及挥汗如雨的身影，已深深地镌刻在了那代人的脑海深处。

# 乡村铜匠

当"叮当——叮当——叮叮当"的铜片声由远而近传来时,一个挑着货担的精瘦中年人出现在视野里。只见他右手扶着扁担,左手摇着一串铜片,两边竹篓里一头装着风箱,一头装着火炉、钢挫和小钳等制铜工具。他来到跟前,笑呵呵地和人们打着招呼。

这就是行走江湖、靠技艺为生的乡村铜匠。

乡村铜匠,顾名思义,是指用青铜、紫铜、黄铜作为原材料,铸造和修理铜质器具的乡村手艺人。

二十世纪八十年代前,川东北一带使用铜制炊具和铜制日常用品的人很多,主要因为铜制的东西不易生锈。诸如铜水瓢、铜饭瓢、铜铲、铜勺子,以及男人们抽烟的铜烟锅,喝茶的铜茶壶,挂蚊帐的铜罩钩,锣鼓班子的铜锣等。那时人们称铜匠为"打铜的人",所有铜器全靠一锤一锤手工敲打,经久耐用,深受人们欢迎。

乡村铜匠又分生铜匠和熟铜匠两个门类。所谓生铜匠,就是以浇铸铜器为主,比如铜壶、铜炉、铜面盆、铜瓢、铜勺、铜锅和铜铲子。浇铸这些铜器的原料必须是生铜,否则浇出来的器具不成形。当熟铜匠摇着手中的铜片,挑着担子来到一个院子时,只要有人浇铸铜器,熟铜匠便寻一块空地,架起风箱,生起炉中的炭火,把所有的模具拿出来摆好,将铜原料放进炉子熔铜浇铸,你要什么就给你浇铸什么。但必须先讲好价钱,先说后不乱,以免事后扯筋拌皮；也有的人把自己家里的旧铜或废铜拿来加工浇铸，铜匠只收取一定的加工费。

熟铜匠则是以加工小型铜件和维修铜器为主。新中国成立前，乡村铜匠师傅大多是四海为家，漂泊流离，吃不完的苦，受不尽的累，还时常遭受地痞流氓的欺凌，吃不饱，穿不暖，一家老小也跟着受穷受累。新中国成立后，乡村铜匠和其他乡村匠人一样，社会地位发生了根本性转变。一些精明的铜匠在乡场上购房置业，设立了固定的小门面，主要从事小件器物的制作和维修加工，如箱柜上的铜角铜花，抽屉上的铜拉手，或烧接铜瓢、铜勺把子，这些维修活对熟铜匠来说信手拈来。

那些年，乡场上无房无门面的乡村铜匠，大多是逢场天到街上摆一个小摊，销售自己制作的铜制品，承接送到摊位上来的铜器打制生意，回家后加班加点打制，下一场让顾客到摊子上来取。大集体生产那些年，乡村铜匠和其他匠人一样，出门做手艺还得给生产队交副业款，以钱折算工分进入年终决算；土地承包到户后，一到春播秋收季节，得侍弄好家里的庄稼，常言家里有粮，心中不慌，出门做手艺，心里才放心。

农闲时候，他们便挑着自己的吃饭家什，走街串巷，进村入院，去挣几个打杂钱。他们每到一处，都会不停地摇晃手中的铜片，弄出一片声响。如果有要修的物件，主家便会主动与铜匠师傅打招呼，拿出家中要修补的铜器来。一见来了生意，铜匠便放下肩上的担子，打开工具箱柜，接过主家递过来的铜勺、铜瓢放在地上，一边裹着手中的叶子烟，一边计划着如何修补。待一袋叶子烟抽结束，铜匠迅速扯起风箱生炉火，拿出工具细心地修理起铜器来。该烧的烧，该锤的锤，该焊的焊，然后细心地把修好的铜器擦拭打磨一番，修补后的铜器看上去像新的一样。

乡村铜匠一般使的都是手上功夫，不需要花太大力气，但技术含量比较高。他们使用的工具也很精巧，除了敲打、焊接、修补、打磨之类的技术活儿外，靠的是心灵手巧。铜匠师傅个个都爱干净整洁，常常把自己浇铸修补的器物擦拭得干干净净，光鲜亮丽，让人爱不释手。

乡村铜匠师傅一般都是以修理小件铜器为主，干一些修修补补、敲敲打打的活儿，挣的也是一份辛苦钱。一年下来，除上缴生产队的口粮钱外，剩下的只能养家糊口，没有太多结余。一些手艺好的铜匠师傅活路较宽，各种各样的铜器活都能做，相比之下，比一般靠修补铜器的铜匠挣的钱要多一些。还有一些乡村铜匠师傅开炉铸铜，主要用于修补铜器上的裂缝或不规则的漏洞；有些铜制物件长期搁置不用，便会铜锈斑斑，甚至出现腐蚀洞，铜匠师傅就要先行敲打腐蚀斑痕，细心修补。经过铜匠师傅的一番打理，光洁的铜面就会呈现出一层亮光来。

据传，乡村铜匠的祖师爷是太上老君，逢年过节铜匠便会烧香燃烛，杀猪宰羊地祭拜祖师爷。无论这个传说是真是假，这都是一辈一辈传下来的规矩，让其心有所依，心有所托，师出有门，在人前才讲得起狠话。

铜匠师傅外出做手艺都是跑州过县，游走于城镇乡村，吃的都是百家饭，手艺做到哪吃到哪。但他们心地都很善良，有时吃顿饭，替主家修个瓢补个盆什么的就不收费了。你敬我一尺，我敬你一丈，一礼一答，互不相欠，这也是乡村匠人们奉行的准则。

随着社会日新月异的变化，乡村铜匠同其他乡村匠人一样，他们手中传统的技艺已跟不上历史发展的需要而被淘汰，广阔的乡村大地也很难再见他们的身影了。但他们手中那串叮叮当当的铜片敲击声，以及挥锤敲击铜器的洒脱英姿，早已定格在那个年代的人们心中。

# 乡村牮房匠

在川东北一带，牮匠，也叫牮房匠，就是利用传统的牮房工具作牵引，将倾斜的房梁、房柱拉正还原，重新固定，达到稳固而耐用目的的人。牮房是一种古老而传统的技艺。

二十世纪七十年代前的山乡农村，大多数房屋都是穿斗木梁结构，分五柱房、七柱房、九柱房。这些房屋全都是传统的榫卯结构，地基是在平整的泥土上，简单地挖一条浅沟，砌上一些条石。由于没有水泥砂浆浇注，地基很不牢固，年长日久，大多数房屋都会不同程度地发生倾斜。这种屋架的移位很复杂，多为多向倾斜，而牮房匠就是巧妙利用墙柱分离的原理，寻找精确的受力点，在不拆除房屋主体架构的情况下，用绳索及各种特殊工具与传统工艺相结合，进行纠偏拉正后的还原固定。

那些年，牮房的方式有两种，土牮与洋牮。所谓的土牮，就是用木头、石头和麻绳组合成的工具，对房屋进行纠偏。而后期的洋牮是对土牮工具进行改进，选用较为现代的钢丝绳和特制的紧线钳进行施工。不管土牮还是洋牮，都是利用物理学的基本原理来完成。施工前，为确保安全，牮房匠一般都要卸除房顶上的瓦片，以防掉落伤人。同其他匠人手艺一样，牮房这门活全凭牮房匠经验来判断，在梁柱上选好几个受力点，用绳索牵引纠偏，最后用特殊的方法，对已拉正还原的屋架加以固定。

传统的牮房工具简单实用，主要有耙、二脚架、粗麻绳三样，工具的主要作用是顶离和牵引屋架。耙是利用杠杆原理做成的千斤顶，用一棍状木料，顶端绑上两块固定物。过去的穿斗房都是柱子落地，支撑着屋架。牮房匠先将柱子下的石头拿开，把整个耙端塞进去，在另一端用力向下压，借力抬空原有的梁柱。起牵引作用的是二脚架。其实是用两根木头做成的支架，两头支在固定地面的铁棍上，一头连着牵引屋架的麻绳，一头根据需要的牵引力大小增加石块重量。而麻绳则是牵引倾斜屋架的主要工具，牮房的麻绳是用上好的青麻搓成，一般直径都在六厘米左右。

牮房还离不开錾子、斧头、楔子、铁锤等常规铁制工具。那些年，土法牮房技术可归纳为察、卸、牵、固四个过程，并按先后顺序来操作。

牮匠进屋，首先是观察整个木梁结构的倾斜情况。大多数房屋倾斜都是多向的，成一个扭角的状态。产生屋架倾斜的原因有三：一是梁柱腐烂。过去的房屋用料多半是杉木或柏木，时间一长，都会产生不同程度的腐烂，柱子、横梁端点及榫卯部分极易产生腐烂，由于川东北地处丘陵，气候潮湿，柱子霉烂快，加之白蚁侵害等因素，导致屋架变形。二是后期受力改变。木排立建成年限都在几十年或近百年，因地震或暴风等影响，从而导致原有梁架结构受力均匀度改变，时间一长就产生了倾斜。三是地基沉降。过去的房屋，由于受当时条件和建筑材料的限制，没有钢筋混凝土，采用的是简单的夯基砌石处理。由于基础层较浅，时间一长，就会因地面不同程度沉降而引起屋架整体倾斜。察看房屋倾斜原因时，牮房匠会根据现场实际，找出梁架倾斜的方向，以此来确定梁柱替换的部位和方法。

在实施牵引屋架前，牮房要卸除屋架受力部位。一般按纠偏的方向和程度，分为卸顶、卸板、卸榫和卸墙四种不同方法。卸顶是将屋顶瓦片卸除，卸板即将木地板和木隔板卸除，卸榫就是将管脚榫、燕尾榫及各种木梢卸除。一般很少卸墙，除非遇到固定墙体或倾斜严重的墙体才使用此方法。

卸墙这门技艺，是充分利用房屋结构墙柱分离和墙体不受重力的特点，卸除梁架结构的固定部位，为下一步牵引作准备。

对房屋实施牵引，是牮房中最实质的工作，也是最复杂的工序。一般有两条较共同的原则：一是对主要柱架结构进行牵引，即对屋架的垂直受力构件正位。二是在多向倾斜的情况下，先单向牵引，然后再换向牵引。牵引中的一个关键环节是牵引点的选择，必须充分了解并熟悉整个屋架的构造原理，才能根据不同情况选择不同的牵引受力点。

将已经纠偏后的屋架加以固定，是牮房的主要目的，一般采用增加梁柱和榫卯固定的方法。对已腐朽的柱梁进行替换或新增固定点，同时对梁柱用榫卯、铁器固定件重新定位。

那时，乡村穿斗结构房屋居多，间或有少许砖木结构房屋。因年代久远，房屋会发生不同程度的倾斜，或是木制的房梁和柱子受到侵蚀损坏。因开支巨大，一般情况下不会轻易将房屋拆除重建，因此牮房匠的存在显然是十分必要的。

如今，乡村牮房匠这门手艺已基本失传。究其原因，表面上是因为过去传统梁架结构房屋退出了赖以安居的住宅舞台，砖木结构和混砖结构的房屋多了，实际上这是社会进步和发展的必然。但乡村牮房匠们在一个时期内对社会所做的贡献，将永远载入史册。

# 乡村挖煤匠

挖煤匠，川东北一带叫"啄（同音）匠"或"挖拖的"，就是在煤窑里挖煤炭的工人，又叫"挖煤工"。一把尖锥、一把锤子、一把錾子，就是他们的全部家当。

川东北地处华蓥山脉和大巴山脉，境内崇山峻岭，山高林密，矿藏资源十分丰富，特别是地下原煤储量非常大。新中国成立前，开炭厂的人很多，沿山有数不胜数的大小煤窑。随着小煤窑的兴起，从事挖煤行业的人也多了起来。

过去有句俗话："挖煤的是埋了没死的人，推船的是死了没有埋的人。"由此说明挖煤是风险极高的行业。那是因为，过去一些小煤窑主，单纯从利益出发，安全措施达不到要求，死人的事经常发生。所以，大凡家庭条件好一点的，都不得从事这门职业。

挖煤匠分两种，啄匠和抽拖的。啄匠是师傅，抽拖的是徒弟，两个人为一组，一个挖煤，一个往窑子外运煤，工钱四六分或三七分。挖煤的是技术活，分大头，运煤的是力气活，分小头。过去的小煤窑，没有矿灯，靠桐油灯照明，一人一个灯盏挂到身上，称为"桐油灯盏"，更贴切的称呼是"亮油盒"；那时也没有炸药雷管，全凭人工挖掘取煤，进度慢，效益也低；更没有通风设备，所以煤窑经常缺氧"鼓气"，因窒息死人的事时有发生。

开煤厂，煤窑位置的选取最关键。一般都是依山势而定，分立山和困

（睡）山。立山的山势在八十度左右，稍带一点斜度，这种山势的窑洞要高许多，挖煤匠挖煤时动作要放得开一些；困山窑子的山势在六十度左右，斜度大，窑洞低，挖煤时挖煤匠要侧身仰卧才能工作。小煤窑选择在半山腰上，处于煤炭接合部的中间，从外到内距离煤层近，开窑见煤快，少打大路部分。如果在山底开窑，从窑口到煤墩（出煤）处，也叫"堂口"，还得开挖很长一段路（行内称为"打大路"），所以煤窑位置的选择很重要。

挖煤窑，离不开撑子，也叫"撑料"，都是用山上的青冈树等杂木制成，没有这些撑料，就容易掉土塌方。煤炭长在上下石头的夹缝内，煤层厚的有"一花手"（手掌到倒拐肘处的高度），薄的地方只有一拳厚。这种时厚时薄的煤层，挖煤匠们称为"猪大肠煤"。取煤时，挖煤匠会先挖去上下的"煤土矸"，上方称为"天平矸"。取出煤炭后，再用木棒支撑住上下岩石，避免掉渣或大面积塌方伤人。煤炭的墩口最高处距离大路有十几米，一块很大的煤炭从墩口滚落到大路上，也会摔成碎煤。

大路通到哪个位置，才能向上建立墩口挖煤。所以，一旦墩口的煤取完后，就得将大路继续向前掘进延伸。煤厂的挖煤匠都分工明确，挖煤的专门挖煤，打路的只负责打路，并负责运送土渣煤矸出窑。

挖煤匠中最费力气的要数运煤匠了。过去，煤窑没有专门的运输轨道，只有用木棒做的滑路，装煤的篮子称为拖篮，用破开的竹子大篾做成，长方形，拖篮底部安上木棒，便于滑动。运煤时，如遇上坡路，便是拖篮在前人在后，用力往前推，如果是平路，则绳子套在肩上，挖煤匠基本双脚双手都得使力，跟过去的推船匠一样，几乎全身贴在地上，使出浑身的力气把拖篮向前拖拽。

煤炭厂的忌讳很多，无论是谁，进了煤厂都得"忌嘴"，不晓得的话不能乱说。挖煤匠到煤厂称为"下班"，进窑洞挖煤称为"下井"，他们穿的衣裤叫"窑衣窑裤"；不能直呼挖煤匠，要叫"挖窑师"，煤厂管理叫"窑管师"，煮饭的锅儿鼎罐叫"窑锅窑罐"；窑子里的老鼠也不能叫老鼠，要叫"窑猪儿"；煤厂放假叫放厂，放厂时，老板都会请挖煤匠们吃一餐好的，行内话叫"圆牙"。总之，凡是垮、倒、漏、死等不吉利的话都不能说，否则犯了忌，挖煤匠就不能进窑子挖煤，耽误了的工钱由说错话的人负责。

那些年，小型煤炭厂都无通风设备，每年四五月份的时候，煤厂都得停工放厂休息。因为每逢这个季节，窑子内缺氧非常严重，一般都是以山上的杜鹃花开的季节为准，谁也不会硬拼蛮干，否则一旦出现伤亡事故，不但停工停产扯"死人筋"，还要花很大一笔钱才能把事情处理好。

如果煤厂发生了安全事故，死了人，为消除晦气，避免"寻地胎"再死人，还得请巫师、阴阳师开路"撵煞"。大红鸡公、刀头肉、豆腐，还有草纸火炮准备一大堆，既花钱，又费事。明知是牛鬼蛇神、子虚乌有的骗人法事，花钱也要做，图的就是个心安。那些年，煤厂死人的事经常发生，应归咎于安全意识淡薄，安全设备和设施不到位，与忌讳和煞气毫不相干。

实话说，挖煤这个职业，不但死亡风险高，而且时间长了，都会患上职业病。因长期与煤渣接触，最容易得硅肺病；时常弓腰驼背，患腰椎间盘的人也多；长年待在潮湿的窑洞里，患风湿关节炎的可能性也大。所以，过去乡村小煤窑的挖煤匠真的很辛苦。

二十世纪七八十年代，煤厂的生产条件发生了很大变化。挖煤匠照明用上了干电池或充电瓶，打路取煤用上了炸药、雷管。窑子大路上都安装了钢轨，拖篮下有了木拖架，安上了滑动的轮子，由原来人在拖篮前往前拉，变成了人在拖篮后面往前推，减轻了挖煤匠的劳动量。部分煤厂窑子内还安装了电灯照明设备和通风设备，再不会因季节性缺氧而放厂停工了。

但安全事故仍时有发生，加之漫山遍野乱挖滥采，严重破坏了生态植被和地下矿藏资源。十几年前，国务院一声令下，除年产量上了一定规模的大型煤矿外，其余小煤窑全部关闭取缔。于是，遍山都是煤窑的时代结束了。

曾经的炭厂老板也改行另寻挣钱门路去了，风靡一时的乡村挖煤匠也因此失了业。时至今日，有关小煤窑和乡村挖煤匠的故事，仍深藏在人们记忆深处。

# 乡村糖人匠

糖人，就是将红薯和玉米熬制成的糖稀，经过传统手工技术制作成各种形状的图案，不仅好看，而且香甜可口。人们通常将从事这门技艺的人称为"糖人匠"，就是制作糖人的乡村匠人。乡村糖人匠在民间七十二行技艺中占有一席之位。

记忆里，川东北一带的糖人匠出门做手艺，都会挑着一个挑子，一头装着一只小木柜，柜子上有一个小抽屉，抽屉里是一块用大理石做的小面板。木柜的上方凿有一个小洞，洞里插着用稻草绑扎成的草把子。糖人匠会把提前制作好的糖人插在草把子上，用以招揽生意。挑子的另一头则放着专门用来熬糖稀的小炉和小锅。木柜上还有一个小抽屉，里面放着制作糖人所需要的原料和工具，诸如生火的木炭、剪刀、小铁夹、小刻刀和糖稀等。

相传，糖人匠的祖师爷是明朝开国臣相刘伯温。明太祖朱元璋坐定江山后，内心惧怕一起打江山的谋臣武将心怀二心。为了朱家天下能够千秋万代，朱元璋听信奸佞谗言，大兴土木建造了一个"功臣阁"，并传旨朝野上下所有开国功臣前来祭拜上天，意欲放火焚烧功臣阁，将参加祭拜的人全部烧死。而"前知五百年，后知五百年"的刘伯温晓知内中端倪之后，机智地逃出了功臣阁，后被一个卖糖的小贩救了下来。

逃出来的刘伯温时常被朱元璋派出的爪牙追杀，惶惶不可终日。为了掩人耳目，他便跟随卖糖人做起买卖来。凭着聪明才智，他在卖糖过程中，把糖加热变软后制作成动物、人物、花草、文字等，创新了糖人制作技艺，糖人十分可爱，很受小孩子欢迎，并一直流传至今。

要制作糖人，就得有糖稀。在物资较为贫乏的二十世纪七十年代前，川东北一带制作糖人使用的主要原料是红薯和玉米，因为这些原料比甘蔗糖的成本要低得多。为此，一到红薯和玉米收获季节，乡村糖人匠便会提前用这些原料把糖稀熬制出来。一般来说，两斤红薯才能熬制出一斤糖液，糖液还需要继续用小火熬成半干的糖稀才可以使用，熬制好的糖稀重量为七两到八两。当然，制作出来的糖人好不好，关键在于糖稀的熬制上，这得看糖人匠手艺了。

乡村糖人匠除在糖稀熬制上下功夫外，还需要精选白糖、食用色素等原料来调配糖稀，以及铲子、剪刀、刻刀、镊子等工具的帮助。接下来便是制作糖人了，通常糖人制作工艺分为塑糖人、画糖人和吹糖人三种。

塑糖人是糖人制作中最简单的一种，它是将加热后的糖稀放在特定模具中进行塑造，这对糖人匠技术的要求相对较低。因此，一些刚入行的糖人匠一般都是从简单的塑糖人做起。

相比而言，画糖人比塑糖人要复杂一些。画糖人是以糖稀为笔，在大理石面板上画出不同的图案来。画糖人使用的糖稀通常有红、白两种，制作时糖人匠要先把糖稀在炉子上加热，待糖稀熬到可以拉出丝来的时候就可以用来画糖了。这时，糖人匠会迅速用勺子舀起锅中的糖液，拉出小柜子里的大理石板，拿勺的右手上下翻飞，不停地在大理石上转动，用糖液在石板上浇出特定的造型来。这就要求糖人匠必须对自己要绘制的图案了熟于胸，达到提手即成的境界。

由于整个绘制过程必须在糖稀凝固前完成，因此糖人匠操作时必须眼疾手快、一气呵成。画好之后，糖人匠要在糖稀冷却凝固后，用小铲子轻轻地铲起来，然后插上一根小竹签，一个糖人就制作完成了。糖人匠画糖人时最常用的图案有动物、花果、树木、山石、文字和人物等，不论什么造型，都要求糖人匠寥寥数笔勾勒出其最主要的特征。有经验的糖人匠画出的糖人总是造型饱满、线条匀称、栩栩如生，堪称一件精美的艺术品。

吹糖人是糖人制作的最高境界，没有十年八年的从业经历，根本达不到这种水平。吹糖人时，糖人匠首先将糖稀在小锅中加热，接着用小铲子铲一些糖稀，趁热放在手上揉搓。为了避免糖稀黏在手上，糖人匠还需要提前在手上抹上一些滑石粉。待糖稀揉搓到一定程度时，糖人匠会将其揉成袋子状，用嘴对着"袋"口一吹，糖稀就会像气球一样慢慢地鼓胀起来。这时，糖人匠就要在糖稀上做出各种造型，如小鸡、金鱼、老鼠、小牛、小猴子等，其中孩子们最喜爱的就是小猴子了。为了增加糖人的诱惑力，糖人匠做好小猴子之后，还会在猴子背上轻轻地打出一个小洞来，并向小洞中倒进去一些糖稀，要吃的时候只需在猴子身上扎一个眼，糖稀就会从小洞里流出来，十分有趣好玩。如果制作马形糖人，糖人匠向糖稀内吹气的同时，双手左捏右掐，前后拉伸，将糖稀变成马的基本形状，最后再在马的身体上拉出四条腿和一条马尾来。

吹糖这门技艺看上去简单，实际上却需要长时间的苦练。制作过程中，关键在于如何把握吹和捏的力度。糖人匠要根据所做的糖人形状将糖稀吹成适当大小的球，再通过捏、压、拉等，才能够制作出各种各样的形态来。由于糖稀变硬后无法造型，因此糖人匠吹糖的过程不能太长，整个吹、拉、捏都必须在极短的时间内完成。这些都需要糖人匠有丰富的经验和精妙的技巧才行。

如今，儿时的经历已成为过往。曾给一代又一代人留下美好回忆的乡村糖人匠，如同其他乡村匠人一样，已被时代发展的潮流涌上岸坡。随之而来的是年老的糖人匠不能做了，年轻一代又不愿学。不久的将来，这门手艺在乡村就会消失。偶尔在大城市的古巷老宅或景区看见糖人匠的身影，间或勾起儿时的往事来。

# 乡村箍桶匠

"箍桶——箍盆——箍扁桶哦！"过去，当春末夏至，在川东北一带乡村隔三岔五便会听见箍桶匠招揽生意的吆喝声，声音洪亮悠长，飘荡在山坳沟谷间，给空旷寂寞的乡村平添几分盎然生机。

箍桶，就是将圆木锯成板加工成圆形的桶状器物，外面用竹篾或铁做成圆形的"箍"，套在圆桶上，再用木槌敲击铁箍，使其越箍越紧，使桶板之间的缝隙紧固而盛水不漏。这是一种在民间流传很久的技艺，人们把从事这门职业的人称为"箍桶匠"。

二十世纪七十年代前，川东北一带人们日常生活中所需的家用品除坛坛罐罐外，基本上都是木制品，如蒸饭的饭甑、盛米的木桶、挑水的水桶、装粪的粪桶、洗脸的脸盆、洗脚的脚盆等。所以，这些日常生活用品是每个家庭不可或缺的必需品。为此，那些年，乡村箍桶匠的生意十分红火，一到春末夏至，都是走乡串户，忙了东家忙西家。

其实，乡村箍桶匠和乡村木匠同出一个师门，属木匠行业的一个分支，他们的祖师爷都是鲁班。人们通常把木匠分作"大木"和"小木"，"大木"是修房造屋的木匠，"小木"则是做家用器具的木匠。"小木"又有方木、水木、圆木之分。方木是指做凳子、椅子、桌子等方形家具的，也就是我们平时所称的旱木匠；水木是制作车水工具、修理木船的木匠；圆木是专做木桶、脚盆、扁桶之类的圆形木制品的木匠，就是我们所说的箍桶匠。

箍桶不是一般的木工能做的，难度在于要用圆周率及弧度来计算，同时还需精密的操作，才能做得圆、箍得牢、不漏水。否则，箍出来的桶不但方不方、圆不圆的，而且盛水还会漏。尤其是中间呈圆鼓形的桶，更需精心计算、精确用料。

箍桶匠的行头把子很简单，一个担子就能装下他们的所有工具，一头是木制工具箱，另一头是竹筐。工具箱里有锯子、刨刀、斧头、凿子、圆规、墨斗等，竹筐里则放着箍桶的铁丝及竹篾等材料。他们跋山涉水，走街串户，日晒雨淋，四乡八里招揽着生意，以此维持一家人的生计，但一年四季忙到头，除去家中开支也所剩无几。

箍桶的关键是木板的拼接，每块木板的边与面形成一定的角度，这个角度又随着桶的大小而变化。虽然箍桶匠搞不懂几何、圆周率和弧度的计算公式，只能凭借师传的技巧，根据木刨、桶板及角尺三者形成的三角关系来精确控制角度，做出来的桶，一般都会分厘不差，看上去还有板有眼，让外行感到神秘莫测，道行高深。

制作木桶时，每个木桶有两块桶耳板，高于桶板一半多，上面向内呈弯形，掼上一根横梁，便于拴绳受力。一块桶板的两边侧面必须刨出相同的弧度，十多块桶板才能拼成一个圆形的桶来。这种手工制作技艺，全凭箍桶匠的直觉和经验来完成。当桶板推刨完工后，箍桶匠会将一个桶的桶板平铺好，用墨签按顺序标出1、2、3……再上下弹出两条墨线，然后用舞钻按照墨线位置，在每一块桶板的两侧打上两个销眼。相邻两块桶板的销眼必须精确对齐，不然就拼不成圆桶了。

钻完销眼后，按照销眼的大小划竹销。竹销是连接木桶板的拴丁，起固定桶板的作用。必须是三年以上的老竹篾才行，如果竹销嫩了容易折断，木桶就会散箍垮架。将竹销打入桶板的销眼内，一块桶板只能打一边，留二至三厘米长，然后通过竹销将一块块桶板连接在一起，一个木桶就成形了。

拼接完工后，用木刨对木桶的凹凸不平处进行清理打磨，接下来便是做桶底。桶底必须用三块以上的木板拼接而成，然后根据木桶的大小尺寸划出圆圈，用小木锯锯掉多余部分。一般来说，有经验的箍桶匠不会用整块木板做桶底，如果木桶一湿一干，整块桶底就会变形开裂导致漏水。

木桶是否经久耐用，取决于上箍。新中国成立前，由于生产力和生产资料的落后，一般贫苦人家箍桶都是用竹箍，就是把陈年老竹划成条，去除多余的竹肉，按照木桶的大小穿成箍。将木桶倒过来，放在两个板凳之间，把篾箍箍在木桶外，用一块木方条放在箍篾上，用铁锤敲击木板，将篾箍使劲向下拽紧，因为木桶都是下小上大，直至箍篾死死箍在木桶上。随着物质生活水平的提高，人们箍桶改用铁丝，较之竹箍用的时间更长一些。也有人到铁匠铺打制生铁箍来箍桶，就更经久耐用了。往往木桶板子腐烂了，而铁箍还是好的。

上桐油是确保木桶耐用的重要环节。木桶上油要三次以上，上了桐油的木桶要放在太阳底下晒干，直至桐油浸满桶体，看上去油光金黄后，放入水中浸泡两天，让其箍胀缝紧，就可以拿来装水了。

箍制脸盆、脚盆、扁桶，其工序和箍制木桶差不多，但箍制这些木制用具，都是选用柏木，主要是柏木材质沙细硬度大，不易浸水，耐用，所以，在"以粮为纲"的年代，山上山下的树木都很少，更莫说树中精品柏树了。那是因为柏树不仅是做桶、盆之类的原材料，还是做犁耙等耕作农具的首选之物，所以尤为珍贵。

如今，伴随着科技日新月异的发展，各种铝塑制品进入城乡市场，铝塑制品的优点在于轻便、价格低廉，与笨重的木制品相比，深受人们欢迎。于是，从二十世纪九十年代中期起，乡村箍桶匠在城市乡村逐渐销声匿迹，已很难见到他们挥锤推刨敲击铁箍的身影了。

# 乡村代笔匠

"正襟危坐大街边，笔墨纸砚摆桌前。代写书信与状纸，人情世故诉笔端。"这是新中国成立前川东北一带乡村代写笔匠的真实写照。

代笔匠，就是帮人们代写书信、对联、买卖契约、婚约、分家约据、诉状以及其他文书的人，也叫"代写匠"或"代书先生"，是过去乡村不可或缺的匠人之一。

旧时人们生活困苦，农村物质生活条件差，人们面朝黄土背朝天也难以解决温饱。加之乡村学校大多是私塾，上一年学要一担黄谷，只有家庭条件好的才能送子女去上学。由此，贫苦农民的孩子进不了学堂，大多成了文盲。如果是需要纸笔留痕或书信往来的事，只有找代笔匠代笔书写了。曾经一段时期，乡村代笔匠的生意一直很好。

乡村代笔匠一般都是中年人，或是上了年纪的老先生。他们大多在乡场上的官驿公署或邮局旁摆摊设点，一张小方桌，上面摆着笔墨纸砚，把长条形的墨块放在盛水的砚台内不快不慢地研磨，还时不时地捋着胡须，半眯着双眼，若有所思的样子，耐心地坐等生意上门。

一旦有人来到摊前，代笔匠会谦和地招呼对方坐下，寒暄几句后，便慢条斯理地询问来由，所为何事，代写什么。如果是代写书信，则让委托人口述内容，代笔匠落于纸上。口述时，委托人既可以逐句逐段地口述，代笔匠一笔不漏地书写；也可以是委托人把想要表达的话唠唠叨叨地一并说出，代笔匠整理后书写。前者需要口述者具备一定的语言表达能力，代笔匠只需将所述事宜一一写就即可；后者则需要代笔先生进行理解归纳，当中还会反复询问、确认与商量，最后才在纸上一挥而就。

代笔匠时常采用的都是前一种方式，就是当事人说一句，代笔匠写一句，偶尔代笔匠也会停下来建议，如此这般来写更恰当，这样一来一往，反复斟酌，一封书信也要颇费一番周折。书信写好后，代笔匠会将内容从头到尾一字不漏地给当事人念一遍，如果用词不当或语句不通顺，还得做一些修改。倘若修改的地方较多，代笔匠会将书信重新抄写一遍，直到当事人满意为止。过去写书信是用宣纸和毛笔，一封书信写出来，一撇一捺，有板有眼，漂亮得体，令人羡慕不已。

书信的收费标准，一般由书信长短决定，相互间可以讨价还价商量着办，多点少点都不会过分争执。由此，代笔匠要足够耐心、周到服务，这样才能有回头客，生意才能持续下去。

代写书信必须建立在相互信任的基础上。因为信中会涉及个人隐私，如果代笔匠品行不端，将所写内容传扬出去，便会引起争端，甚至酿成一场纠纷，对委托人造成不必要的伤害；如果口述者疑心过重，含糊其辞，该说的事不说，代笔匠写出来的都是一些"草草揍笆篓"的杂事，会让读信人"丈二和尚摸不着头脑"，弄不清对方究竟要表达什么。当然，在更多人眼中，书信往来之事，皆为家庭琐碎小事，没有什么隐私可言。但无论如何，仅代笔写信一事，便能体现出当时人与人之间的诚信。虽然日子清苦，但人们彼此信任，和谐相处，不得不说这是一件难能可贵的事。

除了代写书信，乡村代笔匠还要帮别人代写借钱借物的借据，男女嫁娶的订婚书，代写分家立业、房屋买卖的契约，以及邻里纠纷诉讼文书等。代写过程中，代笔匠会把心放平，从来不会偏袒任何一方，有时还会站出来说句公道话，甚至化解了不少矛盾纠纷。所以，一个能干的乡村代笔匠，不仅书信写得好，还得熟谙世故人情，要有一定的威信，方能立足于社会。

新中国成立后，乡村代笔匠的生意仍是长久不衰，他们和乡村刻章匠一样，逢场天便在邮局侧边的屋檐下，支一把布伞，摆上一个小方桌、一支自来水钢笔、一本信笺纸、一摞信封，有生意来便做生意，没生意时便和赶场的乡邻吹牛摆龙门阵，慢慢地便熟识起来，无形间增进了感情，便自有生意找上门来。不过，大集体生产那些年，出门摆摊做手艺叫"副业"，要经生产队队长同意，并按规定上缴副业款评工分。否则，年终分不到口粮，叫你"吊起锅儿当钟敲"，一家老小只有饿肚儿了。

农村土地承包到户后，乡村代笔匠和其他乡村匠人一样，农忙时种好自己的一亩三分地，闲时便背起吃饭的家什，去邻近的几个乡场赶"流流场"，凭一手漂亮的钢笔字和流畅的叙述语言，一次又一次地替人代笔书写"见信如面"，以此方便人们鸿雁传书；也常常为到邮局兑取汇款的人填写证件号码。他们获得应有报酬的同时，也收获着人生的喜怒哀乐。

随着社会的飞速发展，农村教育得到普及，人们的物质文化生活水平普遍提高，乡村识文断字的人多了起来，代笔书信的人越来越少了。紧接着，农村通了电，用上了程控电话，千里话音一线牵，与远方的亲人朋友，一个在这头，一个在那头，有什么话，要办什么事，当面交代吩咐，既方便快捷，又有亲切感；再后来，手机在农村也得到普及，从直板机到智能机，一天一个新变化，快得让人跟不上趟。

以信传言的时代被现代科技文明所荡涤，乡村代笔匠也退出了历史舞台。

# 乡村碾米匠

碾槽、碾磙、碾架，还有碾槽里金灿灿的稻谷，在碾米匠的吆喝声中，一头大黄牛呼哧呼哧地喘着粗气，不停地拉着碾磙逆时针转动，这些构织出一幅乡村碾米图。

二十世纪七十年代前，川东北一带，乡村物质文化生活十分落后，机械化水平低，人们日常吃的大米全都是石碾碾出来的。那时，每个生产队都有一个碾房。碾房一般都建在坚硬平坦的大石盘上，上面搭一个草棚。由固定的人负责碾房的碾米工作，专门为每家每户碾米磨谷，人们亲切地称之为"碾米匠"。

碾房主要由碾槽、碾磙和碾架三部分组成。碾槽有两种，一种是在一块宽阔的石板上，在高于地面约二十厘米处凿出一个三米多见方的圆形碾槽来，顺着碾芯錾出一条条齿路。碾芯轴用青冈木或生铁棒做成，陷于碾芯处，便于固定碾磙。还有一种是用若干条弧形的石头做成石槽连接成一个大圆圈，碾磙是用坚硬的青石打磨成圆形车轮状，长约八十厘米，高约七十厘米，由碾架将碾磙的两头固定在碾槽里。碾架则由一根粗壮的直木从碾磙的中心穿出，控制碾磙始终绕着碾槽转动。

一个碾磙有几百上千斤重，一端固定在轴芯的木桩上，另一端则连接枷担上的"牛打脚"，牛拖着枷担，牵引着咿咿呀呀的碾架，绕着碾槽转，从而带动碾磙碾米。碾米时，为了确保稻谷碾出来无碎米，要先在碾槽内铺上一层谷糠，然后把稻谷放入摞子内碾破谷壳。摞子形同磨面的石磨，圆形，分上下两层，每层直径四十厘米，厚度三十厘米左右，由多个圆木拼接而成。摞子上下层都刻有齿路，有摞眼、摞膛，谷子通过摞眼到摞膛，经碾压后顺齿路溢到摞槽内。其作用是使稻谷破壳而不脱壳，然后放入碾槽用碾滚碾压，这样碾出来的米，破碎小，出米率高。

把摞出来的黄谷倒入碾槽内的谷糠上，铺平，碾米匠便会给牛套上枷担，将牛眼用布罩蒙上，以防牛在转圈过程中产生晕眩而"罢工"。随后，碾米匠便坐在碾架上挥鞭赶牛，牛走磙动。石磙在碾槽里不断地对稻谷进行反复碾磨，直到谷壳与大米分离，放入风车内车净扬干，再用簸箕和米筛把未碾干净的谷子筛出来，去除米中的石子和杂物，便可下锅食用了。中途，碾米匠会停下碾磙，用一个带齿的木耙，将碾槽内的稻谷反复翻动几遍，使其受力均匀，再挥鞭赶牛让碾磙转动起来。通过摞子磨破谷壳，既可缩短碾米时间，又可减少碎米，而且出米率在百分之七十以上。

一个正规的碾槽，一次可碾谷子一百三十斤左右，需要两三个小时。大集体生产那些年，粮食都由生产队统一分配，分粮时间由生产队队长决定。逢稻谷收获之后，便会按人头每人分上几十斤来"尝新"，其余稻谷会储藏在生产队的保管室内，待年终决算时，以平均工分为标准分配粮食，如果达不到平均工分数，还得用钱进行找补，人们称为"补钱"。那些年，生产队的补钱户，一般都是在外做手艺的匠人和在外上班工作的家庭，因家中的男劳力常年在外，少一个人出工挣工分，补钱称粮是常有的事。

乡村碾房拉碾磙的牛，都是黄牯牛（公牛），那是因为黄牛体质好，耐热程度比水牛强，且公牛力气比母牛大。但大集体生产年代，耕牛属集体财产，农户只能代养评工分，农忙季节耕田犁地由生产队统一调配。碾房里用牛还得给生产队交钱，一头牛相当于一个全劳力的工分值，这跟在外做手艺的人一样，也要给队上交"副业款"。

每到生产队分粮季，碾房的生意就特别好，一般都要占轮排队，不少人为了抢碾子碾米，常常三更半夜去等候。没办法，家里没有存粮，灶屋里的锅儿吊起等米下锅，要不然一家老小只有饿肚皮的份了。有时为争轮排位还会发生口角，甚至大打出手。这时，碾米匠会站出来说几句公道话，劝阻双方停止争吵，并毫不客气地批评争轮抢位的人，以免耽误碾房生产。

碾米房碾出来的米都是糙米，呈黄色，没有机器打出来的米白净。那是因为碾磙在碾压过程中，去壳没去皮，表皮的一层黄皮没除去，不但米质不白，在锅里煮的时间也要长一些，吃起来硬度大，不柔软，连蒸干饭沥出来的米汤也是白中带黄。

大集体生产时，乡村碾米匠靠收取碾米加工费为生。一百斤谷子只有几角钱，一天收入在两块钱左右，除去上缴生产队的副业款，剩下的也不多了。实话说，碾米也是个体力活，虽然不挑不抬，但工作时间长，常常是起早贪黑地在碾房里劳作，根本没有休息时间，有时连三顿饭也没吃捎展，确实很辛苦。俗话说，变了泥鳅就不怕糊眼睛。为了一家老小过上好日子，自己苦点累点也值得。

随着社会飞速发展，当时的人民公社成立了农机站，安装上了柴油机用来打米磨面，一个公社只有一个打米房，打米磨面的人自然很多，有时打一挑谷子要排一天的队。但人们乐意吃机器打出来的米，耽误一些时间也无所谓。再后来，农村部分地区通了电，每个生产大队也有了米面加工房，人们打米磨面就更加方便了。

逐渐地，乡村碾米房和碾米匠失去了应有的价值，退出了历史舞台。当某一天偶然在乡间的田边地角看见长满苔藓的碾槽时，便会想起阳光下的碾房、光着上身的碾米匠，以及金灿灿的稻谷和拉着碾磙的老黄牛来。

# 乡村草鞋匠

用稻草和梭草作为原材料，通过手工编织成的鞋叫"草鞋"，而编织草鞋的人，就被称为"草鞋匠"。

在川东北一带，草鞋的编织有着悠久的历史，历朝历代的乡村草鞋匠们，充分利用自然资源和勤劳的双手，在给别人提供方便的同时，也编织着一家人的衣食口粮，编织着自己的惬意人生。

时光追溯到改革开放前，那时的山乡农村物质生活十分匮乏，人们一年四季脸朝黄土背朝天，依旧无法解决吃饭穿衣的问题。在计划经济年代，任何商品都是计划供给，米、面、油、布、鞋、糖、肉等等，全都得凭票买卖。除人民币流通外，一种又一种新式票证应运而生，如粮票、油票、肉票、布票等，成了特定时期人们日常生活的必需品。购买这些食品物品时，有钱无票或有票无钱，缺一样都买不到手。

就拿人们脚上穿的鞋来说吧，当时只有供销社才有资格销售，虽然一双布胶鞋只要几角块把钱，但平常人们很少穿鞋，只有逢年过节才能穿上一双新布鞋，且是用不能穿的旧衣服做的，一般春、夏、秋三季打赤脚板的时间居多。冬季都是穿布鞋，一家人只有一双公用布胶鞋，主要是下雨天，谁出门办事谁穿。于是，草鞋成了必备之物，乡村草鞋匠的生意一度十分红火。

编织草鞋，川东北一带称为"打草鞋"。这门手艺看似简单，实际相当繁杂。首先得有一架草鞋机和一个扭草绳的竹架。所谓的草鞋机，其实就是用两块木方条做成的一个"T"字形架子，形状像《西游记》中猪八戒的钉耙。草鞋机上有几根固定的小木桩，便于打草鞋时拴鞋筋。草鞋所用的鞋筋是用青麻搓搅成的麻绳。除草鞋机和竹架外，还得有一把用粗铁丝做成的草梳子、两把小捶子和一把小剪刀，这些就是草鞋匠谋生的全套工具了。

草鞋的主要原料是稻草，因为农村种稻谷的多，秋收过后遍地都是稻草，有用之不竭的资源。其次是梭草，主要生长在大山上或山下的悬崖边，这种草茎长、柔性好，一般都在三十厘米以上，只是资源奇缺。用梭草打出来的草鞋较之稻草打的草鞋，不仅外观上要好看一些，而且更加耐磨，一双当两双穿，穿在脚上也舒服。所以，价钱自然要贵许多。

要想打出来的草鞋质量好，选料很关键。稻谷收割后，要选草茎长、在田里没倒伏过的谷草，抓住晴好天气及时翻晒，待谷草晒干后打成捆背运回家收拣好备用。切忌雨淋，雨淋后的稻草会生霉反脆，容易折断。更不能让老鼠咬，一旦被老鼠咬断成节就不能用了。

一般来说，草鞋匠都要亲自到山上去采割梭草。品质好的梭草，大多生长在深山老林、土地贫瘠的石骨子梁上或悬崖边，它的成熟季节在秋冬交际。这时的梭草呈粉绿色，草茎长、柔性好。每逢上山采割梭草，草鞋匠会随身带上一把割草的镰刀、一根起保险作用的绳子、一根驱蛇的竹棍、一个背草的背架，以及煮熟的饭菜干粮。上山割草被蛇咬，摔下悬崖，或被树枝野刺划破手和脸是常有的事，往往去山上割一背梭草，来回要走几十公里山路，一去就是一整天。梭草背回家后，要及时放在地坝里晾晒干，然后打成捆用绳子吊在屋檐下，以防鼠害。

打鞋前，还有一样材料必不可少，那就是做鞋脊的绳子。这种绳子是用麻绳、就是青麻搓搅而成的，比纳布鞋底的麻绳要粗一些。搓绳时，绳子要搅紧，两边的麻丝要一样多，搓出来的麻绳粗细均匀，打出来的草鞋才结实。有经验的草鞋匠搓麻绳时，一般都会选择第二季青麻作原料，因为二麻收获时间在端午节前后，品质要比一季和三季好一些。

接下来就是打草鞋。打草鞋有三个步骤：一是捶稻草，二是搓草绳，三是上架打鞋。打鞋前稻草必须先棰打熟，棰打得绵软有韧性了，才叫熟了。打之前，将稻草捆成长枕头般粗细的一小捆，放在水里浸透。再选一块与切菜面板差不多大的平整石块，将浸透水的稻草放在上面，用碗口粗的木棰来棰打，棰打时要讲究力度均匀，用力的轻重也要拿捏到位。不然，生的地方生，熟的地方熟，草不打透，不但草绳难搓，草鞋难打，就算打出来了也不柔软结实。搓草绳全凭手上的技巧，两边的稻草多少要一样，粗细松紧也要一致。上架时，将四根草绳和四根麻绳分别挂在草鞋机的木栓上，然后用稻草一根接一根地来回交叉编织，从鞋尖到鞋跟，编织过程中还会选择适当的位置安设"鞋耳"。鞋耳通常是鞋尖一个，鞋前帮两边各一个，鞋后跟一个，鞋后帮两边各一个。待一双草鞋编织结束，还得用小木槌棰击鞋底、鞋帮、鞋耳，使其踏实连缝。打出来的草鞋呈船儿形，在鞋耳上穿上布带就可上脚了。

实话说，作为草鞋匠，一要靠眼力，二要能吃苦。打草鞋的工序很多，主要有扭草鞋绳、备草、打草鞋、做鞋底等。其中做鞋底最难，它需要有木工的技艺，所以技术要求最高。编织草鞋只要不编散了就行，关键要靠体力支撑，一个熟练的草鞋匠，一天能编织十多双草鞋，一坐就是一整天，常常是腰酸背痛脚抽筋，着实很辛苦。

如今，乡村草鞋匠同其他乡村匠人一样，已在日新月异的社会生活中消失，在乡村也很难见到他们的身影了。偶尔在一些景点景区看到售卖的草鞋，一股浓浓的乡村气息扑面而来，陡然间就会想起他们曾经辉煌的过往，幸福满满的感觉充斥着全身。

# 乡村刻章匠

印章是人们日常生活中不可或缺的信物。将自己的姓名雕刻成印,代替签字画押,是一个时期的产物。而雕刻印章的人,也属于乡村匠人之一,川东北一带称为"刻章匠"。

过去,乡下识文断字的人不多,除个别家景较殷实的人读了几天私塾,背得来几句《三字经》《百家姓》《千字文》外,绝大多数人不识字,甚至连自己的姓氏名字也认不到、写不来。于是乎,印章便成了人们日常交往中买卖房屋、借钱借物、市场交易中"空口无凭,立字为据"后盖章画印的信物。纸上留印,买卖双方才心安。

在生活物资十分匮乏的年代,私人印章也是一个人身份的象征。那时,家中成年人都备有一个刻着自己姓名的私人印章,在城镇领取各种票据、工资时用私章代替签名;农村年终决算分口粮以及队里处理重大事项,不管你识不识字,都是用印章来体现;到邮局取钱取挂号信,到信用社办贷款,除了签字画押,还得盖上印章才了事,其作用不亚于现在的户口本和身份证。

印章有官印和私印之分,即人们所称的公章和私章。公章,一般是政府机构和企业厂矿的信物,也是一级政府和企业单位的权力体现;私章,是个人的信物,盖章为据,见印如见人,所以,私人印章是一个成年人必不可少之物,由此,也成就了刻章行业的兴旺。

刻章这门手艺,不仅要识文断字,而且还要有一定的写字功底。写得字好，一笔一画有板有眼，雕刻出来的印章才有骨气，看起来才顺眼。一般来说，初学刻章这门手艺时，师傅都会拿出一本书，让你按书上的字体认真去练习，楷体、宋体、篆书、行书，一笔一画都得见功底。否则，师傅不会让你操刀刻字，怕有个闪失，浪费了材料不说，还会影响刻字行的声誉。写好一手正字本来就不容易，要把字"反"过来写就更难了。由于印章上刻的字和盖到纸上的字是反的，所以要想使印在纸上的文字是正字，那就必须在章面上刻反字。顾客要什么字体，刻章人就得写出来。从左向右，要一笔一画反着写，这样盖在纸上的印才是正的。同时，印章的面积都比较小，章料也不同，排字的匀称与否和字体大小，都会影响印章的美观。要想刻章时游刃有余，必须勤学苦练，要三五年的功夫才行。

要刻制好印章，章面平整是关键，要细心地把印章需要刻字的一面打磨平整。打磨印章说起来简单，做起来却很难，难度在于没有任何可以遵循的标准。打磨时，手上用力要均匀，章面放平整，章才能磨平，可这个劲道怎么得来？全靠天天练习，才能积攒出这种手上的感觉。过去，学徒光学习磨章、清底子这些基本功，就要给师傅打上一年半载的下手，才有机会操刀刻印。

磨好章面后，把章面朝上，放在一个巴掌大小的木夹板上（一种固定印章的工具，巴掌大小，由多个小木楔组成），用木楔固定之后，用黄、白、红等颜料涂抹在雕刻的章面上，以区别刻字部分与有色章底。

接下来是打格子。在章面上用铅笔标出图章的边界，根据雕刻字数多少，平均划分每个字的空间。通常来说，这个环节需要借助角尺进行严格的测试。有经验的刻章匠一般都是徒手打格子，只要不是太复杂的章，随手一画就行了。画好格子后，根据章面大小拿出大小合适的铅笔，在章面上写反字。初学者还需准备一面小镜子看镜子里面的字，一边写一边反复修改，直到满意为止。

最考验刻刀匠手艺的就是雕刻了。刻章匠要用锋利的刻刀刀尖，把字以外多余的部分一点点抠掉。如果客户想要"朱文"章，就需要把反字以外的部分抠掉；如果客户想要"白文"章，就需要把反写字的笔画抠掉。整个过程要做到心稳、气稳、手稳。如果稳定性不好，一个疏忽，就会毁掉章面，得重新磨平后再雕刻。印章刻制好后，为了使用时便于确认印章的上下，都会在印章正背面刻一个"上"字。

  刻制印章的最后一道工序是清底试印。底子清理得好不好，代表着一个刻章匠师傅的水平。清底试印就是将刻制好的印章涂抹上印泥盖在纸上，如果试盖时发现有虚边，或笔画粗细不匀称，可立即纠正，稍有不慎，会直接影响一方印章的质量。

  乡村刻章匠的工具非常简单，一个小方桌，一把小木锯，一把小凿刀，一把小刷子，一个小印床，一盒印台。刻章所用木料都是成年梨树木，晾干后锯成节，分成一个个小方块备用。因为梨木材质硬，沙质细，不易裂开，雕刻时脆崩易脱渣，所以是刻章匠的首选材料之一。也有不少刻章匠用牛角、羊角或塑胶玻璃制品雕刻印章，相比之下，成本价就要高一些了。

  作为一个刻章匠，必须要有正义感，该刻的章才能刻，这指的是公章。改革开放前，国家还未推行居民身份证，一张白纸写上简单的情况证明，盖上一级政府的大印，就可成为跑州过县的"护身符"。为此，个别宵小之徒为了个人私利，找刻章匠伪造政府印章，干不法之事，给社会带来危害。所以，凡从事刻章这一行，要经过公安部门审核批准之后，方能开门营业。

  由于雕刻工具比较简单，大多数刻章匠都没有固定的门市摊位，逢场天，一般都是在邮局、银行旁边，搭一张桌子，撑上一把遮阳伞，拿出工具材料，坐等生意上门。前些年，刻制一个私人木制印章收费十元左右，一天下来也有一百来块的收入，不挑不抬，成本价又低，何乐而不为。

  如今，电脑刻章技术占领了刻章市场，乡村刻章匠也是门庭冷落车马稀，不少人已弃之不做。但他们娴熟的手工刻章技艺和那个时代的精彩故事，是任何现代科技永远无法复制的。

# 乡村修表匠

钟表是方便人们掌握时间的工具，手表不仅方便人们常握时间，还是随身携带的一种装饰品，比金银首饰的作用更特殊。一旦钟表时间不准，或出现其他故障，人们首先想到的是拿去修一修。由此，修理手表的行业应运而生，而负责修理手表的师傅，人们通常称为"修表匠"。

在川东北一带，修表匠无疑是一门高大上的手艺，很受人尊崇。修表匠不同于其他匠人，不需要走乡串户地赚吆喝，只要在乡场上租一间门面，或选择一个角落，摆上一张桌子，拿出修表的工具和零配件，便坐等生意上门来。

修表是个精细活，所用的工具小而多，一盏小台灯，一个万能开表器，一个眼部放大镜，几把小镊子，十来把不同型号的小螺丝刀，还有手动吹尘器、退磁器、小焊枪、小锤子、汽油，以及常用的零配件，这些便是修表匠挣钱吃饭的全部家当。

从二十世纪六十年代手表在农村出现，到八十年代初，几乎家家都有一人戴上了手表。手表不仅成了人们掌握时间的重要工具，还是一件装饰品。所以，对于普通人来说，手表是必备之物，一旦拥有就会特别珍惜。若是手表出了小毛病，就会找修理手表的匠人来维修。

修表匠除了修表工具外，还需要准备各种型号、各种手表常用的零配件，以便在修理过程中随时更换旧表中损坏的零件。由于手表内部结构极其复杂，因此修表是一个非常精细的活儿，需要修表匠平心静气、耐心仔细地修理，稍有闪失，就有可能损坏表芯原有结构，给修复带来一定难度。

修理钟表时，修表匠首先要对手表进行认真检查，判断损坏的原因。在这一步中，修表匠会将一个特殊的眼部放大镜卡在上下眼皮之间，然后打开表盖，仔细地观察机芯内部的各种零件和结构。如果手表进水了，就会起露水珠打冷停；如果是油丝软了，手表就会走时不准确；如果分、秒针弯曲或轴心松动了，手表就会发卡停走。所以，修表这门手艺，切忌心浮气躁，要不紧不慢、心平气和才行。

一般来说，修表匠通过眼部放大镜的仔细观察，表芯内的各种细微结构都清晰可见，这时修表匠就要根据自己的经验来判断，从手表细小的零件中查找损坏的原因。这就要求修表匠技术娴熟，对手表的内部结构和每一个零件所起的作用了熟于胸，才能准确地找到问题所在。

如果手表某个零件损坏，修表匠还要重新为手表换上新的零件；如果手表进水了，就得将手表零件全部拆开，放在装有汽油的玻璃缸里浸泡，用小刷子清洗，这也叫"洗油"，这个步骤相当地考验修表匠的技术和耐心。

由于修表的过程中精力要高度集中，因此修表匠会不挪窝地一坐就是好几个小时。他们往往不与任何人说话，一只手表修好后，修表匠会用吹尘器清理一下内部的灰尘，再将零件重新安装好，最后拧紧表盖，放在耳边听一听，辨别秒针走动的声音是否正常。

如果顾客不急用，通常情况下，为了保证修好的手表不再出问题，修表匠不会立刻将手表返还给顾客，而是放在店中观察几天，直到手表走时完全准确，才会通知顾客来取表。

那些年，一个乡场上都有四五个修表摊。很多修表匠都会在每天早上摆摊之前，将摆摊处四周打扫干净，然后坐下开始安心工作。修表的过程中，由于手表的零件小而繁杂，因此拆卸手表时，总会有些小零件掉在地上，这也是必须保证店中干净整洁的原因，即使有零件掉落地上，也能在最短的时间内找到。长此以往，修表匠练就了一种特殊本领——听声辨位，他们能够根据零件掉落时发出的细小声音，判断掉落的位置，从而将其找到。

在川东北一带，机械手表最流行最普及的年代是二〇〇〇年以前，后由于电子表和手机的出现，戴机械手表的人少了。绝大多数乡村修表匠也因此而歇了业，另谋出路去了。

如今，随着社会的快速推进，人们的物质生活也得到极大改善，成百上千元的全自动机械表也逐渐走进人们生活，成为一种装饰品和一个人身份的象征。一旦手表出现问题，人们会直接咨询品牌售后，找厂家维修，绝不会随便去街头巷尾找乡村修表匠维修，怕损坏零部件得不偿失。

于是乎，乡村修表匠在时代发展的滚滚洪流中逐渐失去了自己的舞台。但仍有个别修表匠不愿放弃这门手艺，偶尔在逢场天摆摆摊，替电子表和电子钟换换电池，修理一下表带什么的，生意一日不如一日。但他们曾经的过往，将定格在那个难忘的年代。

# 乡村烤酒匠

烤酒匠,即用粮食酿酒的匠人,川东北一带又叫"酿酒师"或"烤酒人"。他们用自己灵巧的双手,智慧的头脑,传统的酿造技术,酝酿出一坛坛酒香四溢的琼浆玉液,为人们的生活增添了无穷乐趣。

俗话说,酒是粮食精,越喝越年轻。酒是粮食之精华,喝酒、品酒是川东北人生活中不可或缺的重要礼仪,更是一种生活态度。把酒当歌,以酒待客,代表着人性的耿直,生活的率真,幻化出浓浓的人生情怀。

酒又是水之灵魂,是粮食与水凝结的产物,它用炽热的情怀守护着一方人,无论你身在何方,身居何位,酒都能进入你的视野,时不时让你和它撞个满怀,为生活增添了乐趣。辛劳一天的人们,睡觉前酌酒一杯,舒筋活血解忧愁,往昔烦恼琐事抛之脑后。

要把粮食和水酿制成醇香的白酒,离不开烤酒匠师傅。

俗话说,一方水土养一方人。川东北一带的烤酒匠师傅在烤酒的过程中,注重一个"纯"字,把握酿酒的最佳时段,所用的酿酒设备,都是用木、竹、陶等制成,酿酒的水,最好选用山石缝中渗透出的纯天然山泉水,或几十米深的井水。土灶酿的酒,人们称为"小灶酒",要经过选水、用粮、蒸煮、发酵等工序,全都是人工操作完成,烤的阶段要把握好火候,蒸煮的时间和加曲药时的温度必须恰到好处。

一般来说,从粮食演变成白酒,要经过很多道工序。首先是原料粉碎。

原料粉碎的目的是便于蒸煮，使淀粉得到充分利用。根据原料特性，对粉碎的细度要求也不同，薯干、玉米等原料，粉碎要适度。一般来说，如果用红高粱和大米烤酒就不需要粉碎了。

其次是配料。将新料、酒糟、辅料及水混合在一起，为糖化和发酵打基础。配料要根据甑桶、窖子的大小，原料的淀粉量，气温，生产工艺及发酵时间等具体情况而定，配料得当与否，要看入池的淀粉浓度、原料的酸度和疏松程度是否适当，一般以淀粉浓度14%—16%、酸度0.6—0.8、润料水分48%—50%为宜。

为有利于淀粉酶发挥作用，必须将粮食进行蒸煮使淀粉糊化，同时还可以杀死粮食中的杂菌。蒸煮的温度和时间视原料种类、破碎程度而定。一般在常压下蒸料20—30分钟。蒸煮的要求为外观蒸透，熟而不黏，内无生心即可。将原料和发酵后的香醅混合，蒸酒和蒸料同时进行，称为"混蒸混烧"，前期以蒸酒为主，酒甑内温度要求在85℃—90℃。蒸酒时，应保持一段糊化时间。若蒸酒与蒸料分开进行，则称为"清蒸清烧"。

蒸熟的原料，必须要冷却。用木锨翻动原料，均匀地将其铺在篾席上晾渣，使原料迅速冷却，称为"扬渣"或"晾渣"，以达到微生物适宜生长的温度。若室内气温在5℃—10℃时，渣温应降至30℃—32℃，若室内气温在10℃—15℃时，渣温应降至25℃—28℃，一般夏季渣温要降至不能再下降为止。所以，烤酒匠会根据季节气温的变化来确定晾渣的时间。

用固态发酵麸曲白酒，拌醅是关键。采用边糖化边发酵的双边发酵工艺，扬渣之后，同时加入曲子和酒母。酒曲的用量视其糖化力的高低而定，一般为酿酒主料的8%—10%，酒母用量一般为总投料量的4%—6%（即取4%—6%的主料作培养酒母用）。为了利于酶促反应的正常进行，拌醅时应加水，控制入池时醅的水分含量为58%—62%。

接下来便是入窖发酵。入窖时原料温度应在18℃—20℃，入窖的原料既不能压得过紧，也不能过松，一般掌握在每立方米酒窖内装烤酒原料600公斤左右为宜。装好后，在原料上盖上一层糠，用窖泥密封，插入温度计，然后再加上一层糠。发酵过程主要是掌握窖温,并随时分析原料水分、酸度、酒量和淀粉残留量的变化。发酵时间的长短,会根据季节和气温因素来确定,有六天、七天、八天不等。当窖内温度上升到36℃—37℃时,证明原料发酵成熟,可以入甑蒸酒了。

蒸酒是烤酒的最后一道工序。发酵成熟的原料称为香料,它含有极复杂的成分,通过蒸酒,把原料中的酒精、水、酸类等有效成分蒸发为蒸气,再经冷却即成白酒。蒸酒时应尽量把酒精、芳香物质、醇甜物质等提取出来,并利用掐头去尾的方法尽量除去杂质,酒最好是中间流出来的酒,俗称"中节子",但度数也最高。因为开始流出来的酒"燥"性重,最后流出的称"尾子",不仅度数低,还带苦涩味。

一般来说,红粱要经过八天左右时间的窖池发酵,将充分发窖后的红粱与原有的母糟搅和均匀,放入甑子内进行焖蒸。在焖蒸这一环节,甑子必须盖严盖紧,不能让空气进入甑内。红粱通过焖蒸,形成蒸馏,通过陶罐进入竹筒,细细导入陶罐。经过几个严谨的酿酒程序后,醇香的酒在人们期待的眼神里,一丝丝、一缕缕,如清泉银丝般流进酒缸,酒坊里顿时酒香四溢。

传统的烤酒工具是木甑,将发酵后的红粱装进木甑,木甑四周用一个装有河沙的长布带密封,然后将木甑盖子盖上,出酒率高低靠的是水蒸气,一经冷却就是酒了。如果冷却的水冒热气,缸子里就要赶紧把水换了,因为不能过热,要是冒热气,酒温升高,味道就会变,数量也会减少。所以,冷却酒的水的温度必须掌握好。

那些年,酿酒用的是曲药。曲药是用一百多味中药通过古法制作而成,酿出来的酒味道醇、燥性小,喝后不上头,一百斤粮食出酒在三十斤左右。现在酿酒是用酵母,出酒率高,但酒的燥性大,入口刺喉上头快。因成本低,很受酒厂老板欢迎。

其时,乡村烤酒也是门技术活,全凭经验来操作。活儿也非常累,不仅要起早贪黑,而且多半是手上的活儿,粮食入甑、酒糟出甑都是用竹箕端进端出，热气腾腾，特别是夏季，温度高，热得人难受。所以，每年的七月、八月、九月，酒厂都会停工停产三个月。因为室外温度过高，酒窖内温度也随之增加，不仅烤酒匠受不了，出酒率也会大大降低。

随着时代的发展，土法小灶酿酒技术同那些带着乡村质感的手工制作技艺一样，逐渐退出了历史舞台。但此时想起烤酒匠曾经的过往，犹如醇香的高粱酒一样，回味绵长。

# 乡村补碗匠

"补碗——补茶壶——补瓷碗——土巴碗，补碗啰！"一阵抑扬顿挫的吆喝声，伴随着铁片碰撞发出的"叮当"声，一向空旷寂寞的乡村顿时泛活开来。

这是乡村补碗匠来了。

二十世纪七十年代前，川东北一带的补碗匠，一般都是外地来人居多。他们头戴一顶旧草帽，肩挑一个补碗担，左手拖着一根打狗棍，右手搭在扁担上。他们摇晃着手中的铁片，晃悠着肩上的担子，或穿街走巷，或行走在乡间小路上。他们的行头也非常简单，通常担子两头各有一只小木箱。一头木箱里面放着补碗的工具——一个小弓、一个小钻头以及锤子、镊子、夹钳、锉子等；另一头的木箱里面放着补碗的釉子和箍碗的绳子，以及一些形态各异的补碗铜钉。

那时的补碗匠，都是上了年纪的老人，他们在乡场上没有固定的摊位，逢场天在场头或场尾选个地方放下担子，吧嗒着旱烟袋，坐等生意上门。平日里，他们便挑着担子下乡，走村串户地吆喝着招揽生意。如果有人回应，他会立即放下肩上的担子，拿出自带的小凳子坐下，把主家拿来的碗逐一进行查验，看这只碗该怎么补，需要几颗钉，那只碗要钻几个眼，然后把所有的疤眼合计后告知客户，按当时的收费行情，每个钉该多少钱。一旦主家认同，补碗匠便拿出一块白布，垫在两只弯曲并拢的大腿上，铺开补碗的工具，便开始箍碗、钻眼、穿铜钉，专心致志地补起碗来。

俗话说，没有金刚钻，就别去揽瓷器活。金刚钻是补碗匠必备的主要工具之一。一般来说，补碗前，补碗匠会将碎裂的碗片、瓷片一块一块地对好缝拼接起来，用碗绳固定好，并根据碗的大小、厚薄、颜色，以及破裂位置和程度，来确定铜钉的位置和数量。然后，用金刚钻在破缝处的两边一个一个地打眼，两块碎瓷块的眼子必须要对齐。对于补碗匠来说，打眼是对他们手艺的一大考验，使的是腕力，重了不行，轻了也不行，而且要凭空使钻。加之有些碗厚薄不一，钻眼的深浅各不相同，必须拿捏到位。如果碗钻破了，这只碗就报废了，不仅得不到补碗费，遇到吝啬的主家，还会要补碗匠赔一只新碗。

打好了瓷眼，紧接着是穿铜钉。用小锤子将铜钉的两个头紧紧敲入破口对应的小洞里。这是一项技术活，很有一番讲究。首先得根据瓷眼的大小、深度，来确定所用铜钉的大小和长短。同时，破口对应的小瓷眼距离和铜钉的长度要完全一致。

最后，补碗匠会用小铜锤轻轻地敲击穿好的铜钉两头。敲击时力度要均匀，用力重了，碗容易敲破，用力轻了，铜钉会嵌不进瓷眼。一只破碗大概需要五六颗以上的铜钉才能补结实。打完铜钉，还要在铜钉处抹上一层釉子上色防漏。这样，补好的碗不仅不会漏水，而且看起来既光鲜又耐用。

手艺精湛的补碗匠，不只是补碗，遇到主家送来装水的茶壶、茶杯也要补。与补碗相比，补茶壶的技术含量要高一些。因为茶壶一般是嘴小壶大，不但眼子不好钻，而且穿铜钉和打铜钉更麻烦。打铜钉时，补碗匠会用一块弧形铁块放在茶壶内的铜钉处，左手托住铁块，右手用小锤敲击茶壶外面对应的铜钉，借助外力让茶壶内的钉头变扁变平，抹上釉子后，手摸不挡手。当然，不好补的活，收费自然要贵一半以上。

那些年，乡村物质文化生活十分落后，物价水平也很低。补碗匠的收入以补的铜钉多少来计算，通常一个疤子一分钱，一只碗补下来只要三至五分钱。补的碗越大，价钱就越高。土巴碗和瓷料碗之间也有区别，越不好补的瓷器收费越要贵一些。一个补碗匠一天的收入大概有一块多钱，在当时，农村一个男劳动力一天的劳动价值只有几角钱，除去上缴生产队的副业款，补碗匠手中多少还有一些剩余。所以，乡村有句俗话，叫"有艺在身，不愁吃穿"，对此，乡村匠人深有体会。

乡村补碗匠同其他乡村匠人一样，出门做手艺，一是要有过硬的技术。补碗时，补碗匠会非常地认真仔细，生怕损坏了主家的碗，不但要赔钱，还会影响自己的声誉，只要技术好，生意自然会找上门。二是靠人缘，在外谋生，山不转水转，水不转路相连，在家靠父母，在外靠朋友，多个朋友多条路，相互间引荐，生意自然会好许多。三是态度要谦和，学会忍让，遇事不要冲动，笑对每一位客户，唯如此，生意才做得开、行得远。

不得不说，补碗也是个辛苦活，常年在外，风餐露宿，今天在东，明天在西，走南闯北，有时还会遇到很多困难和麻烦，也会与主家发生一些争执，忍受常人难以忍受的委屈。但一想到远方的父母及妻儿，自己也会打断牙齿和泪吞，挑起补碗的担子，一路吆喝着向前走。

或许，这是一个乡村匠人应该具备的心理素质。

随着社会的向前发展，人们物质生活水平的提高，一个碗的相对价值在降低，在人们心目中的地位也越来越低，碗破了也就扔了，再也没有人去找补碗匠补了。沿袭几千年的土巴碗也逐渐从人们视线中消失，各种各样的瓷料碗、铝塑碗、不锈钢碗粉墨登场，进入寻常百姓家，成为一个家庭常用的炊餐用具。

可以这样说，在所有的乡村匠人中，补碗匠这门手艺消失得最快。如今，再也寻觅不到他们的身影了。但他们补碗钻眼打铜钉以及走乡串户的吆喝声，仿佛还在耳边回响。

# 乡村草帽匠

草帽，就是以小麦秸秆为主要原料编织的帽子，是人们日常遮阳挡雨的重要物件。因为轻便实用，价钱便宜，从古到今深受人们喜爱。

有书记载，草帽是根据过去官帽的制作形状演变而来，以麦子秸秆和竹篾为原料，因编织技术简单，纯手工操作，成为乡村农民外出劳作的必备之物。草帽编织技术在清乾隆年间传至川东北地区，距今有两百多年历史。时至今日，四川省达州市渠县龙凤镇龙台村的草帽编织业仍然长盛不衰。草帽匠们利用丰富的小麦秸秆和塑料编织带加工生产，几乎家家户户编织，大人小孩都会，不仅成为一道亮丽风景，还是当地农民增收致富的主打产业。

过去，川东北一带的草帽编织主要原料是小麦秸秆。一顶草帽编织出来样式好不好，是否经久耐用，秸秆的挑选十分重要。每年五月小麦成熟收割后，要选择麦秆颜色白、茎长没受潮的麦草。收集秸秆时，草帽匠会抓一把麦草秸秆，麦尖向上，麦秆拄在地上弄整齐，然后左手抓住麦尖，右手拿镰刀，将参差不齐的秸秆和麦叶全部捋除干净，用谷草绑成小捆，存放于通风干燥处备用。

要想把麦草秸秆编织成草帽，首先是编帽辫。编织帽辫前，要把麦草放水中浸泡。水缸中放满清水，以麦秆全部浸入水中为宜，并用一块石板将麦秆压住，使其完全浸泡彻底。浸泡半小时待秸秆水分充足后，捞出来，把水甩干，再用干净棉布盖起来保湿，以防水分蒸发变干。编织帽辫时秸秆要始终保持湿润、柔软，才不易折断。

编帽辫时，起头要用七根麦秆，分为两半，以双手拇指的指甲编、掐而成，边编边加秸秆。这同篾匠用竹篾丝编背篼背带的手法差不多。编织过程中，麦秆的粗细要一致，用力要均匀，编出来的帽辫宽窄、厚薄才整齐，如此，后面加工盘出来的草帽才精致耐用。如果帽辫编得不好，会大大影响整个草帽的美观。

每年的春、夏、秋三个季节，是编织帽辫的最佳时间。一般来说，细辫的编织对麦秆质量的要求要高一些，对草帽匠的编织技术也是一个考验，价格自然比中粗辫草帽贵许多。俗话说，一分价钱一分货，这是市场竞争的规律。通常草帽匠要等到帽辫积存到一定数量，够一年半载的编织量后，才会进入盘草帽的环节。

盘草帽，就是把草辫一圈一圈地盘成帽子，这是草帽匠编织草帽的最后一道工序。制作草帽要从帽顶开始，在圆形专用木制模子上，将帽辫一圈一圈地绕着模子，向外扩展编织。盘草帽时，要根据帽檐大小和质量优劣选择帽辫。将选好的帽辫浸泡十五分钟后捞出，甩掉多余水分后开始盘草帽。同时，边盘边用针线缝制固定。草帽大小可根据需要来确定，一般大草帽直径在七十厘米左右，小的五十厘米左右，盘结束时必须用两股针线缝两次收边。

一顶草帽盘好后，要在帽顶的两边各安一颗鞋眼扣，便于戴在头上时拴绳固定在脖颈上，以防风吹。同时在帽檐边喷上水，将草帽平放在木桌上，用专用的压木方，用力在草帽檐上来回推磨，使帽檐踏实弥合，达到紧凑美观的效果。

那些年，大多数乡村草帽匠都是在自己家中开设草帽坊编织草帽。说是草帽坊，除了刀剪外，其他什么工具也没有。雨天在自家堂屋或阶沿上，晴天在地坝里，搭根板凳坐下来就开始编织起来。草帽匠家里男男女女、老老少少都会编织，草帽匠只负责编织草帽顶部和规划草帽的样式。待编织一定数量的草帽后，逢场天背到乡场上，在人员密集的地方，选择一块空地，铺上一张塑料薄膜，摆上草帽就开始吆喝起来。

在常人眼里，草帽匠不走村串户做乡活，且肩不挑背不驮，全凭手上功夫，看上去十分轻松。其实，因双手长年与水泡后的麦草秸秆打交道，手起皱开裂是常有的事。长期蹲、坐，腰酸背痛脚麻，引起腰椎腿骨病，甚至成为终身病患。

大集体生产年代，乡村草帽匠还得出工干活挣工分，一点不敢耽误。编织草帽算是副业，只有中午和晚上收工回家后，利用休息时间加班加点地干。如果不参加集体生产劳动，队上就要扣你的出勤，年终得靠工分核算称口粮，分不到粮食，一家大小只有饿肚皮了。

二十世纪八十年代初，农村土地承包责任制落实到户后，乡村草帽匠同其他乡村匠人一样，农忙季节耕种好家中田地，农闲时便利用自己的一技之长编织草帽，挣一点额外收入贴补家用。他们的编织技术也紧跟时代步伐，在用材和编织样式上也得到了很大提升，由传统的手工盘帽变成了半机械化操作，用一台缝纫机式的盘帽机盘草帽，不但提高了编织效率，而且更加精美了。

在原料使用上，也不局限于用麦草秸秆来编织草帽了，他们从乡场上的日杂店购回各种颜色的塑料编织带，其样式五花八门，使草帽不仅遮阳避雨，而且还成为人们日常生活中的装饰品。

改革开放后，一些企业和私人草帽生产厂家如雨后春笋般蓬勃兴起，全机械化编织工艺逐渐替代了手工制作，草帽不仅种类繁多，样式新颖，而且做工精致，质量上乘，深受消费者欢迎。如今的乡村，除有着传统制作历史、形成了产业链的个别乡镇还有草帽匠编织草帽外，其他乡村的草帽匠大多改弦更张。

曾经以一双灵巧的手编织心中梦想，给一个时代带来繁荣的乡村草帽匠们，终归成了时代过客。

# 乡村掮匠

从古到今，在川东北一带乡村，人们把撮合买卖的中间人叫"掮匠""掮客""串串匠""经纪人""中介"等。这些称谓不俗不雅，不褒不贬，听起来给人一种亲切的感觉。

据《中国经纪人大辞典》详述："经济人，旧时称掮客或掮匠，是处于独立地位，作为买卖双方的媒介，促成交易以赚取佣金的中间商人，是繁荣乡村经济的中坚力量。"他们不挑不抬，两张肩膀抬一张嘴，运用丰富的人脉资源和聪明智慧，不仅活跃了乡村，推动社会发展，而且得到了应有的回报，是乡村不可或缺的匠人之一。

实话说，要想成为一名优秀的乡村掮匠，必须具备"三勤"。一是脑勤，脑瓜子要灵活，善于分析和掌握市场行情需求，洞察买卖双方心理，有的放矢地撮合每一桩买卖；二是要嘴勤，用自己的三寸不烂之舌，将买卖双方的心说活、说动，继而成就一笔笔生意；三是要腿勤，要多走多跑多看，以情动人，让买卖双方心悦诚服。当然，作为一名掮匠，心要诚，为人要正派，不能有歪心，要不亏买家卖家，做到公平合理。在收取中间费时，要按行情行规办，切忌漫天要价。这样，才有人相信你，生意才做得长久。

二十世纪八十年代前，乡村掮匠们从事的业务，不外乎一些买进卖出的事，如房屋、猪牛、粮食、家具等生产生活物品的买卖。他们不仅起着牵线搭桥的作用，一旦买卖双方价钱谈不拢，僵持不下，他们还要站出来按当时的市场行情砍出个中间价格来，做到两不亏，让买卖成交。自然，事成之后，买卖双方都会心甘情愿地拿出一些钱来给捐匠，作为酬谢费。

土地承包责任制到户后，乡村捐匠的生意更加火红起来。人们建房购买砖瓦、预制板、水泥、砂石需要捐匠；买卖粮食、猪牛也离不开捐匠。改革开放初期，乡村收购粮食的粮贩和收购生猪的猪贩很多，方圆几十公里范围内，每个做生意的商贩都有几个或十几个捐匠给他们联系货源。一旦一个地方联系到了一车粮食或一车生猪，收购商就会约定在某一天某一个点上，开着车前来收购，一手称秤，一手付钱，互不相欠，解决了农村买难卖难的问题，买卖双方皆大欢喜。

随着农村物质文化生活条件的改善，乡村修建农房的人多了，房屋结构由过去的穿斗木排立，改建起预制砖瓦房来。建房需要的砖瓦、预制板、水泥、砂石等原材料，成了乡村捐匠的主要业务。只要获知有人家中要建房，或从别人口中得到某乡某村某组某人要修房造房，捐匠会不怕山高路远地赶过去，询问主家建房需要多少匹砖瓦，预制板需要多少匹，还有其他建房材料，什么时间动工修建，都要问个清楚明白，并许诺以市场最低价保质保量负责送到家。一旦买卖谈成，捐匠会向主家索要一些定金，怕到时反悔，材料送上门了不要。待一切敲定，捐匠会立即到砖瓦厂和预制板建场，告知所需材料的数量和时间，并反复在质量上做了要求，只要时间一到，会提前催促厂家把所需材料送上门。

每介绍一项业务，商贩和厂家都会给捐匠一定的报酬，一般都是以数量多少来计算。猪、牛、羊等牲畜以头数算，粮食按斤计价，预制板和砖瓦以匹数算，砂石以吨为单位计酬。一趟业务结束，厂家把账一算，就会一分不欠地付给捐匠应得的辛劳费。不仅如此，逢年过节还会给捐匠一百元、两百元的电话费和车船费，年头岁尾还要请捐匠们搓一顿，送个开水杯，或过年的瓜子糖果什么的，目的是拢住人心，因为来年的生意还得靠捐匠们跑路赚吆喝。捐匠们也乐得个几头赚，吃也吃了，喝也喝了，钱也挣了，人缘也有了，不挑不抬，又不花一分钱本钱，几头赚的生意谁不愿做？所以，捐匠们都会把买家卖家当成自己的衣食父母，十分珍惜这份职业，都会凭着天地良心尽力去把买卖撮合好，让双方都满意，从不轻易得罪任何一方，生怕断了财路。

其实，乡村掮匠也是个辛苦活。那些年，农村不但交通条件差，而且通信设施也相当落后，一个村只有一条主公路，且大多数是泥巴路，晴天一身灰，雨天一身泥，更莫说代步的车辆了。不仅如此，一个村或几个村才有一部程控电话，联系业务全凭两条腿和一张嘴。往往是一趟业务要跑几趟路，先是走村串户地联系卖猪卖粮食的人家，然后将数量报给粮贩或商贩，定出收购时间后，又上门入户去通知卖家提前做好准备。如果天气发生变化，抑或粮贩猪贩因其他事不能履约，又得上门去通知卖家另约时间。如此反复，有时还会引来诸多埋怨声。这些，掮匠们都会赔着笑脸，耐心地向对方解释，求得他们理解。

后来，农村部分地方通了水泥路，手机也进入寻常百姓家。一些年轻的掮匠们紧跟时代潮流，购买了代步的摩托车，也用上了手机，一遇买进卖出的业务，便腰别手机，跨上摩托车，一脚油门，几个电话就能把生意撮合好，既方便又快捷，挣钱也更轻松了。

再后来，外出打工的人多了，乡村种粮喂猪的少了，村民修房造屋也用上了钢筋混凝土，建房所需材料直接与厂家对接，少了掮匠这个中间环节，不仅节约了人力财力，还节约了时间。由此，曾经风靡一时，搅动一方微澜，给乡村带来繁荣的掮匠们，逐渐没了生意，悄然退出了历史舞台。

# 乡村赶鸭匠

赶鸭人，川东北一带又叫"赶鸭匠"。之所以称为"匠"，是因为赶鸭匠赶着成百上千只鸭子，常常是跑州过县去放养。他们肩挑鸭儿棚子，风餐露宿，走到哪里就在哪里歇，一年半载才能回一次家，日子也比其他匠人苦得多。

大集体生产年代，生产队除有三五个石木二匠外出做手艺交副业款外，还开办了集体养猪场、面坊和粉坊，所有这些都是集体经济收入的主要来源。也有条件好一点的生产队，又另外放养了一群鸭子，抽三五个劳动力当赶鸭人。在生活困难年代，生产队根本没有多余的粮食来喂鸭，全都是赶出去散放，让鸭子吃收割季节遗失在田地里的粮食和黄鳝、泥鳅，以及野草野菜之类的食物。那时的鸭肉、鸭蛋和其他畜禽，才真正算得上是无添加剂和污染的绿色食品。

俗话说，一个鸭儿棚棚也有三大挑。鸭儿棚子形同木船上的遮雨棚，半圆形，下面是两张木制形的床，床和棚可以同时收缩，收拢之后，变得很窄，拉开可睡四至五人。转移地方时，将棚和床收拢，在床的中央穿上一根扁担，挑起就能走。另一挑就是晚上圈鸭的竹围栏，一般卷拢之后有两人合围那么粗，两捆，中间插上扁担，就能挑运。剩下一挑就是赶鸭匠的锅碗瓢盆和米面油盐等，收拢也有一大挑。所以，"鸭三挑"之说，名副其实。

放鸭匠的分工都很明细，一个五人的赶鸭队，首先打前站要有一人，主要是选择放鸭路线，哪里空闲的冬水田多，鸭群就往哪个方向赶，并提前选好中午、晚上落脚的地方，一旦选好路线，便返回来告知。其次是负责赶鸭放鸭的人，至少是三人，他们每人手中都有一根斑竹棍，下粗上小，八米左右长，重约十多斤，竹篼处用熟铁打制了一个小铁铲，用铁圈箍住，便于竹竿插入土中，有时也用此铲凿土驱赶那些跑出边界的鸭子。

剩下一人负责挑运鸭儿棚子和煮饭。挑运鸭棚时，无论路程远近，都是挑"节节担"，三挑同时上路。一般都是把第一挑挑到前面一段路后，返转时，在能目及的地方停下，再返回去挑第二挑和第三挑。如此在路上往返数次，直至三挑都挑到目的地。

乡村有"三个石头支口锅"的说法，也是赶鸭匠日常生活的写照。他们每当到了歇脚的地方，挑棚的鸭匠便会选择一块平整的地方搭好棚子，打开竹围栏把圈子围好，然后埋锅做饭。赶鸭匠的锅灶也很特别，每到一个地方，都是临时选三块石头垒成一个简易的灶，再去附近拣点干树枝和作物秸秆，到一旁的水井或河沟里打来清水，洗好锅罐，生火煮饭。

老话说，靠山吃山，放鸭吃蛋。但赶鸭匠并不是每天都能吃上鸭肉和鸭蛋，他们的生活非常简单，用铁鼎罐煮上一锅南瓜或红苕稀饭，炒上一些应季蔬菜，抓上一把咸菜就能对付一餐。在生活困难的岁月里，一日三餐都有一口热饭热菜，能吃饱不饿肚子也算是万幸了。

在常人眼里，赶鸭匠不需要什么技术，拿根竹竿赶着鸭儿放就行。其实，赶鸭也有一些小门道。首先是能识鸭性，要认得鸭群中的头鸭，通常一棚鸭群中都有几只头鸭。赶鸭过程中，一般都是把鸭群分为三段，一人负责赶上一群鸭子，由头鸭带队前行；一人居中赶上一大群，并负责整个鸭群的队形，使其跟着头鸭有序前行；最后一人负责收拢行走缓慢或有伤有病的鸭子，使其紧随前面的鸭群不掉队。

在赶鸭放鸭过程中，赶鸭匠的精力必须高度集中。那些年，生产队的庄稼禾苗都很金贵，除留了一小部分正沟田作为来年春耕的秧母田收上冬水外，其余田块秋播时都种上了小春作物。所以，赶鸭匠在放鸭赶鸭过程中，如果稍有疏忽，让鸭子跑进种了粮食的田地里，糟蹋了种子或禾苗，得照价赔偿，要不然，鸭儿棚棚也会给你挡起挑不走。

那时，赶鸭匠的工资都是以工分结算，全年满工满勤，但工分还得套收入和损失。如果生产队交给你的鸭子数是一千只，一年中因生病或丢失损耗最多二三十只，超出了这个范围，二一添作五，几个赶鸭匠得自掏腰包赔偿，拿不出钱就扣你的工分；假若损耗小，队上还会给你一些奖励工分。当然，也有一些精明的赶鸭人，会在损耗范围内，把老弱病残的鸭子处理掉，或卖或吃，借机改善自己的生活。

到了鸭子产蛋期，队上也会根据鸭子的数量来核定每天的产蛋量，按百分之七八十来核定每天的数量。所以，为了让鸭子多产蛋，得尽量让鸭子吃饱。每到一个地方，赶鸭匠们都会大量收购旱螺蛳喂鸭子。旱螺蛳生长在石骨子岩壁上，鸭子吃了产蛋率高。小孩一听说鸭儿棚子要收螺蛳，会跑遍山梁去拣拾，卖得的钱可以用于买学习用具或零食吃。一旦鸭子产蛋超出了任务数，放鸭匠也会将多余的鸭蛋拿到市场上去卖，换回的钱都是大家的，也可以统一购买常用的生活用品。

没办法，因为鸭群放得远，生产队干部没有长年跟随在身边，只有定人定量来进行管理。至于鸭棚上的收入，如果距离生产队较近，会计或保管员会隔三岔五地到鸭棚上去收蛋，再将鸭蛋挑到临近的乡场上去卖；如果路程相距较远，则十天半月去一次，平时鸭子产的蛋则由放鸭匠自己挑到市场上去卖，用现金结算这段时间的收入。有时，生产队派去的人会顺便给赶鸭匠们带去一些米面油之类的食物，供赶鸭匠们日常生活所需。

其时，赶鸭匠也十分辛苦。虽然不挑不抬，但夏天酷日高照，炙人的热浪让人喘不过气来。鸭子在田里寻食时，赶鸭匠偶尔才能躲在附近的桐子树下遮会阴，大多数时间都是饱受烈日酷暑、风寒霜冻的煎熬。所以，十有九个赶鸭匠都是肤色黢黑。一到冬天，长年站立田边地角，霜风吹打，手脚生满冻疮，开筋流血是常有的事，让人难受至极。没办法，为了一家人的生活，自己背井离乡，苦点累点也愿意。在靠工分吃饭的年代里，一个放鸭匠的生活是常人难以想象的。

土地承包下户后,生产队开办的集体企业也下放到户,鸭儿棚子也跟着解体了。于是乎,乡村赶鸭匠也结束了他们的赶鸭生涯,回家扶犁举锄耕种自己的承包田地,过着面朝黄土背朝天,一家老小常相伴的日子,倒也乐得个洒脱自在。

随着时间的推移,如今的乡村,除个别农户散养了几只或十几只鸭子,以及个别养鸭专业户圈养着成百上千只饲料鸭子外,已很难见到挑着鸭棚、赶着鸭群走四方的赶鸭匠了。

# 乡村箩筛匠

箩筛，是人们专门用来筛米面、麦面、玉米面的筛子，制作这种筛子的匠人，人们称为"箩筛匠"。

记忆里，乡村箩筛匠是一个新兴职业，技艺流传时间短，从开始到结束最多不超过三四十年，也是所有乡村匠人中消失得最早的。

乡村箩筛匠箍制箩筛，与篾匠用竹子制作的米筛、面筛迥然不同，箩筛主要是用细而密的纱布做筛底。所以，刨子、剪子、钻子、钳子以及三层板、竹板、胶水、纱布等，就是他们的全部家当。一个小竹背篼一装，背在背上就可以出门做手艺了。

那些年，农村生产生活条件十分落后，照明用煤油灯，也没有打米磨面机。打米磨面全是石推磨子碾，人们平时吃的麦子面都是用石磨推出来后，用竹面筛过几下，里面残留着大量的麦麸皮，吃起来不细嫩，难以下咽。如果要吃上麦子细面，只有生产队的面房用箩柜筛子筛打后拿来做面条的灰面了。所以，为了自己吃面粉方便，一般乡村家家户户都绷制了一个小箩筛。

由此，一种新兴的匠人在乡村应运而生，那就是箩筛匠。他们同其他乡村匠人一样，带着简单的工具，走乡串户地做手艺，用自己精湛的技艺和勤劳的汗水，换取应得的报酬。筛面的箩筛和筛米的米筛一样，圆形，直径约四十厘米，箩圈高度二十厘米左右。箩圈板是用竹子做的，一般要选一年左右的竹子（俗称"一年清"），要节疤稀，韧性好。用枯草火将竹子烤软，火候以竹子烤出水为宜。然后将竹子剖开一条缝，踩在地上用力一拉，使拉开的竹子成为一张整竹片。待竹板冷却，用木匠用的手推刨磨去多余的竹肉，剩下的就是青篾板子了。按尺寸比例圈成一个圆形，钻眼交合，用小铁丝连接好，再用刨子将上下磨平，一只箩筛圈板就成形了。这道工序，和篾匠师傅踩制农村办厨（酒席）的蒸笼差不多，只不过圈板要小要薄一些。

一只箩筛好不好用，关键在于箩筛纱布绷得紧不紧、平不平。所以，箩筛纱要绷紧绷直，如果绷软了，筛面慢不说，还筛不干净。一个手艺娴熟的箩筛匠对此非常讲究。首先按照箩筛圈大小剪一块圆形的纱布，纱布直径要超过箩筛圈两厘米，主要便于将其固定在箩筛圈上。

把纱布固定在箩筛圈上是一项非常仔细的工作。先得用篾条做一个箍圈，长度是箩筛圈内圈的长度。先将纱布固定在箍圈上，再将箍圈置于箩筛内圈底五厘米位置，高低要平顺，用手钻沿箍圈均匀地钻上几十个小眼，边钻边将绷紧纱布。然后用专门的线穿过每一个小眼，将箍圈与箩筛圈板固定牢实，这样一个箩筛才算做好了。

箩筛筛面看似简单，其实也有一些讲究。首先是搭好接面粉的簸箕，在簸箕上搁上一根担东西的扁担，将石磨磨出的面粉倒入箩筛内，左手拿住扁担，右手拿住箩筛圈板在扁担上向前推，边推边在扁担上磕动，借以让箩筛抖摆，使面粉在箩筛内翻滚。细面通过纱布漏入簸箕内，箩筛内剩下的就是麦麸皮了。拿去用石磨再磨一次，然后再用箩筛筛一次，真正的灰面就筛出来了。

绷箩筛的纱布分眼子大小，也就是稀密度。纱眼密，筛出来的面就要细些，面粉又白又细；如果纱眼稀，筛出来的面就要粗一些。所以，箩筛匠进屋，首先会问主家要做多大眼子的箩筛，讲好了才开做。当然，一分价格一分货，眼子密实的纱布价格肯定要贵一些。

后来，市场上有了三层板板材，用它来做箩筛圈板就方面多了，也就很少再用竹子了。用三层板做箩筛圈，既美观又实用，做起来也很快，不再担心做出来的圈板有破缝，导致向外漏面了。

大集体生产那些年，乡村箩筛匠和其他乡村匠人一样，出门做手艺，得给生产队交副业钱，按照交的钱给你核算工分，然后按所算工分参加年终决算，再统一按决算标准分口粮。如果达不到生产队人均工分数，下差的工分拿钱找补。那些年，乡村匠人大多都是补钱户，因为在外收的工钱自己平时用了，加之男的在外搞副业，家中缺主劳力参加集体劳动，工分挣得比别人少，补钱点也是正常的。

也有个别精明的乡村箩筛匠，坐在家里也能挣钱。他们一般不走村串户做乡活，平日里照常出工挣工分，不耽误生产队的农事，主要利用早、中、晚休息时间，加工绷制箩筛，逢场天把绷制好的筛子拿到乡场去，场头场尾随便找个地方把筛子一放，自有主顾上门来。

还有一些手艺精湛的乡村箩筛匠，不仅做家庭用的小箩筛，还做集体面坊的箩柜筛子。箩柜筛子大，用纱多，做一个相当于做几十个小箩筛，赚的钱当然要多得多，并且大活比小活好做。每一个箩筛匠都有固定承包的集体业务，一般都有十个或二十个以上生产队集体面坊。所以，只要手艺做得好，就不愁没有生意。

改革开放后，农村各方面条件都得到了极大改善，不少村集体都开办了米面加工坊。再后来，小型打米机、磨面机逐渐进入农村市场，成为人们家中必备之物，再也不用箩筛去筛面了。昔日的乡村箩筛匠已逐渐被社会所淘汰，淡出了人们视线。但他们曾是乡村的一道亮丽风景线，为人们日常生活提供了方便。

## 乡村货郎匠

"叮叮咚，叮叮咚，叮叮咚咚……"，随着一阵有节奏的拨浪鼓声由远而近地传来，但见一个头戴草帽、肩挑一担竹箩筐的人。他右手搭在扁担上摇动着货郎鼓，左手拖着一根打狗棍，满脸堆笑地来到人们面前。

这就是下乡兜售小商品的商贩，川东北一带称为"卖货郎"或"货郎匠"。

打开记忆的储存库，二十世纪七十年代前，农村物质生活水平十分落后，人们日常生活所需的小商品，只有逢场天才能到乡场上去购买。那时是大集体生产，外出得跟生产队队长请假，队长点头同意了你才能去，否则要扣你的工分出勤。在靠工分吃饭的年代，这无疑是一件大事。于是，一些头脑精明的人便瞅准这个机会，到供销社采购一些小商品，挑着担子下乡，摇着手中的拨浪鼓推销商品，其实赚的是吆喝，获取的是几个劳力钱。

货郎匠用来招揽生意的拨浪鼓，又叫货郎鼓，整体呈圆形，扁平，跟平常锣鼓队使用的大鼓差不多，只不过鼓侧装有一个手握小木柄，两边细绳连着两个小木珠，鼓面一般都是用牛皮或羊皮绷制而成。当人们手持木柄左右摇晃时，木珠便会敲打鼓面发出高低错落、叮咚悦耳的声音来。拨浪鼓一响，人们不看就知道，这是挑着担子做买卖的货郎匠下乡来了，家中有需要的人便会主动围过来。没有需要的人也会跑过来凑个热闹，东西买不买不重要，有钱的捧个钱场，没钱的捧个人场，买卖不成仁义在。

那时，货郎匠下乡不只是以货卖钱，还可以货易物。人们把家中的旧胶鞋底板、废铜烂铁、鸡鸭鹅毛、旧书旧报纸、烂棉絮，甚至女人们梳头落下的乱头发，以及从田地里拣拾回来的废胶子都可以收集起来换商品。货郎匠也巴不得以货易物，如果单纯靠小商品卖钱，不仅没有多少生意，而且赚的钱也很少；如果把用商品换回来的废旧物资卖给供销社的废品收购站，又可赚得一笔差价，这两头赚的买卖，当然十分情愿去做。

货郎匠下乡，挑子里货物的品种很多，缝衣的针线、顶针、取火的火柴、打火石，还有小娃儿吃的瓜子、糖果和家中佐餐的盐巴，甚至女人用的胶圈、钢夹针、雪花膏，还有其他日用品和玩具。总之，凡是农村家庭日常所需的生活用品都有，且物美价廉，送货上门，童叟无欺，很受人们欢迎。

货郎匠下乡，一般都是选择住户多的大院子而去。到达目的地后，便会放下肩上的货郎挑子，举起手里的拨浪鼓不停地招揽生意。小孩子们一听到拨浪鼓的响声，便一窝蜂围在货郎匠周围，跑前跑后，还会偷偷地去摸一摸担子里的小商品，过一过手瘾。如果有自己想吃的糖块，便迫不及待地跑回家去，找来家中破旧的胶鞋底板、废铜烂铁，拿来找货郎匠兑换。货郎匠会根据废旧物品多少、市价来折换商品，该换一颗或两颗糖果，绝不克扣。小孩子们把换来的糖果包在口里慢慢咀嚼，一旁没有换糖的小孩眼巴巴地看着，咽着口水，羡慕得要死。个别胆大的孩子还会趁货郎匠与人交换物品的时候，拿起挂在货担上的拨浪鼓，学着货郎匠的样子使劲地摇起来又放回原处，然后死死地盯住货郎担子里的糖果，不停地咽着口水，奢望货郎匠发善心，施舍一颗两颗糖来解解馋。

一些未出嫁的大姑娘、小丫头也会跟随在婶婶或姑嫂们身后，有说有笑地来到货郎挑子前，挑选着剪子、大针、顶针、扣子以及缝衣纳鞋底的白线，梳头的木梳、木篦子，洗脸洗衣服的香皂、肥皂，不时还传来讨价还价声。她们最终以最少的钱和物，或买或换回自己所需的商品，满意地离去。

男人们来买东西就简单多了，无外乎就是买打火机用的火石，点火用的火柴，或买一包烟什么的。他们一般都是现钱现货，明码实价，买上所需东西给钱就走人，从来不会讨价还价，或在担子前逗留闲聊。至于家中是否缺日用品，那都是女人们的事，哪怕是晚上家里揭不开锅，男人也不会过问。

货郎匠也非常辛苦，出门一挑商品，走村串户地赚吆喝，费不尽的口舌，挣的钱也不是很多；回去一挑破铜烂铁，全凭肩挑背磨下苦力，一点也不轻松。货郎匠们心地都很善良，出门做生意从不欺老哄幼，下乡串户的次数多了，脸面也混熟了，见面一声招呼，几句玩笑话，生意自然成交，钱也赚了，人缘也有了，内心那种满足只有他们自己才能体会到。有时遇到谁家有难处，无钱购买急需的商品，赊欠一段时间也是常有的事。常言道：人有三灾八难，煤有过窄过干。只要相互讲信用，没有什么大不了的事。

改革开放后，农村发生了地覆天翻的变化，日用品代销店如雨后春笋般遍布，赶场日也由过去的星期天变成了"百日场"。当地政府将周边几个场镇的逢场日错开，固定地形成"一四七""二五八""三六九"的赶场日，几乎天天都是赶场天，不仅市场更加活跃，人们买卖物品也方便快捷多了。

近年来，水泥路进村入户，四通八达，乡场上的个别商家，除逢场天在街上摆摊设点销售货物外，平常便开着三轮车或皮卡、长安车，满载着各种各样的货品下乡来，车头上装着电喇叭，沿着乡村公路叫卖。货品也由过去单一的副食品日杂，增加到米、面、油、盐、醋、酱油、瓜子、糖果，甚至应时应季的蔬菜瓜果，样样齐全，公平交易，服务到家，与过去乡村货郎匠相比，是一个质和量的飞越，让人不出门也能买到日常生活所需的物品。

由此，曾经风靡一时、给人们日常生活带来方便的乡村货郎匠们被时代的滚滚洪流所淹没。偶尔行走在乡间小路上，看见身边熟悉的山山水水，脑海中就会浮现出乡村货郎匠的身影，耳边仿佛又响起"吱吱嘎嘎"箩夹与扁担的摩擦声，以及"叮叮咚咚"的拨浪鼓声来。

# 乡村纳鞋匠

过去，在轻工业相对滞后的川东北地区，布鞋是人们日常护脚暖脚的必备之物。看似简单的布鞋底，却是千针万线手工纳制而成，于是有了"千层底"的称谓。从事纳制鞋底的手艺人，通常被称为"纳鞋匠"或"布鞋匠"。

纳鞋匠同其他乡村匠人一样，主要是替别人加工纳制鞋底。纳鞋匠有男有女，他们从主家领回布、绳等制鞋原料，利用闲时纳制，待完成所有工序后给主家送回去，主家则根据市场行情，按事前讲好的报酬付费。手工做一双布鞋，从打布片壳到搓绳纳鞋底，一双成品鞋大概需要两天时间。

纳鞋匠分两种，一种只负责纳制鞋底，做成半成品。他们将主家做鞋底的片壳、布、麻绳拿回家，用片壳垫底，把布片一层层铺在上面，剪去多余的须边，一个鞋底就做成了。然后大针穿麻绳，一针一针地纳制，密密麻麻的绳线在宽大厚实的鞋面上点缀，针线分布均匀，看上去非常上眼。另一种是打鞋底、纳鞋线、做鞋帮，再根据主家脚的长短、肥瘦，做成一双双长短不一的成品鞋，拿去就能上脚穿。当然，后一种活工序多，时间长，纳鞋匠所得报酬肯定要多一倍以上。与单纯地只纳制鞋底相比，捆着绑着差不多，互不相亏。

一般来说，一个纳鞋匠必须具备做鞋的所有技艺，方能称为师傅。要做一双布鞋，工序非常繁杂，打布片壳是做鞋的第一道工序。打布片壳的布都是穿旧了的衣服、裤子布料。用锅里搅拌熟的灰面面糊,将布的表面涂沫上糨糊后,粘贴在睡觉用的竹篾席上,又在布的表面涂上一层糨糊,再贴上一层布,一层糨糊一层布粘贴在一起,厚度合适,放在太阳底下晒干后卷筒收好,用绳子吊在屋内的高处,以防鼠害。

剪鞋样是做鞋底的主要工序。那时纸壳很稀罕,纳鞋匠们大多是用竹林的竹笋壳来做鞋底样。把笋壳鞋底样用针线缝到布片壳上,然后用剪刀沿笋壳的边缘修剪多余的布片壳,再把旧布一层层地依附在布片壳上,最后在面上铺一层新白布,剪去多余的布边角,用针线临时固定,把鞋底放在磨礅石下压实,用麻绳沿鞋底边线缝上一圈,一个鞋底的雏形就成了。

搓麻绳是纳鞋底必不可少的内容。搓麻绳是一件非常细致的活,关系到纳鞋底麻绳扯不扯手、夹不夹线。如果麻绳粗细不匀称,甚至有疙瘩,纳鞋抽线时就会非常吃力。一般来说,搓麻绳的青麻要选二季麻,因为二季麻收获时间在七月份,麻质要比一季麻和三季麻好,搓出来的绳子柔性强。剥回家的青麻用麻刀去皮晾晒干,搓麻绳时,纳鞋匠将青麻分成小丝,将自己的裤腿挽至大腿部,分两股放在弯曲的大腿上,一手拿住青麻丝,一手搓动两股麻线,再将两股麻线搓揉成一根很细很细的小绳,末端能穿进细细的大针鼻眼。每根麻绳要粗细匀称,麻头交接处不能成节疤,避免在纳鞋底过程中受阻,抽线费劲。由此,搓绳看似是一件简单的活,没有三年两载的操作经验,搓出来的麻绳多半都会成"猪大肠",粗细不一,纳出来的鞋底绳印也会高低不平。

纳鞋底是做鞋底的一道关键工序,是为了让层层叠叠的布与片壳结实受力。鞋底厚度在五厘米左右,一双鞋底要纳近千针,纳鞋匠每穿一针都要用戴在右手食指上的铁顶针,对着针尾用力向上顶几下,才能把针抽出来,拔出针抽出线还得用力把线尾拽紧。如果布片壳打得不好,或受湿受潮就会夹针,抽针时会非常费劲。这时纳鞋匠便拿出一个针夹,夹住纳鞋针往上抽。有的布片壳发涩"咬线",纳鞋匠在穿针前,会将麻绳放在用蜂蜜残渣做的"蜡团"上反复拖几遍,使麻绳沾上蜂蜡后光滑顺畅,纳鞋抽线时自然就轻松多了。

新中国成立前，每逢大户人家女儿出嫁，会提前一年请纳鞋匠上门去做鞋，为女儿出嫁做准备，一做就是十天半月。当然，这类活纳鞋匠都愿意做，不但好吃好喝，而且工价也不错，重要的是做鞋的原材料好，全是新布料，做出来的鞋耐看又经穿，如果主家满心喜欢，还会多付一份工钱。

从二十世纪五六十年代开始，从事乡村纳鞋这门手艺的人逐渐变成了纯女性；由专一的纳鞋从业人员，变成大多数家庭主妇都开始纳鞋底做布鞋。计划经济时代，任何商品都得凭票供应，虽然供销社和国营商店有鞋卖，而且是胶底布面鞋，下雨天也能穿，但因价格不菲，不是人人都舍得买，一个家庭最多只有一双或两双，雨天谁出门就谁穿；皮鞋就更稀罕了，偶尔看见工矿企业的工人或国家干部穿一双翻毛皮鞋，直叫人羡慕好些天。

儿时，我们一家人穿的布鞋都是幺姑做的。幺姑做事向来精细，从打鞋底到做成布鞋，千针万线都是她一手完成，从没让母亲帮衬过。从开始的月牙形布鞋，到后来的松紧布灯草绒布鞋，再到鞋面上加铁纽扣的新造型布鞋，幺姑做起来都很拿手，穿起顺脚又好看。读小学时，我总是穿着幺姑做的灯草绒布鞋，在同学面前炫耀。因为幺姑做的布鞋跟得上潮流，往往会赢得很多羡慕和赞许的目光。

事隔经年，穿手工布鞋的人没有了，幺姑也已去世四十多年，她同当初做布鞋的那些手工匠人一样，被社会发展的潮流所淹没，再难见到她们飞针走线忙碌的身影了。

# 乡村教书匠

新中国成立前,川东北一带的乡村学堂叫"私塾",如同现在的乡村私立学校一样,只不过规模比较小,学生也很少,少则三五人,多则十多人。那时教书的老师,地位非常低,人们当面称"先生",背地里喊"教书匠",自然而然划归到了"匠"的行列。

过去,乡村私塾有专馆、散馆和义馆之分。专馆是有钱人家为培养自己的子女而设,形同现在的家庭教师,聘请的私塾先生水平都比较高,主家包吃包住,所得聘金也相当不错;散馆又称"团学",一般是家庭条件较差人家的子女读书的地方,一个学生一学年的学费在四升米(二十斤)至一斗米(五十斤)之间,私塾先生的收入以学生的多少来计算,年收入在三十斗米左右;义馆是商会、帮会、行会的人义捐办学,不收学费,主要针对贫苦家庭聪颖上进的子女。清朝中期,川东地区的渠县三汇镇上就开办了一所"三楚义学",招收的学童都是本地贫困人家子弟。川东北一带的乡村私塾,绝大多数是以散馆教学为主。

历朝历代的教书匠,都是沿袭传统的教学方法,单一地传授文科知识,所教课目一般都是《三字经》《千字文》等。入私塾时,必须由家长领着小孩到私塾,教书匠先生首先会考一考孩子的智力,如果认为可以,便会收为弟子。入门要行拜师礼。首先是对着墙上悬挂的孔子圣像叩拜行礼,因为孔子是私学的先祖,必须得拜。接下来是给先生行礼,这就算是拜师了。通常

第一堂课，教书匠给弟子们讲的都是私塾的规矩，不外乎见了先生要行礼，不准逃学厌学，按时到校读书，上课时不准交头接耳，更不准嬉戏打闹，认真完成读书、写字、作文等任务。

那些年，乡村私塾的教规非常严谨，对违规弟子可以随意体罚，轻则训斥、罚站、罚跪，重则戒尺杖手、鞭杖屁股。如果上了几年私塾，不挨几次戒尺、不罚几回站、不遭几记耳光，就显得教书匠先生水平一般，手下多半出不了几个有出息的弟子。

教书匠先生使用的戒尺，是用桑树木或槐树木做成，长约四十厘米，厚约半厘米，有的上面还刻着一个"戒"字。被责罚的弟子必须自觉地伸出左手来，让先生杖责。为什么不打右手？因为打伤右手无法握毛笔写字，怕误了弟子学业。

过去，教书匠先生一般都是乡试、县试屡试不中的穷秀才，满脑的"四书""五经"，满嘴的"知乎者也"，给人一种距离感。他们要么自办学堂，在自己家中选一间房屋，招几个学生，日子介于贫富之间，要么直接到别人办的私塾去当先生，教一年书大约三十斗米的报酬。还有的教书匠受聘到大户人家去当专馆先生，替人教授子弟，一对一地教学。只是这些富家子弟很难教，常常让教书匠苦不堪言。奈何端了别人的碗，既要弟子学有所成，又不能高高在上，以先生自居，伤了主人面子。所以，精明的乡村教书匠先生，好多时候都得忍气吞声，自降身份去教人子弟，换取报酬养家糊口。

初到私塾读书的学生，开始学的都是易学易记的《三字经》《百家姓》《千字文》《朱子家训》等，接着便是较难读难解的"四书"，这些都称为启蒙之学，最后学的是更深一层的"五经"。学习的过程是由浅入深，由易到难，必读课本念完了，能背诵、能融会贯通地理解和运用，并能写出像样的文章来，就可以毕业了。要达到这种学识境界，非经历十年寒窗苦读不可。

那时上私塾，学生主要靠死记硬背。背诵课文时摇头晃脑，声音抑扬顿挫，目的是边诵边记。在背诵上，教书匠对弟子的要求都很严格，如果你记得快，背诵得多，先生就传授得多，往往是同班不同课程，一个弟子一个进度，学业也有优有劣。一个班的弟子年龄也参差不齐，相差五到十岁也是常事。

研墨习字，是过去读私塾的重要课程，主要是练习写毛笔字。学生入学半年后，教书匠先生每天都要安排一些时间让弟子练习毛笔字。写字前，先在砚台里盛上水，将墨块放进水里慢慢地磨，直到清水变成浓墨，方可提笔写字。几年私塾读下来，大多数弟子都能写得一手漂亮的毛笔字。平常替人写写借据、契约、男女订婚书、分家约据、过年时的对联什么的，也能派上一番用场，在人前也能长长读书人的脸。

据史料记载，私塾产生于春秋时期，为私学的一种办学方式，并成为历朝历代人才培养的摇篮。它与官学相辅相成，并驾齐驱，共同为传承中华传统文化培养人才，做出了不可磨灭的贡献。1946年，国民政府明令取缔私塾，塾产并入学校，原在私塾就读的学生转入学校学习，部分学有所成的到政府相关部门任职。青壮年教书先生或转入学校任教，或从事其他行业。延续了两千五百余年的乡村私塾教育完成了它的历史使命，被新的教育形式取而代之。

新中国成立后，我国教育事业在废墟上建立了起来。从新中国成立初期到二十世纪九十年代末，乡村教育形式分公办和民办，公办属政府办学，教师称公办教师，由国家财政按月负责薪酬；民办学校则由生产大队集体出资承办，教师工资一般都是以工分折算，由大队开工分单到所在的生产队，进入年终决算，以工分换取一家人的口粮，实际上是亦农亦教不脱产的教师。教师的地位发生了根本性转变，薪酬从农民教育集资中按月支付。后来，农村免交农业税和提留之后，薪酬由财政统一负担；再后来，民办教师转聘为公办教师，端上了企盼已久的"铁饭碗"，与公办教师同工同酬，从而实现了付出与获取上的对等。

教育兴则国家兴。事实证明，从私塾演变而来的乡村教育，为助推中国历史向前发展起到了不可替代的作用。同样，从乡村教书匠转型为乡村教师，也是社会发展的必然。无论是过去的教书匠，还是现在的教师，他们都是人类社会进步的助推剂。

# 乡村皮匠

皮匠，就是那些从事牛、羊等动物皮硝制，并加工制作皮制用具，如皮箱、皮帽子、皮衣、皮毛背心、皮鞋的乡村手工艺人。

过去，川东北一带的乡村皮匠一般家中都开办了一个小作坊，他们硝制皮革的主要工具有大铲刀两把、一把钝刀、一把快刀、一个铲刀弓圆杆一根（长六尺以上，圆内径二寸五分，用木或竹制成）、长板凳两条（板面长三尺、宽三寸五分、高一尺五），绳索若干、几口硝皮缸、纱布两至三块或粗布一块、过滤水的箩筐一只。他们的主要工具是硝皮的铲刀，一把上下翻飞的铲刀，在一张张动物皮上刻画着岁月春秋，演绎着人生喜怒哀乐。

那些年，乡村皮作坊主要是用土法硝水鞣皮，目的是将动物皮通过硝水鞣皮处理后，使之成为皮质柔软、皮毛无味、富有光泽和弹性的"熟皮"。硝制好的毛皮手感爽滑、轻盈柔软，皮质牢固、毛色如缎，是制作成衣的上乘原料。

硝水鞣皮时，皮匠会将生皮放在木杆上，用钝刀铲去每张皮上的油脂层，行话称为"铲油"。把铲过油的动物皮放在硝皮缸内浸泡一夜，然后放在温水或肥皂水中洗皮。如果浸泡的生皮多，可铺在地上用脚踩洗，生皮少可在盆中用刷子刷毛面和皮板面。洗后用清水漂洗，直到碱水漂尽为止。随后将漂洗过的生皮板面朝上，放在粗木杆上沥干水分，这个过程就叫"洗皮"。

硝皮得用硝水，硝水的调制最考皮匠手艺。调制时，将皮硝倒入木桶中，用滚开水溶化后过滤。过滤时竹箩筐内垫上两至四层纱布或一块粗布，让硝水通过箩筐过滤到硝缸中。过滤结束后，再用开水浇洗二至三次，然后把事前准备好的米粉倒入缸中，加入适量清水，用木样反复搅拌均匀，一缸硝水就调制好了。调制过程中，皮匠会蘸点硝水放嘴里尝一下，以此检验硝水的咸淡，如果淡了，酌量再添加一点皮硝，但仍需加热溶化过滤干净才行。硝水的咸淡要适宜，如果硝水调制得过咸，硝皮过程中会产生缩皮卷皮现象。

接下来是下缸浸皮。浸皮时必须把握好硝水的比重和浸皮时间的长短。下皮时，生皮头部先下，待全张皮浸入硝水缸后，皮匠会用右手捏住生皮头部，左手从头部向尾部压挤，挤去硝水，右手逐渐将生皮提出硝水中。如此重复一次。在生皮第三次浸入硝水缸中时，左手从尾部向头部压挤，挤去硝水。生皮第四次浸入硝水缸中时，双手捏住生皮一侧的前后腿，在硝水中浸一浸，提起来沥干硝水。再浸入硝水中，如此则完成了此张生皮下硝缸的全过程。硝制其他生皮也按此法进行。硝缸中的硝水要适量，以生皮能在缸中上下翻动为宜，过多过少都会影响硝制质量。

浸皮过程中要反复翻缸。待全部生皮放入硝水缸后翻动一次，皮匠会站在硝缸一边，将对面缸壁的生皮提起来（提前后腿），再从靠自己一边的缸壁浸入。如此按上法浸入第二张、第三张，直到浸入所有生皮并全部翻动完成，然后用一至两张生皮，毛面朝上盖好。从下缸第二次开始，每天早晚各翻动一次，下缸后三至四天，将全部生皮提出来沥干，沥下的硝水倒回缸中。沥过硝水后用钝刀铲除水皮，再重新放入硝水缸中，继续硝制十至十五天方可。鞣制时水温要适宜，如果温度过低，不仅会延长鞣制时间，而且会导致皮质变硬，所以，硝制时水温应保持在三十度左右。这道工序主要是让皮板充分吸收鞣剂，使皮板变得松散、柔软，有收缩力，毛板结合牢实。

一般来说，看一张硝皮是否鞣制完成，皮匠会从缸中提出一张皮来，皮板向外，毛绒向内折叠，在边角部用力压尽水分。若折叠处呈现白色不明的绵纸状，证明鞣制结束。然后，起缸晒皮。皮子硝好后，内皮不要用水洗，毛面可用水清洗一次。在缸口上横一根竹竿或木棍，将皮子板面朝上挂上沥干硝水，然后堆放在谷草或干净的水泥板上，板面朝上晒干。晒时把皮子的头、尾、腿拉平、拉直、拉抻，晒干板面后翻过来再晒毛面，直到两面都晒干为止。

最后一道工序是喷水整皮。晒干的皮子需要经过整理。在整理的前一天下午，在每张皮上喷上水，喷到板面湿润就可以了。将喷过水的皮板面对板面堆起来，上面用麻袋遮盖严实闷一晚上，第二天敞开皮用大钝刀在上面先直铲，后横铲，再向四面铲开；随后板面向外，围在木杆上，用快刀铲皮，一直铲到皮子柔软光滑，如皮子头部不易柔软，再涂上一些老粉再铲。

皮子经快刀铲软后，毛面暴晒半日，趁热将皮子对折，用小竹竿拍打毛面，再挂起来。待皮子上的臭味散去，便可收装在封闭的塑料袋中，并放上几颗卫生丸（臭蛋），扎紧袋口，经过一段时间后臭味就会完全消除。只能闻到卫生丸散发的气味，就可以收藏备用了。每年的清明节后到立秋前，是乡村皮匠土法硝皮的最佳时段。

随着时间的推移，动物皮的硝制过程由古代的油鞣法、烟熏法、水鞣法、口鞣法、土鞣法，到近代的皮硝硝制法和明矾硝制法，再到如今的硫化钠、硫化铵、浓硫酸硝制，技术上的推陈出新，促进了我国皮草业的发展。总之，不论用什么硝制方法，它们都具有相同的效果，使皮质变得柔软光鲜，既美观又实用。

当然，有了优质的皮毛，乡村皮匠制作皮具就轻松自如多了。改革开放前，皮具产品是相当珍贵的，真皮皮具一般只有身份特殊的人才穿戴。皮匠们平时只做一些皮带、皮包、翻毛皮鞋之类的简单皮具，以及干一些修补皮具的活。加工的硝制皮子一般都是上交到供销社采购站，统一销售给县以上的国营皮革厂，从中获取一定的加工利润。

如今，土法硝皮技艺已被先进制皮技术所取代，失去了原有的生存天地。由此，曾经风靡一时的乡村皮作坊也已不存在了，当年怀揣技艺走天下的乡村皮匠们，大多已离开了人世，个别还健在的人也无传承人，传统的土法硝皮技艺成为人们记忆中的过往。

# 乡村算命匠

算命匠，就是专门为别人看相拣八字推算流年运程的人，川东北一带称为"八字先生""八字匠"。历朝历代的乡村算命匠行走江湖，靠的是一双善于察言观色的眼和一张能说会道的嘴。

过去，川东北一带的算命匠分为四种类型：一类是以生辰八字算命看运程，这类人身体都很正常；二类是摸骨算命，这些人都是有眼疾失明之人；三类是抽签算命，看签上所写之字，解析你的运程；还有一类就是看面相算命，这些一般是断脚断手的体残人。他们常年以此为生，用自己的三寸不烂之舌，能把假的说成真的，把死的说成活的，把笑的人说哭，把愁眉苦脸的人说得心花怒放。

凡是算命的，都略通易经、八卦和相术。以生辰八字为依据的算命方式，只要把八个字一排，大运、流年基本都是固定的说辞，变化在于算命匠是从来者的外观、谈吐进行综合观察和分析，以此评判来者的身份和运程。凡来问事者，如果一脸哭丧，断其人痛失六亲；如果来者满脸喜庆，断其人喜得佳人（或结婚娶妻或生了小孩）；如果来者主动问今年的运势，断其人工作方面可能有升迁调动。所以，从来者外在表情，结合生辰八字去推算一个人的运程，是"坛子头捉乌龟，十拿九稳"的事。如果来者对算命匠推算出的运程摇头否认的话，这时算命匠便灵光一闪，以来者生庚没报准，主要是出生时间不准确予以开脱。因为十二个时辰，子、丑、寅、卯、辰、巳、午、未、申、酉、戌、亥，每天二十四个小时，每个时辰管两个小时，如果时辰报错，就会"差之毫厘，失之千里"。只要说到这个份上，来者便会淡然一笑，然后付钱走人。

摸骨算命的算命匠一般都是有眼疾双目失明之人。摸骨要摸手、脸、耳，以此推断一个人的运势。如果来者皮肤细嫩，手中无茧，脸上无霜打之痕，耳大无冻疮，并且额宽脸圆，便是相书上常说的"天庭宝满，地阔方圆"，说明是从事脑力劳动之人。反之，如果来者皮糙肉厚，手上肩上都有茧疤，说明是从事体力劳动之人。摸骨算命的算命匠虽然眼睛看不见，可耳朵特别灵，来者所说的每一句话，他都会在大脑里迅速地过滤，并能作出正确的判断，结果一般都大差不差。

算命过程中，个别算命匠会用一些模棱两可、似是而非的话套取来者的话，诸如"六亲缘薄"，如果来者应答"很好"，算命匠会说"好虽好，但关系不是很亲近"。如果算出来者"命中有劫"或"流年大凶"，来者就会追问什么劫难、什么大凶，算命匠一句"天机不可泄漏"便搪塞了过去。反正是未发生之事，乱说也无妨。假如来者欲求破解之法，这正中算命匠下怀，13.3元或133元的破解费另收，既当了好人，又赚取了钞票，可谓名利双收。

有的算命匠在为来者算命时，会编造一些说法，故意来点噱头，吓唬吓唬来者，以此让来者重视，得到额外的收益。当来者报出生辰八字，算命匠便在纸上把八个字一排，立即露出惊讶之色，还会来句"这下可不得了"，并将排出八字的纸撕掉，故作焦虑地说道："这命我算不了，钱，我不收，你快走吧！"来者并不会离开，而是拿烟点火央求算命匠说出缘由。算命匠抽着烟，仔细观察来者的面部表情。待一袋烟抽完，他才不紧不慢地说："你命带凶煞，泄露了天机，我会受到惩戒会折寿的。"越说越玄乎。来者感到害怕的同时，会不停地追问结果。看时机成熟，算命匠像下定决心似的说："见你心诚，我也豁出去了。你命中带凶煞，还会殃及家人。"来者会不停地央求算命匠破解消灾。见来者上套，算命匠便会如此这般地道出破解之术，让来者回家后照章去办，就能法到凶除，并反复告诫来者不许告诉任何人，否则法术不灵。来者心领神会，不停地点头答谢。当然，无须算命匠多说，来者便会主动地把算命消灾的辛劳费摸出来，塞到算命匠手中。

还有的算命匠在算命看相的过程中，用"双关语"获取来者的信任，说你有二女三男五个子女。如果来者说只有二男一女时，他便打着马虎眼说："从命相来看应该带二女三男。"言下之意是你没生育那么多，如果你要生养应该是这个数。如果来者问自己父母是否健在时，算命匠会用上一句"父在母先亡"的话。因为这句话有三种说法：一是父亲还健在，母亲已经去世了；二是父亲死在母亲的前面，母亲还健在；三是父母都去世了，父亲先去世，母亲后去世。无论来者是否父母都去世，或者父亲去世，母亲还在又或者母亲去世，父亲还健在，都说得过去。如果父母都健在，也可解析为今后父亲死在母亲前面，或者母亲死在父亲前面。一句话变化万千，算命匠无论怎么说都在理。

乡村算命匠靠的是经验和阅历，除以生辰八字来推算运程流年有一定的模式外，其余的看相算命都非常灵活多变，至于算得准不准，只有天知道。一个人的命运并不是所谓的命中注定、一成不变，它一靠先天的基础，二靠后天的努力去改变。所以，大凡找算命匠算命的人，都会抱着"信则有，不信则无"的心态，唯如此，才不会给自己带来心理上的负担。

那些年，乡村算命匠没有固定的场所，一般都是游走于乡村院落或田间地头，如遇逢场天，就在场头场尾搭一张小方桌，外加一条小长凳、一个本子、一支笔，就做起买卖来。大多数时间，他们对前来算命的人，只说好，不说坏，只报喜，不报忧，专挑好听的话来说，以此迎合来者。间或为要结婚的男女合一合"生辰八字"，以防犯冲影响一生的幸福。也时常给刚出生的小孩按生肖八字取名字，依照金木水火土五行，命中缺什么就补什么，以此获取一些辛劳费。

随着社会的发展，乡村算命匠同其他乡村匠人一样，已是门庭冷落车马稀，看相算命的人越来越少了。偶尔找上门的，都是一些上了年纪的老人。每当算命匠掰着手指，熟练地背诵起"甲子乙丑海中金，丙寅丁卯炉中火，戊辰己巳大林木，庚午辛未路旁土……"的口诀时，间或勾起人们对往事的回忆。

# 乡村面人匠

面人匠,就是将麦面与水混合搅拌成面泥,然后揉捏成不同形状的人物、动物、花草、飞鸟等的乡村手艺人,川东北一带称为"面人匠"。

乡村面人匠衣着朴素,面容和善,见人自带三分笑。他们头戴一顶旧草帽,肩挑一副担子,担子的一头是一个能折叠的小方桌,另一头是一只竹箩筐,筐里装着面粉和制作面人的工具。他们右手握住扁担,左手拿着一只响器边走边敲击。响器是串联在一起的小钢片,敲击时会发出清脆的"叮当、叮当"声,以此吸引人们的注意。面人匠在摇动手中响器的同时,嘴里还会有一句无一句地喊叫着:"捏面人,捏面人哟!"紧接着便会传来阵阵犬吠和小孩子们顽皮的应答声。不多时,一群蹦蹦跳跳的小孩围着面人挑子指指点点地说笑着。

过去,面人匠做面人手艺一般都是走乡串户。他们挑着自己的面人担子,行走于田间院落,一声吆喝,伴随着响器的"叮当"声招引着顾客。当来到某个住户多的院子时,他便放下肩上的担子,搭好桌椅,拿出事前做好的面人放到桌上,然后裹上一袋叶子烟,慢条斯理地抽起来。一旦有人到摊子前询问,他便立即抖掉烟锅里的烟灰,拿出事前准备好的面泥反复揉搓,直至面泥绵实有筋丝,才按照来人的喜好,说定价钱后,揉捏起面人来。如遇逢场天,面人匠便会早早地来到街上,在场头或场尾,选一个恰当的位置,摆放好面人摊。一般来说,面人摊的位置要显眼又不影响通行,如果位置摆放在不显眼的地方，人流量少，生意自然不会好。

　　面人匠搭好面人摊后，首先是将事前做好的各式面人插在桌旁的一个布搭上。这些面人形状各异，五彩缤纷，让人爱不释手。红脸的关公耍大刀，黑脸的张飞舞长矛，还有猪八戒肩扛钉耙憨厚的表情，唐僧闭着眼睛念经专注的神态，孙悟空手拿金箍棒单脚站立手搭凉棚眺望，还有不同颜色的花、鸟、虫、鱼和十二生肖等。这些面人惟妙惟肖，看着这些精美的民间艺术品，不得不感叹和佩服面人匠的心灵手巧、丰富的想象力和精湛的手工技艺。

　　面人匠的工具非常简单，一张小方桌当面案，原料主要有麦面粉、糯米粉、水、食用油及各色颜料，再加上一把剪子、一把小刀、一把木梳、一捆竹签等。面人匠利用这些工具，再加上自己灵巧的双手，一番揉、搓、捻、捏、压、剪、粘，制作出不同的面人，然后上色定装，不一会儿，一个个惟妙惟肖的面人就做成了。它们造型各异，栩栩如生，很是吸人眼球。

　　精明的面人匠在做面人时要把握三个关键点。一是面粉。那些年没有磨面机，面粉全靠石磨推磨，然后用箩筛筛成面。但做面人的麦子要精挑细选，要颗粒饱满颜色白漂的麦子。如果麦子霉烂或受潮，磨出来的面粉会没筋丝。所以选麦子磨面必须认真，一点不能马虎。糯米也如此，不能有霉烂和生芽，否则磨出来的米面不但颜色不好，还没黏力。二是和面的水要是温水，温度不能过高，不能超过四十度，以手感温热为准。温水和面的作用在于醒面快，而且面软有筋力，便于面人匠操作。三是麦子面粉和糯米面粉的比例为七比三，两种面粉加多加少都得按规矩来。

　　乡村面人匠与乡村糖人匠相比，制作技术大同小异，主要是原料不同，且制作出来的糖人不仅可以观赏，更是可口的食品，而面人只能观赏不能吃。面人匠在制作面人的过程中，为防备面泥干裂，会在面人的表面抹上一些食用油，使其长期保持湿润光滑。为了让面人保存的时间更长一些，有的面人匠还会在灰面里加入防腐剂，以防面人变酸坏掉或干透后被虫蛀。

　　新中国成立前，乡村面人匠不只是走街串巷地做生意，如果谁家老人仙逝了，他便挑着面人担上门，替主家揉捏供奉的祭品，如猪、牛、马、羊、房、桌、椅等，一趟活儿做下来，不吼不叫不走路，钱也挣了，主家还烟酒茶好吃好喝侍候着。这时，面人匠才体会到"男儿有艺，吃穿不愁"的妙处来。如逢嫁女娶媳妇的主家，面人匠同样会上门去揉捏一些面人，不外乎花鸟和传说中的故事人物，如《白蛇传》里的"水漫金山"，《西游记》里的"孙悟空三打白骨精"，《红楼梦》里的"刘姥姥进大观园——《三国演义》里的"桃园三结义——《水浒传》里的"武松打虎"……反正揉捏出来的东西五花八门，都是一些喜庆人物，目的是增加婚礼的喜庆氛围。

二十世纪七十年代前后，乡村面人匠的生意不是很好。因为那时生活困难，人们吃饭穿衣都成问题，根本没心思去买面人来作为观赏之物。那时面人匠一年的收入连生产队的副业款都交不齐，年终决算时口粮也很难分足，因此没少受妻子儿女的埋怨。但朴实的乡村面人匠打断牙齿和泪吞，牺牲个人利益也无怨无悔，仍一如既往地坚持着，为的是让这门技艺得到传承。

随着社会的发展进步，传统的乡村技艺已逐渐被现代科技所取代，乡村面人匠同其他乡村匠人一样，从业者越来越少，只有偶尔在风景名胜区或大城市人为打造的古宅老巷里，才能看见面人匠的身影。眼见着这些民间技艺即将失传，平添了几分失落的感觉！

# 乡村修笔匠

过去，川东北一带乡场镇的街头巷尾，时常都会看见一些修笔的小摊。摊主一般都是上了年岁的人。他们戴着一副老花眼镜，一方小桌上摆放着修笔的工具和钢笔尖、钢笔芯，还有钢笔肠和笔筒、笔帽等配件。因为他们是专修自来水钢笔的人，人们习惯性地称为"修笔匠"。

那时，乡村流传着一句俗语："别一支钢笔的是中学生，别两支钢笔的是大学生，别三支钢笔的是修笔匠。"可见，人们对修笔匠的定义不仅诙谐，而且非常形象。这也是人们对知书达理、文质彬彬、有文化的人的评判标准。他们一般都穿着整洁的中山装，上衣左口袋里别着一支崭新的钢笔。当时的钢笔虽然不太值钱，可平常人根本没有。所以，上衣口袋里能别几支钢笔的人，不是卖笔的，就一定是修笔的匠人了。

记忆里，在二十世纪六七十年代，上小学的我们，书包里除装着算术、语文、政治课本和作业本外，年级小的书包里还装着几支长短不一的铅笔、削笔的小刀子，以及用麻绳串在一起，用于学数数的高粱棒，年级稍高一点，铅笔才换成了圆珠笔。可以这样说，能用圆珠笔写字也算相当不错了，能有一支自来水钢笔，成了我儿时的梦想。直到上初中二年级时，我才真正拥有了人生的第一支自来水钢笔。这支笔是二哥用坏了舍不得扔，父亲拿过来给我的。

没办法，那些年日子艰苦，吃穿用都很困难，父母把钱也看得非常紧，往往是压缩开支，一分钱掰成两半用。虽然一支钢笔只值几角钱，但也算是一笔不小的支出。因为几角钱可以买几斤盐巴、几十盒火柴了。为了有一支钢笔，我常在父母面前苦苦哀求。父亲没法，只好从哥哥的书包里强行拿出一支用坏了的钢笔，利用星期天，带着我来到十多公里外的乡场上，找修笔匠修笔。

那天上午，我和父亲来到街口的一家笔摊前。摊主是一位六十岁左右的老头，头发胡须都有点花白，脸瘦长，戴着一副细边的老花镜，正摆弄着工具修理钢笔。见生意上门，老头放下手中的活计，微笑着和我们打招呼，并顺手从一旁扯过一根木条凳，让我们坐定后，才接过父亲递过去的钢笔仔细检查起来。只见他旋开上下笔筒，扯扯笔肠，用手指摸了摸笔尖，然后对着光，眯缝着左眼，查看笔尖中间的小缝隙。

待查出钢笔的毛病后，修笔匠告诉我们是什么地方坏了，更换配件和修理费要多少钱。一番讨价还价后，只见他扶了扶鼻梁上的眼镜，一手握住钢笔，一手握住修理工具，从配件盒里拿出一个新笔尖换上。他目不转睛地凝视着笔尖，用一只小钳调整钢笔尖端的弯度。随着弯度的改变，笔尖缝隙的宽窄也随着变化，直到缝隙的宽窄连一张薄刀片都插不进去。这条缝是墨水流向纸页的通道，缝隙宽一丝，字迹就粗一分，缝隙窄一丝，字迹就细一分，这是调节写字粗细的关键。修理结束，修笔匠把笔尖伸进墨水瓶里蘸上一点墨水，在桌上的一张白纸上写了几个字试了试。

可以这样说，维修钢笔看似很简单，不过是更换或维修几个简单的零件，但对一个修笔匠来说，得有足够的耐心和细心，没有十年八年的功夫，是达不到这个境界的。

后来，去修笔的次数多了，我也与修笔的老头成了熟人，他姓罗，我就喊他罗大爷。见我嘴甜，每次去修笔，能修好的零部件，他都尽量为我修好，不会轻易给我换配件，着实为我节约了不少零食钱。有次，我的钢笔吸墨装墨的笔肠坏了，只见罗大爷用剪刀剪去烂了的那截，用布擦净笔筒接肠处，将笔肠放到燃烧着的酒精灯上烤软，对准笔筒套上去，笔肠就换好了。

然后，罗大爷把笔伸进一旁装水的碗里吸水，吸水正常，笔肠接口处也不漏水。

那些年，到罗大爷修笔摊去修笔的人非常多，有成年人，也有读书的学生，生意特别好。无论多少人修笔，他都不慌不忙，认真地对待每一位顾客，细心地修理每一支钢笔，直到修笔的人付钱后满意离去。

二十世纪九十年代初，自来水钢笔在乡村得到普及，罗大爷与其他乡村修笔匠一样，生意一日比一日好。钢笔的品牌也多了起来，价格也由先前的几角钱一支，到后来的几元、几十元甚至一百元、几百元一支，"英雄""派克""永生""金星"牌钢笔进入寻常百姓家。修一支钢笔的费用，也由当初的几分、几角钱，演变成一元、两元、十元甚至几十元。钢笔修理费的增长，见证了岁月的变迁和社会的发展进步。

随后，一次性碳水圆珠笔进入人们视线，并以价廉物美、使用方便的优势占领了乡村市场。紧接着，手机、电脑逐渐进入乡村农家。由此，修笔匠的生意每况愈下，一些修笔匠干脆改了行，但也有个别修笔匠舍不得这份技艺，仍然执着地坚守着。他们为了增加收入，由单一的修钢笔，顺带兼修起眼镜、拉链、雨伞等用具来，以弥补收入上的不足。

后来，修了几十年钢笔的罗大爷因年老无疾而终，其他修笔匠和修理摊也在乡村街头巷尾悄然消失。每当我看见几支弃之不用的钢笔时，我就会想起修笔匠罗大爷，以及那些年的人和事来。

# 乡村木瓢匠

二十世纪七十年代前,木瓢是川东北一带人们日常生活中必不可少的炊餐用具和生产工具。木水瓢、木饭瓢、木汤瓢甚至喂猪的猪食瓢、舀粪的粪瓢都是用木头制作而成,这些成为那时乡村农家一道亮丽的风景。

于是,生产制作木瓢的匠人,一茬接着一茬地把这项技艺传承了下来。他们不同于乡村木匠,可以修房造屋,打制各种各样的家具农具,他们只专业从事木瓢的制作,人们习惯地称为"挖瓢匠"或"木瓢匠"。

乡村木瓢匠的工具很简单,一把锯子、一把斧子、一把锤子、一把刮刀、一个"O"形刨刀、一个简易的操作台就是他们的全部家当。他们很少走村串户做乡活,在自己家中随便寻一个空闲的地方就能开工制作。如果达到了一定的数量,木瓢匠便会选一个逢场天,把做好的木瓢背到乡场上去卖,以此换取日常生活所需。

制作木瓢离不开木材。用于制作木瓢的木材,一般都是选用上好的松树木和杉树木,因为这些木材质地软、材质轻、柔性好,不易破损断裂。待砍回来的松树、杉树水分蒸发后,木瓢匠便根据树的粗细形状锯成需要的材料,然后,用斧头从中间一破为二备用。制作木瓢时,在破开木料一半的二分之一处,对称地削去一头多余的棱边,形成一个手柄,正面朝上,将带柄的一头固定在操作台上,用凿子和刨刀挖制木瓢。

制作木瓢必须有一个操作台。所谓的操作台,是用一根两米左右长、碗口粗细的木头，一端深埋于地下固定，另一端露出地面一米左右，与成年人肚脐高度差不多。在操作台平整的木桩顶面，装有两个相隔三四寸的卡子，用于卡住制作木瓢的手柄，将其牢牢地固定在操作台上，起稳定作用。

当固定好木瓢手柄后，木瓢匠便会拿出一把"U"形的凿子，左手持凿，右手持槌，从木柄前端那块平整面的中心，用木凿凿去里面的木块，形成一个半球状的坑，坑的大小由木头的大小决定。当凿到适当的深度和厚度时，木瓢匠两手紧握一个长手柄的"O"形刨刀，沿着瓢的形状四周，均匀地用力刨磨，直到将坑壁刨得光滑均匀、厚薄一致后，松开操作台上的铁夹，将半成品的木瓢取下来。

这时，木瓢匠会找一个条凳坐下来，将半成品木瓢的一端顶在自己胸前，另一端顶在膝盖上，身体前倾，用一个两边有把子的刮刀，对木瓢的内外进行刮刨。只见刮刀起舞，木屑翻飞，一阵淡淡的松香扑鼻而来。通过刮刀的作用，木瓢的毛坯边缘变得平整光滑，瓢的轮廓凸显出来。随后，木瓢匠会用木纱子将木瓢的里里外外仔细地打磨几次，直至变得油光锃亮为止。

制作木瓢的最后一个环节是上油。一只木瓢是否经久耐用，上油是关键。因为松树、杉树木质松软，沾水即浸，浸了水的木瓢不但重，而且易腐烂不耐用，所以必须用桐油来浸泡，使其木质变硬，不浸水。先将木瓢放进桐油缸中浸泡几个小时，拿出来放在太阳底下晒干，再放回桐油缸里浸泡几小时，又拿出来晒干，如此反复三次以上。用布巾擦净木瓢上的桐油渍，便可以拿到市场上去卖了。

由一块简单的木材演变为舀饭的饭瓢、盛汤的汤瓢、舀水的水瓢甚至喂猪用的猪食瓢、舀粪的粪瓢，都要经过木瓢匠三番五次地精雕细琢。俗话说，货比三家。一个手艺好的木瓢匠，做出来的木瓢不但样式好看，而且轻巧耐用，自然顾客多、不愁卖。

一般来说，做木瓢的原材料，至少要选十年以上的松树木或杉树木，最好是树蔸部分，那是因为树蔸处无疙瘩。如果用有疙瘩的树做木瓢，疙瘩处容易脱落而成一个空洞，做好的木瓢也会漏汤漏水不能用。所以，在原材料的选择上，木瓢匠十分细心，一点也不会马虎。

　　大集体生产年代，乡村木瓢匠都是抽空闲时间打制木瓢。如果不参加集体生产劳动，专门从事木瓢的制作，就得给生产队上缴副业款，虽然一年只要两三百块钱，在当时可不是个小数。精明的木瓢匠们大多是该出工时出工，参加生产队的劳动挣工分，利用早、中、晚空闲时间干点私活，做到出工制瓢两不误。虽然干的是两头忙的事，很少有休息时间，但挣双份收入，就得有双倍的付出，这是雷打不动的规律，苦点累点也心甘情愿。

　　也有个别木瓢匠，空闲时承接一些木瓢加工业务，把别人送上门的木料制作成需要的木瓢，收取一定的加工费。也时常替别人修补破损成两半或断了木柄的木瓢，钻眼、缝线、打桐油，一丝不苟。主家付点修补费也物有所值，匠人自己同样也多了一份收入。

　　那些年，乡村木瓢匠制作一个木瓢，除去买树的成本，一个木瓢有三四角钱的利润，一般一天能做三到四个，收入也有一块多钱。这在出一天工才几角钱的特殊年代，也算相当不错了。所以，那时乡村人的观念是，小娃儿长大成人后，要么参工当兵，要么拜师学份匠人手艺，那可是天干天湿有保障，不愁吃不饱饭的行道。

　　随着社会的发展和进步，那些年人们生活中不可或缺的木瓢已被后来的铁瓢、铜瓢、锡瓢、铝合金瓢、塑胶瓢所替代。时下的乡村，已很难见到带着乡村骨感的各种老式木瓢了；而曾经让人羡慕的乡村木瓢匠们大多已是上了岁数的老人，不少人已经作古，传统的木瓢制作技艺悄然失传，留下的只有岁月深处难以忘怀的回忆。

# 后 记

写完《乡村匠人》系列七十二匠的最后一匠，我长长地舒了一口气。斜坐案前，看着眼前的厚厚手稿，昔日光阴里的点点滴滴在我的脑海里翻江倒海起来。

我出生在二十世纪六十年代中期，一直生活工作在农村，从没离开过故土半步。耕过田，种过地；当过干部，爬过电杆；坐过办公室，磨过钢笔尖。人过中年，思绪发生逆转，突然变得怀旧起来，不少逝去的人和事萦绕在我的思绪里，闪现在我的眼前。特别是生活在乡村的一代又一代能工巧匠，他们在不同时期，用不同的手工技艺，服务万户千家，温暖了乡村岁月。那一个个熟悉的身影、一件件精湛的工艺品、一句句风趣的语言，以及飘荡在乡村田间山坳、农家院落的叫卖声、器物敲击声，与鸡鸣犬吠声相交融，一切是那么的自然美妙，让人难以忘怀。

我天生愚笨，并不具备一个作家的禀赋，写作于我而言，跟吃茶喝酒一样，只是一种爱好。常常是想到什么就写什么，笔头相当稚嫩，因此写出来的东西毫无章法，也从未有过著书立传的非分之想。然而，长期生活在农村的我，亲身经历了乡村传统匠人的兴旺和逐渐衰落，充分感受到乡村匠人与乡亲们建立起来的深厚感情，对他们总有一种挥之不去的情愫。责任感驱使我拿起手中的笔，把他们的生活经历和濒临失传的技艺，用文字真实地记录下来，作为一种文化和精神载体传承下去。

从二〇一九年九月十六日《达州晚报》副刊"风土志"刊发第一篇匠人系列"乡村剃头匠"起，两年多的时间里，我在记忆的长河中搜寻记录着乡村匠人。书中描述的七十二种乡村匠人，像石匠、木匠、弹花匠、铁匠、补锅匠、磨刀匠、补鞋匠等许多常见的乡村手艺人，大多耳熟能详，写起来也得心应手。但对部分独门绝技或已经失传的手工技艺，就要四处寻访了解这门手艺的知情人。我花费了大部分休息时间，走访记录、查阅资料，但无怨无悔，虽苦却乐。

就拿乡村车碗匠来说，儿时记忆里，二十世纪七十年代前，地处华蓥山脉的东安乡境内有一家国营碗厂。碗厂建在山间的小溪旁，利用溪水冲击产生的力带动一些木制工具制作碗泥、碗坯。七十年代末期，碗厂搬迁到其他地方去了。我家与老碗厂相隔十多公里山路，我目睹过碗厂的生产场面。当时年少，加之年代相隔久远，记忆十分模糊。

为此，写作前，我先后两次前往老碗厂旧址附近的村社寻找知情人，但他们的回忆都是零散的、模棱两可的。后多方打听到一个人，是当时碗厂搬迁到新址后，接其父亲的班进厂的新工人，负责碗厂的安保工作。他对碗厂的生产流程也不是很明白，但给了我一个电话号码，说是碗厂当年的师傅，姓杨。我与杨师傅联系上，并说明了情况。听完我的介绍，已经八十多岁的杨老师傅很是热情。通过他的回忆，乡村碗匠土法制碗的生产生活场景如画一般展现在我眼前。我先后与杨师傅通了三次电话，一篇两千多字的土法制碗技艺才完整地记录整理了出来。

此次《乡村匠人》能够结集出版，我发自内心有一个致敬：致敬那些已经去世和如今还健在的所有乡村匠人们，正因为他们的存在，在中华民族五千年灿烂文明史上写下了浓墨重彩的一笔，他们的功绩将永远铭刻在时代的丰碑之上。五个感谢：感谢全国著名诗人、边塞诗人领军人物、中国诗歌学会副会长杨牧先生不吝笔墨，欣然为我题写书名；感谢《达州晚报》副刊主编郝良先生的精心编排并辟专栏刊发，还从繁忙的工作中抽出时间为本书作序；感谢渠县民俗文化协会会长、作家陈科，他虽年已古稀，却贵为师长，时常给我写作上的鞭策和鼓励，还为本书出版忙前忙后不遗余力地奔走；感谢有"三汇活地图"之称的文史作家邓坤老师，在我"匠人系列"写作过程中"拈过拿错"无私地指导，使我少了一些常识性的误笔，避免贻笑大方；感谢我身边所有的文朋诗友，给我写作上的热情指导和无私帮助。

中华文化博大精深，匠艺也分南北。一方水土养一方人，不同地域的乡村手工匠人，在工艺流程和称呼上或多或少有一定的区别。我书中所写的乡村匠人，泛指川东北地区一带，又主要以川东乡村为主。为此，写作过程中方言俚语甚多，加之本人才疏学浅，文笔稚嫩，书中记录的匠人技艺可能有疏漏或误笔，敬请读者朋友批评斧正。

作　者<br>2022年3月于东安